Nouvelles Choisies de Maupassant

莫泊桑短篇小说选

[法] 莫泊桑——著　鲍叶宁　于越——译

山西出版传媒集团　北岳文艺出版社
·太原·

图书在版编目（CIP）数据
莫泊桑短篇小说选 / (法) 莫泊桑著 ; 鲍叶宁， 于越译. -- 太原 : 北岳文艺出版社，2024. 9. -- ISBN 978-7-5378-6886-0
Ⅰ. I565.44
中国国家版本馆CIP数据核字第2024TC5900号

莫泊桑短篇小说选　[法]莫泊桑/著　鲍叶宁　于越/译
MOBOSANG DUANPIAN XIAOSHUO XUAN

出品人：郭文礼
项目统筹：汪恒江
策划编辑：金国安
责任编辑：关志英
印装监制：郭　勇
装帧设计：郑金霞
　　　　　李　璐
封面插画：常　菲

出版发行：山西出版传媒集团 · 北岳文艺出版社
地址：山西省太原市并州南路57号
邮编：030012
电话：0351-5628696(发行部)　0351-5628688(总编室)
传真：0351-5628680
印刷装订：唐山楠萍印务有限公司

开本：880 mm × 1230 mm　1/32
字数：185千
印张：10.5
版次：2024年9月第1版
印次：2024年9月河北第1次印刷
书号：ISBN 978-7-5378-6886-0
定价：34.00元

目 录

羊脂球

已经好几天了，溃败的法军从鲁昂市区不断穿过。看不到军旗，也没有番号。他们就像走散了的游牧部落，耷拉着脑袋，一声不吭。他们早已经精疲力竭，很多人的脸上全是又脏又长的胡子，这些人的大脑似乎已经麻木，不懂思考，只能习惯性地拖动沉重的脚步。

眼前这些战士，大多数都是安分守己的普通百姓，肩头上的步枪压得他们直不起腰来。那些年轻力壮的青年，全是国民别动队的队员。他们慷慨激昂，既能马上为国捐躯，也会随时逃之夭夭。队伍中那几个穿着红军裤的步兵，是某师团在一场大战后留下的士兵。穿着深色服装的炮兵也格外显眼，他们的脸上已看不到往昔的骄傲。有时候，你也会看到军盔闪亮的龙骑兵，他们紧咬牙关，跟在步兵的后面。

游击队也走过去了，每个队伍都有一个英勇的称号。比如“誓死复仇军”“铁血敢死队”，他们看似轰轰烈烈，其实就是一帮土匪。

他们的首领，原是各行各业的生意人。由于战争，他们拉起了队伍。钱多的或是留着长胡子的人，自然就成了军官。法兰绒的军装，让这些长官们气宇轩昂。他们声音洪亮，在讨论作战方案时滔滔不绝。这些人自诩是法兰西的灵魂，可对自己的手下却怕得要命。因为这些士兵多是市井无赖，他们奸淫掳掠，肆意妄为。

普鲁士的军队就要开进鲁昂城了。一时间，人心惶惶。

两个月以来，本地的自卫队就驻扎在城郊的树林里。队员们密切注意着敌情的变化，甚至还误伤了自己的哨兵。即便是草丛里的小兔不守规矩，他们也会马上准备投入战斗。然而，就在敌人破城的前夕，他们却四散奔逃，军服、枪支、弹药也都不翼而飞。

法兰西最后一批军队终于渡过了塞纳河，他们将从圣塞威尔与阿夏尔镇转移到奥德梅桥。一位身材魁梧的将军负责殿后，两名副官陪在他身旁。他步履缓慢，满脸沮丧。一个能征善战的伟大民族，竟然全线溃败。作为一名军人，他悲愤不已，却又无力回天。

随着军队的撤离，市区陷入一片死寂。往日里得意忘形的老板们，早已失去男人的气派，就像仆人在恭候新主人的训诫。野蛮的普鲁士人也许会把烤肉的铁扦与菜刀当作武器，这让他们不寒而栗。

店铺都关了门，街上没有一丝声息。偶尔出现的行人，也被这份窒息吓得不轻，只能贴着墙根匆匆离去。等候，让人们心力交瘁。不知不觉中，大家都在盼望着敌人能早日进城。

在法军完全撤离后的第二天下午，几个普鲁士轻骑兵穿城而过。不久，一队人马从圣卡特琳山坡涌了下来。与此同时，通往达尔内塔尔与布瓦纪约姆的两条公路上，也出现了两大股普鲁士的军队，他们在市政府广场上会师了。没过多久，普军的大部队从附近的街道开过来，一个营接着一个营，整齐的步伐在坚硬的石板路上发出嘎嘎的响声。

陌生而又沉重的口令声，沿着看似无人居住的房舍缓缓升起。房子的百叶窗紧闭着，后面却是无数的眼睛，窥视着城市的新主人。人们的心中无比惶恐，因为根据“战争法律”，胜利者可以任意处置他们的生命与财产。眼前的巨变，让每一个人束手无策，就像面对肆虐的山洪与地震。

此刻人们都明白了，事物的秩序一旦被打乱，安全便没有了保障。战争的疯狂，撕碎了人间的正义和准则。正如地震与洪水，会毫不留情地摧毁房屋与牲畜。作为一支胜利的队伍，他们绝不会对负隅顽抗的人手下留情。他们会以战刀的名义进行屠戮，用大炮的轰鸣来表达对神灵的感恩。恐惧，让崇高的信仰变得一钱不值，人们已不再奢望得到天主的护佑。

几天后，人数不多的德军小队在敲门，他们开始走进城中的每个家庭。作为战败者，百姓们只能毕恭毕敬地招待他们。没过多久，普鲁士军官的优雅风度就驱散了人们心中最初的恐惧。

餐桌上，他们与主人们畅所欲言，对伟大的法兰西表示同情，倾诉着对战争的反感。面对这份感情，房主们受宠若惊。身家性命攥在人家手里，可对方却是彬彬有礼，我们又何必故意冒犯呢？一旦意气用事，那可真是太鲁莽了。

几百年前，英勇的鲁昂人民真的鲁莽过一次。如今时过境迁，鲁昂人早已不那么冲动了。从古老的民族智慧中，人们悟出一个道理：绝不能在公开场合与敌国士兵表示友好，回到家里就另当别论了。所以在门外彼此冷漠的两个人，在家中却是亲密无间，谈笑风生。

鲁昂城逐渐恢复了往日的气息，法国人不爱出门，但普鲁士军人随处可见。一些轻骑兵的军官，拖着硕大的军刀招摇过市。他们对平常百姓嗤之以鼻，但即便如此，也没有在咖啡馆喝酒的法国军官那么野蛮。

一切都在悄悄地发生变化，空气中弥漫着令人难以忍受的气息，它在广场街道、各家各户不停地扩散着。餐桌上的饮食变了味道，家的感觉越来越远，人们仿佛走进一个陌生的野蛮部落。

战胜者的贪婪终于显露出来，索要钱财的数量不断增多。尽管如此，市民们还是完全接受，因为他们确实富足。其实，诺曼底的商人是非常吝啬的，看到自己的财富落进别人的腰包，真是心如刀绞，越有钱越是这样。

然而，离市区不远，靠近克鲁瓦塞、迪耶普达尔一带的河里，经常有渔民捞到普军士兵的尸体。他们的死法各异，有的死于刀下，有的被石头夺命，有的是在水底窒息而亡。

对待占领区，普鲁士人素以严酷凶残而著称。而在鲁昂，并没有出现任何骇人听闻的暴行。人们的胆子逐渐大了起来，生意人赚钱的欲望又被重新点燃。有几个商人在勒阿弗尔港投资很大，但那里至今还被法军掌控。这些聪明人决定从陆路先到迪埃普，然后再乘船去勒阿弗尔。在几名普军军官的帮助下，他们从普军司令部获得了特别通行证。

于是，一辆由四匹马拉的长途马车被人订了下来，车上共有十位客人。他们决定在星期二的拂晓启程，以免招来麻烦。

这么多天，天气一直很冷。星期一下午三点多，北风夹杂着雪花汹涌而来。大雪下了一整夜，凌晨四点半，十位旅客都来到诺曼底旅馆的院子里，那是他们上车的地方。

旅客们睡眼蒙眬，在寒风中瑟瑟发抖。周围一片漆黑，彼此难以看得清楚。不过，有两位男士还是认出了对方，第三个人也赶忙凑了过去。他们聊了起来，其中一人说："我是带着妻子出来的。"另一个说："我也是这么做的。"还有二个说："我也一样。"第一个人又说："我们决定不回鲁昂了，如果勒阿弗尔保不住，我们就到英国去。"三人的想法不谋而合，颇有英雄所见略同之感。

大家等了很久，也不见有人来套车。马夫提着一盏风灯，从黑漆漆的门洞里走出来，又钻进另一个门洞。不远处的屋子里传出男人呵斥牲口的声音，轻微的铃铛声让大家心生欢喜。很快，这声音变得清脆、连续。门突然关上了，四周陷入一片寂静。连绵不断的雪花直落地面，闪闪发光。人们只听得见雪片落下来的模糊声息，旅客们不再言语，在原地默默等待着。

那个马夫终于出来了，手里牵着一匹脾气倔强的辕马。他左手提着灯，只能腾出右手来干活。费了好大劲，总算才把马具套好。当他去牵第二匹马时，他才注意到身边的旅客。

“这么大的雪，你们怎么不上车呢？”

毫无疑问，这些人没有想到这一点。听了马夫的话，他们蜂拥而上，三位男士尤为敏捷，扶着自己的夫人坐在最靠前的位置。最后面是几个轮廓模糊的旅客，默默地坐在了剩下的座位上。

车里暖和多了，车厢底板上铺着厚厚的麦秸，旅客们忙把脚藏了进去。前面的几位太太，手里捧着精致的小铜炉，炉中的化学碳饼缓缓地燃烧着。她们骄傲地描述着铜炉的诸多优点，好像别人对此一无所知。

马车套好了，因为道路很不好走，所以又加了两匹马。马车在雪地里艰难地前进，轮子陷进雪里，整个车厢都在痛苦地呻吟着。六匹马总是打滑，没过多久，它们身上已是热气腾腾。狠心的车夫全然不顾，不断挥舞他的长鞭，驱赶着朝夕相处的伙计。

天色逐渐亮了起来，借着黎明暗淡的光线，车上的旅客们开始彼此打量着。车厢里最好的座位，被鸟先生和他的夫人占据着，此刻他们正面对面地打着瞌睡。

鸟先生是一家酒行的老板，他以前当过伙计。后来瞅准机会，盘下了东家即将破产的店铺。这家伙总是笑眯眯的，但满肚子都是坏水。他虽然发了财，但在亲戚朋友的眼里就是个地道的奸商，他最拿手的就是将变质的葡萄酒廉价卖给周边的农民。

鸟先生的狡猾与奸诈早已声名远播，这得归功于才华横溢的图奈尔先生。在一次政府晚宴上，他看到宾客们都在打瞌睡，就建议大家来玩“鸟翩跹”的游戏。他的用意是在说“鸟骗钱”，人们心知肚明。自此笑声在省政府的每个客厅里此起彼伏，进而扩散到全城。

鸟先生还以搞恶作剧而出名，无论是低俗的，还是高雅的。只要一提起他，人们马上会说：“这只鸟，真不是个东西。”

鸟先生身材矮小，而他的老婆却是人高马大，做起事来雷厉风行，整个酒行被她打理得井井有条。

他们俩身旁是高贵的卡雷·拉马东先生，他是省议会议员，棉纺业的领军人物，曾获得“荣誉骑士”称号。他是第二帝国时期温和反对派的领袖。

在政治派系的斗争中，拉马东先生手段高明，总能获得更大的利益。他的太太年轻漂亮，鲁昂城里出身名门的军官，都曾得过她的安慰。她裹着皮衣，满脸沮丧地坐在丈夫对面。

于贝尔·德·布雷维尔伯爵与夫人坐在拉马东太太的身旁。伯爵是个气度非凡的老绅士。他极力修饰自己的服装，以彰显自己与亨利四世的相似之处。据族谱记载，亨利四世曾使布雷维尔家族的一位夫人怀了孕，那妇人的丈夫因此被封为伯爵，又做了该省的省长。

伯爵夫人是南特市一个小船长的女儿，他们的婚姻颇为神秘。这位女士雍容华贵，待人接物落落大方。据说，路易·菲力普的一名王子曾疯狂地追求过她。她的客厅金碧辉煌，在当地首屈一指，普通百姓难以进入。伯爵的财富多得惊人，全是不动产，每年至少有五十万法郎的收入。

这六位乘客非富即贵，他们收入稳定，有权有势，且都是信奉天主的虔诚之人。说来也巧，右侧的长椅上全是女人。两个修女坐在伯爵夫人的旁边，她们手里捏着念珠，嘴里念着《圣母经》。其中一个修女年纪很大，脸上长满了麻子。另一个身体虚弱，尽管年轻俏丽，但一脸病态。

修女对面，坐着一男一女。男子是人称“民主斗士”的科尔尼代，凡是有身份的人都对他敬而远之。二十年来，他穿梭于具有民主氛围的咖啡店，喝着大杯的啤酒。父亲留下的巨额财产，很快就被败光了。他急切地盼望共和国早日到来，因为那是他喝了无数啤酒换来的。

九月四日，第三共和国成立。他认为自己当了省长，走马上任之时，却遭到了当地公务员的强烈反对。生性豁达的他，只得打道回府。在与普鲁士的战争中，法军节节败退。于是，他组织大家修建防御工事，抵挡敌人的进攻。

他们在平原挖了许多坑，在每条道路上都设下了陷阱。等敌军逼近时，他觉得工事一定奏效，就带着人急忙撤回城里。此时的他，就是要赶去勒阿弗尔修筑新的防御工事。

那个女子是当地有名的妓女，人们都叫她“羊脂球”。她身材矮小，全身上下都是圆圆的，连每根手指都是那么饱满，就像一串短短的香肠。她的皮肤光滑细腻，丰满的胸脯在衣裙下高高耸起，水嫩的面庞，就像一朵娇艳的牡丹。乌黑的睫毛下，美丽的双眼闪动着灼人的目光。柔软的嘴唇，散发着迷人的芳香。

车上的人很快就认出了她，三位颇为正经的太太反应尤为强烈，“卖淫女”“社会的败类”，从她们的口中不断喷涌。尽管是交头接耳，但声音很高。羊脂球听到了，她傲慢地扫视着每一个人，目光中充满了挑衅。车里顿时安静下来，太太们纷纷低下了头。唯有鸟先生那异样的目光依旧在羊脂球身上游走。

没过多久，三位太太又凑到一起。羊脂球的出现，让她们彼此不再陌生，就像多年不见的挚友。在她们看来，一个正派的女人，必须在妓女面前捍卫有夫之妇的尊严。

三个有身份的男子不约而同地响应着。面对科尔尼代，他们亲密地说笑，以一种蔑视穷人的口气谈论着各自的财富。普鲁士军队的入侵，给伯爵带来巨大的损失，但他还是满不在乎的样子。卡雷·拉马东先生未雨绸缪，早已将六十万法郎汇往了美国。至于鸟先生，他更是棋高一着，利用特殊关系将储存的葡萄酒全部卖给了法军后勤部。

三位先生的交谈极为融洽，目光中流露着对彼此的欣赏。金钱拉近了相互的距离，财富让他们亲如兄弟。

上午十点钟，马车还没走出四法里。旅客们有些慌乱，中午到托特吃饭已经不可能了，最快也得等到晚上。马车刚走了不远，又陷进了积雪中。好不容易将马车推了出来，可时间又过去了两个小时。

饥饿让旅客们不再淡定，他们的目光在村口路旁急切地搜索着。但这一切都是徒劳的，野蛮残暴的普鲁士军队步步逼近，穷凶极恶的法国军队又刮地三尺，有谁会在这里开饭店呢？胆小怯懦的农民，也早把自家的食品藏了起来，因为路过的大兵是不会放过一粒粮食的。

下午一点多，鸟先生宣布自己撑不下去了。大家跟他一样，饿得心里发慌，饥肠辘辘的人们，早已没有说话的兴致。车厢里的人轮番打着哈欠，只不过因为性格或地位的不同，方式略有不同。

羊脂球弯着腰，好像在裙子底下寻找什么。她迟疑了一下，依旧安安稳稳地坐着。饥饿折磨着每一个人，面色苍白的鸟先生甘愿出一千法郎买一只肘子。他的老婆顿时变了脸色，随后又平静下来。伯爵深深叹着气："我怎么就忘了带些吃的呢？"大家你一言我一语，开始埋怨起自己来。

科尔尼代从兜里拿出一大瓶朗姆酒，对于他的邀请，人们无动于衷，只有鸟先生喝了几口。酒精让他兴奋起来，他建议大家像歌谣里唱的那样，把最胖的旅客分割着吃掉。他这话虽然是针对羊脂球说的，但任何一个有教养的人，都不会理睬他，只有科尔尼代诡异地笑了笑。两个修女已停止了诵经，她们微闭双眼，安静地坐着。

下午三点，车子行进在漫无边际的荒野中。这时，羊脂球再次弯下腰，从长凳下面抽出一只蒙着白色餐巾的大竹篮。她先从里面拿出一个陶盆，又取出漂亮的银杯，最后是一只瓦罐，里面装着切好了的鸡块。人们把目光投向竹篮，看见里面还有蛋糕、水果、葡萄酒等多种美味，足够一个人在旅途中吃上三天。羊脂球拿出香喷喷的鸡翅，就着一个小面包，津津有味地吃起来。

食物的香气在空气中弥漫，人们的眼睛睁得大大的，任凭口水泛滥。太太们妒火中烧，恨不得一刀将她宰了，连同她的酒杯、瓦罐一齐丢下车。然而鸟先生的眼睛始终没有离开那只瓦罐，他厚着脸皮说："好香啊，漂亮的女人总是有先见之明。"羊脂球抬头看了看他，轻声说："这位先生，您一定很饿吧，可以吃一点的。”

鸟先生忙不迭点头：“对于您的美意，我是不会拒绝的，因为我实在受不了。在这困难时刻，能得到夫人的帮助，真是件幸运的事。”说罢，他把一张报纸摊在膝盖上，取出随身携带的小刀，扎起一块鸡腿，狼吞虎咽地吃起来。

接着，羊脂球又向身旁的修女发出邀请。感激，让她们有些语无伦次。简短的客套后，她们便眼皮也不抬地吃起来。富有民主气息的科尔尼代，自然不会拒绝这份美意，愉快地加入了这个团体。鸟太太一直扭着头，她看不惯丈夫对羊脂球的谄媚。然而五脏六腑的抽搐，让她痛苦难当，最终还是无可奈何地凑了过来。

红葡萄酒香气四溢，但只有一个酒杯，大家只能轮流着用。喝酒时，后一个人总要把杯口擦一下。科尔尼代别出心裁，他的嘴唇偏要接触羊脂球喝过但还没干的地方，显然是在表达某种特殊的感情。

德·布雷维尔伯爵夫妇与卡雷·拉马东夫妇一直强忍着，诱人的香味让他们呼吸困难。这种痛苦，简直和坦塔罗斯的苦难一模一样。

突然，拉马东的夫人双眼紧闭，失去了知觉。望着昏死过去的妻子，她的丈夫急得不知如何是好。慌乱中，那位年纪大的修女拿起羊脂球的酒杯，为病人灌进几滴葡萄酒。没过多久，尊贵的太太睁开了眼，微笑着面对大家。老修女沉稳地说："不用担心，她是饿的。"说罢，又强迫她喝下满满的一杯。

羊脂球尴尬极了，就像一个做了错事的孩子。"其实，我是想邀请你们几位的，不过……"她没有往下说，微微低下了头。

"二位夫人，你们还矜持什么啊？"鸟先生连忙接过话来，"咱们同乘一辆车，就应该互相帮助。照这样走下去，明天也到不了托特，今晚还不知道在哪儿过夜呢！"

太太们默不作声。这时，伯爵转过身来，对着胆怯的羊脂球说："谢谢夫人，我们接受您的邀请。"

一句话，让彼此间的隔阂消失了。羊脂球拿出了鹅肝酱、云雀酱、熏牛舌、一包克拉桑梨，还有主教镇的蜜糖面包和糖醋黄瓜。吃了羊脂球的东西，人们自然就和她说起话来。伯爵夫人与拉马东太太老于世故，她们和羊脂球亲切地交谈着。尤其是伯爵夫人，谈吐间流露着贵族特有的谦逊风度。而那个人高马大的鸟太太，只顾着低头大吃，不和别人说一句话。

大家憎恨普鲁士人的凶残，也称颂法国军民的英勇。尽管自己是个逃兵，但对同胞的赞扬绝不含糊。不久，人们又谈起各自的经历。羊脂球激动地讲述着自己离开鲁昂的原因。

“其实我本可以不走，家里的食物足够我吃上几年。可是，我一看到那些普鲁士人，就燃起了满腔的怒火。这种奇耻大辱，让我哭了整整一夜。我要是一名男子该有多好啊！若不是女仆的阻止，我会把家具扔出窗外砸死这帮强盗。普鲁士人闯进我的家里，我扑上去，掐住一个士兵的脖子。如果没人揪住我的头发，我就弄死那个畜生了。打那以后，我就四处躲藏。最终，我还是找机会逃了出来。”

听完羊脂球的讲述，大家肃然起敬，纷纷夸奖她的爱国行为。科尔尼代静静地听着，脸上带着难以捉摸的微笑。在他看来，只有民主党人才是爱国主义的化身。

轮到科尔尼代了，他那富有感染力的言辞都剽窃自张贴在大街上的海报。最后，他又义正词严地批判了拿破仑。正在他扬扬自得之时，羊脂球拍案而起，她绝不允许心中的英雄遭到亵渎。

她的声音有些颤抖：“你们这种人，只会夸夸其谈。把国家交给你们，人们的生活会更糟糕。如果真是那样，我们只能选择离开法国。”

科尔尼代并没有发作，脸上依旧是不屑的微笑。不过，大家都觉得他不会忍太久了。这时，伯爵挺身而出，好言劝说羊脂球，并郑重宣布一切诚实的见解都是值得尊敬的。

在伯爵夫人和棉纺主太太的心中，早就对共和深恶痛绝。如今她们讨厌的羊脂球竟说出这样的话来，不禁觉得和她倒有些情投意合了。

羊脂球竹篮里的食物很快就变得精光，谈话又持续了一会儿，但彼此间却不那么热情了。

夜色慢慢降临，寒气也越来越重。羊脂球尽管富含脂肪，也不禁打起冷战来。伯爵夫人将自己的小铜炉递给了她，那里边的碳饼已经换了三次。羊脂球没有拒绝，她觉得自己的脚快要冻坏了。卡雷·拉马东夫人与鸟太太也把自己的小铜炉借给两位修女。

借着明亮的风灯，人们可以看到辕马身上冒出的热气，大路两旁的雪堆也在迅速地后移。车厢里一片漆黑，眼力极好的鸟先生，恍惚看到那个大胡子急忙往旁边躲闪，似乎挨了某人一记重重的耳光。

马车继续前行，前面依稀的灯光，给人们带来了希望，托特镇到了。马车在商会旅馆的门前停下，就在车门打开的一瞬间，大家听到了心惊肉跳的声音。那是军刀刀鞘在敲打着地面，普鲁士人就在眼前。

没有人敢动。车夫提着马灯走过来，灯光下是一张张惊悚的面孔。一名普鲁士军官站在车门旁，他是个瘦削的年轻人，金黄的头发，笔挺的军服，歪戴着漆皮军帽。直挺挺的胡子不断向两边伸展，越来越细。这两撇胡子压住嘴角，在嘴唇上印出一道向下的曲线。

他用阿尔萨斯地区的法语对旅客们说道：“各位先生太太，你们不愿意下车吗？”

温柔的修女不会反抗，非常顺从地下了车。伯爵与夫人紧随其后，接下来是拉马东和他的太太。怯懦的鸟先生躲在老婆的后面，两脚刚一沾地，便哈着腰对军官笑着说：“先生，您好！”普鲁士人并不领情，只是傲慢地瞥了他一眼。

挨着车门的羊脂球与科尔尼代最后下车，他们的脸上充满了正义和愤怒。羊脂球竭力控制心中的怒气，而富有斗争精神的民主党人，则用颤抖的双手捋着棕红的胡子。同伴的软弱，让他们厌恶。他们明白，面对敌人，每个法国人都代表着国家的尊严。

人们在旅馆的厨房里站成一排，普鲁士军官逐一检查他们的通行证。当核对无误后，他突然冷漠地说：“好了！”说罢就转身离开了。

旅客们如释重负，马上吩咐厨房准备晚餐。利用这个时间，他们来到自己的客房，开始熟悉这陌生的环境。饭菜端上来了，大家刚刚坐下，旅馆老板佛朗维就气喘吁吁地跑进来。多年的贩马生涯让他患上了哮喘病，喉咙里总是发出尖细的呼噜声。

“哪位是伊丽莎白·鲁塞尔小姐？”他问道。

羊脂球大吃一惊，连忙回答：“是我。”

“这位小姐，普鲁士军官现在要和您谈话。”

“现在？谈话？”

“是的，伊丽莎白·鲁塞尔小姐。”

羊脂球一头雾水，不知如何是好。她略微想了一会儿，果断地说：“也许是找我，但是我不去。”

人们交头接耳，不知道这个普鲁士人要搞什么花样。深谋远虑的伯爵来到羊脂球面前，和颜悦色地说：“夫人，请不要这样。您的断然拒绝不仅会伤害到自己，还会连累我们大家。面对强大的敌人，应该选择顺从。相信我，您不会有任何危险的。”

大家看懂了伯爵的用意，纷纷恳求羊脂球不要一意孤行。他们晓之以理，企图用最真挚的话语感动她。羊脂球终于同意了，伯爵夫人紧紧抓住她的手：“你真是我们的大恩人哪！”

羊脂球离开了，大家都在等她回来吃饭。人们的心中升起一丝妒忌，更有一份羡慕。每个人都在盘算着，如果普鲁士军官叫到自己，又应该怎样应付呢？

十分钟之后，羊脂球回来了。她一身怒气，脸涨得通红，嘴里恨恨地骂道："畜生！无耻！"

大家都想知道究竟是怎么回事，羊脂球却只字不提。最后，在伯爵再三盘问下，她才严肃地说："我不能讲，跟你们没关系。"人们不再言语，开始享用晚餐。一向节俭的鸟先生夫妇与修女要了杯苹果酒，别的人则点了昂贵的葡萄酒。

科尔尼代自然要的是啤酒，他总是用艺术家的方式对待心中最爱。他首先让啤酒泛出足够的白沫，然后举起杯子细细地端详，接下来就是对着灯光鉴赏酒的品质。

喝酒时，科尔尼代绝不一饮而尽。他凝视着杯中的美味，满眼庄严，似乎在完成一件极其神圣的事业。棕色的胡须，由于得到爱抚，也激动得一起一伏。他的一生只有两大嗜好，那就是啤酒与革命。它们相互交融，已经成为他生命中最重要的部分。

佛朗维和夫人坐在餐桌的另一端。他的喉咙就像坏了的火车头，不停地喘着气。他的老婆却是口若悬河，不停讲述着普鲁士士兵的暴行。她的仇恨溢于言表，因为普鲁士人让她丢掉了很多生意，她的两个儿子也都上了前线，生死未卜。她尤其喜欢和伯爵夫人交谈，因为在她看来，能和这种身份的人搭讪几句，是无比荣耀的。

佛郎维示意她闭嘴，可这不知趣的婆娘依旧说个不停。

"夫人，您知道吗？这些家伙每天就吃猪肉和土豆，还随处拉屎撒尿。他们每天在大片的田地里走来走去，干点什么不好呢？哪怕是种地也行啊，可偏偏是练习杀人的本事。杀人，就是在作孽啊，不管你杀的是法国人还是普鲁士人。如果有人受到伤害而试图报复，那也是错的，因为法律会惩罚作恶的人。现在有人把我们的孩子当作猎物来射杀，那就是应该的吗？杀人越多的人，反而越能得到勋章，这又是怎么回事呢？"

科尔尼代接过话头，大声说："如果战争是为了征服爱好和平的邻国，那就是野蛮行为。如果是为了抵御侵略而战斗，那就是神圣的事情。"

老太婆若有所思，低头说道："如果是为人民而战，应该另当别论。可是那些专以打仗来取乐的国王，就不应该被铲除吗？"

这番话让卡雷·拉马东先生陷入了沉思。在一个国家中，如果有太多的人游手好闲，国力就会大大削弱。如果将这些人都调动起来，从事生产劳动，那该能完成多么宏伟的工程啊！

精明的鸟先生可没有这份闲情逸致，他走过去和佛郎维低声说起话来。鸟先生的风趣幽默，逗得这个胖子捧腹大笑，他当即向鸟先生订购了六大桶红葡萄酒，约定明年春天普鲁士军走后就去取货。

大家已经很累了，吃完饭便回房休息。然而，鸟先生却显得格外精神。他让老婆先上了床，自己则对着钥匙孔向外望着。不久，他又把耳朵贴到门上去听，他觉得今晚走廊里一定会发生什么事情。

大约过了一个小时，走廊里传来一阵窸窸窣窣的声音。鸟先生精神为之一振，透过门孔，果然看到了羊脂球。她身披蓝色的睡袍，手里端着蜡烛，向走廊尽头的厕所走去。与此同时，另一间客房的房门也轻轻动了一下。

过了几分钟，羊脂球走了回来，科尔尼代已经等在她的门口了。他们小声说着话，羊脂球挡住房门向外使劲推搡着科尔尼代。鸟先生竖起耳朵，可惜什么也没有听到。所幸，他们在最后提高了嗓门。

科尔尼代正在央求着："您何必这么固执，这对您算个什么事呢？"

羊脂球似乎很生气，一口回绝了他。"不行，亲爱的朋友，这种事有些时候是不能干的，何况是在这里，更是丢人现眼！"

科尔尼代依然坚持己见，不依不饶。这让羊脂球非常恼火，她大声说："您真的就不明白吗？普鲁士人就在这幢房子里，也许就在我们隔壁。"

科尔尼代低头不语。这个下贱的妓女，在敌人面前，竟然拒绝了一个男人对她的示爱。这份独特的爱国情怀深深震撼着他，科尔尼代深情地拥住羊脂球，轻吻她的额头，随后就蹑手蹑脚地回到自己的房间。

此时，鸟先生早已是欲火中烧。他在房间里轻轻地蹦了几下，戴上睡帽后，一头钻进暖和的被窝，紧紧地搂住他那瘦骨嶙峋的妻子。

早晨八点，大家集合完毕。已经到了启程的时间，可院子中只有一辆空空的马车。人们四处寻找马夫，也不见他的踪影。男人们决定到镇上去找，他们来到了教堂前的广场。在两侧低矮的房屋里，他们看到忙碌的普鲁士士兵。他们有的在帮老人削土豆皮，有的在帮理发店打扫卫生。一个满脸络腮胡子的士兵，正在哄一个哭闹的小女孩。那些没见过世面的乡下女人，丈夫都在前线打仗，而她们却在家里指挥温顺的普鲁士士兵干这干那。

眼前的一切，让伯爵难以置信，一位教堂执事为他解开了心中的疑惑："这些士兵并不是普鲁士人，他们来自更偏僻的地方，家里也有老婆孩子。他们心地善良，讨厌战争，家中的女人也是整日为他们提心吊胆。您都看见了，这些当兵的在这里不做坏事，就像在自己家里一样。"

伯爵默不作声，而科尔尼代却是拂袖而去。战胜者与战败者的和谐相处令他难以接受。鸟先生笑嘻嘻地说："普鲁士人要在这里开枝散叶了。"卡雷·拉马东面沉似水："他们是在为自己赎罪。"

大家继续分头去找，终于在镇上的咖啡馆里发现车夫，他正同那个普鲁士军官的勤务兵亲密无间地说着话。

伯爵沉着脸问道："八点钟我们应该准时出发，你为什么溜掉了？"

"因为我又接到了新的指令。"

"什么指令？"

"不许套车。"

"谁的主意？"

"当然是那位普鲁士军官喽。"

"他为什么这样做呢？"

"这个我就不知道了。普鲁士人既然不准我套车，我就只能照办。"

"是那军官亲口对你说的吗？"

"是由旅馆老板转达的。"

"什么时候？"

"昨天晚上，我正要去睡觉的时候。"

三个人的心中隐隐不安，事情绝不会那么简单。

回到旅馆，他们去找老板，但遭到仆人的婉拒。求见那位军官也是不可能的，因为他只允许老板一人和他谈论老百姓的事。大家能做的，只有等待。

科尔尼代坐在厨房高大的火炉前，身前是一张方桌，上面摆着啤酒和烟斗。他的两眼一会儿望着壁炉里的火苗，一会儿又注视着酒杯里的泡沫。他惬意地喝着啤酒，右手轻轻抚着光滑的长发。鸟先生找个借口溜到街上，向小商贩们兜售他的葡萄酒。伯爵与棉纺厂主正在分析当前的战争形势，对法兰西的未来充满信心。

十点钟，旅馆老板出来了。大家围拢过来，他的回答简单干脆，原封不动地将普鲁士军官的话复述了三遍。

“佛朗维先生，转告车夫，没有我的命令，明天不准套车，那些旅客不得动身，您听懂了吗？”

大家推荐伯爵和卡雷·拉马东先生去求见普鲁士军官。不久，勤务兵前来传话，接见时间定在下午一点。

大家焦躁不安，勉强吃了些东西。羊脂球心烦意乱，总感觉要发生什么不好的事情。

人们刚刚喝完咖啡，勤务兵准时来叫伯爵和拉马东先生。鸟先生也想一探究竟，科尔尼代却是严词拒绝。他回到壁炉前坐下来，继续喝着啤酒。

三人被带到楼上，在一间最豪华的客房里，他们见到了普鲁士军官。他躺在一张高背椅中，双腿搭在壁炉上，嘴里叼着一只长长的烟斗。他没有起身，也不和任何人打招呼。

过了好久，不可一世的普鲁士军官终于开口了，“你们想干什么？”

伯爵躬身施礼，“先生，我们想离开这里。”

“不可能。”

“请问阁下，为什么不放行呢？”

“因为我不愿意。”

“先生，贵军司令部已经给我们颁发了特别通行证。一路上，我们没做任何错事，我想不出有任何理由接受您这样的惩罚。”

“我不愿意，没有别的原因……你们可以走了。”

三个人面面相觑，一起转身下楼。

整个下午，人们的情绪非常低落，大家想不通这个军官到底要干什么。每个人的心中都有一种假设：可能要把所有的女人扣为人质，也许要把他们充当俘虏押到别处，要不然就是想勒索一大笔赎金。

夜幕降临，屋里已经点上了灯。离晚饭还有两个小时，为了打发这难熬的时间，鸟太太提议玩三十一点。大家兴致勃勃，在欢乐中渐渐淡忘了恐惧。

开饭了，大家团团围坐。这时，佛郎维又出现了。他高声说道:“伊丽莎白·鲁塞尔小姐，普鲁士军官让我问问您，那件事您想好了吗？”

羊脂球一动不动，脸色苍白，随后又变得满脸通红。过了好半天，她才大吼着:“回去告诉那个混蛋，我不同意，绝不！绝不！”

旅馆老板转身离去，大家纷纷围拢过来问个究竟。她浑身颤抖，大嚷道:“那个混蛋，他要，他要和我睡觉！”

愤怒点燃了在场的每一个人。科尔尼代把桌上的酒杯摔个粉碎，人们大声斥责这个衣冠禽兽，好像那个无耻要求会使他们每个人也做出一份牺牲。身为女人，太太们则表现出极大的关怀。两位修女一如既往地低着头，什么也不说。

晚饭后，太太们回房休息了。先生们一边抽着雪茄，一边思考解决的办法。他们决定邀请佛郎维来打牌，以便探听那个普鲁士军官的底细。

胖老板来了，可他只注意手里的牌，什么也不听，什么也不说。他玩起牌来专心致志，甚至连吐痰都忘记了。大家看出从他嘴里根本套不出话来，就推说时间已晚，各自散去了。

第三天，大家依然起得很早，离开旅馆的愿望愈发强烈了。可是马车依旧停在院子里，车夫也不见踪影。经过一夜的深思熟虑，人们对羊脂球的态度已然有了变化。大家都觉得她应在昨晚偷偷地去找那个军官，一觉醒来便万事大吉。没有人会知道这一切，羊脂球也会在普鲁士人面前找到尊严，因为她是为可怜的同伴才委屈自己的。这种事情，对一个妓女而言，再简单不过了。

每个人都是这样想的，可是谁也没有说出来。

下午，大家心烦意乱，伯爵提议到镇子上散散心。修女们去了教堂，科尔尼代则愿意待在火炉旁。七个人出发了，他们都把自己包得严严实实。寒风刺骨，人们的鼻子与耳朵就像被针扎一样，两脚也冻得疼痛难忍。放眼望去，只有茫茫白雪覆盖着大地，天地间一片凄凉。人们兴致全无，转身往回走。四位女士走在前头，三位先生跟在后面。

男人们边走边聊，鸟先生煞有介事地说："我看这个娘儿们就是故意的，害得我们在这个鬼地方活受罪。"伯爵摇了摇头，他认为不能逼迫一个女人做如此痛苦之事，这得出于自愿。卡雷·拉马东先生对局势的分析，让他们坐立不安。法军一旦从迪耶普反攻，两军必在托特相遇，到时就更难以脱身了。

鸟先生急切地说："我们只能步行逃出去了。"伯爵耸着肩膀说："在这寒冷的冬天，您带着家眷，能跑出多远呢？不出十分钟，就能被追上。到那时我们就是俘虏，只能任人摆布了。”

他们正在聊着，那个普鲁士军官突然出现在街口。当他从夫人们身旁经过时，微微欠了欠身；而对那几个男人，只是极其轻蔑的一瞥。先生们也不示弱，没有向他脱帽致敬，只有鸟先生深深地弯下了腰。

羊脂球尴尬极了，一直低着羞红的脸。三位夫人觉得自己受到了莫大的羞辱，她们后悔同这个妓女散步，又偏偏碰见了要跟她睡觉的男人。她们开始谈论那个军官，从身材说到容貌。卡雷·拉马东夫人是这方面的行家里手，她觉得这军官很有魅力，只可惜不是法国人。

回到旅馆，大家都沉默不语。晚饭后，就各自回房休息。第二天起床后，每个人都闷闷不乐，三位太太对羊脂球冷漠了许多。

教堂的钟声响了，神父要为一个孩子洗礼。羊脂球决定参加这个仪式，因为她也有个孩子，已经很长时间没见面了。

羊脂球一离开，大家就围拢在一起。鸟先生想出个绝佳的主意，他让佛朗维向普鲁士军官建议，把羊脂球一人扣下，放其余人上路。旅馆老板来到楼上，没过多久就被赶回来了。普鲁士人的态度非常坚决，只要没达到目的，一个人也别想离开。

鸟太太撒起泼来，跳着脚大声嚷道:“这个烂货，是想把我们都坑死吗？在鲁昂，马车夫都可以和她睡觉。而今天，大家需要她帮助的时候，这婊子却假装正经起来，摆什么臭架子！那个普鲁士军官有什么不好？也许他看上的是我们三个，但出于对有夫之妇的尊重，只能拿她将就将就。这是他的地盘，他想要哪个女人，还不是一句话的事？”

伯爵夫人微微有些颤抖，而漂亮的卡雷·拉马东太太两眼放光，苍白的脸上泛着红晕，好像已被那军官占有了一样。愤怒的鸟先生主张武力解决，将羊脂球五花大绑，直接送到普鲁士人的卧室。温文尔雅的伯爵出身贵族，极力反对这种粗鲁的办法，他觉得应该攻心为上，然后再施以手段，让她心甘情愿才是最好。

一场阴谋就这样开始了。

三位太太压低了声音，为男人们出谋划策。在某些令人耳红的字眼上，她们用词极其委婉，局外人是根本听不懂的。到了后来，大家觉得这是件非常可笑的事情，说话也就不那么拘谨了。

伯爵的取笑巧妙文雅，人们自然心领神会。鸟先生则不同，满嘴污言秽语。他的太太更是口无遮拦:“一个做皮肉生意的婊子，凭什么挑剔？为什么就不能陪陪那个军官呢？”

气质高贵的卡雷·拉马东夫人仍然坚持自己的想法：我若是羊脂球，宁可拒绝别人也不拒绝这个普鲁士军官。

为了达到目的，他们处心积虑，绞尽脑汁。每个人都有自己扮演的角色，都有各自的任务，如何去进攻、怎样去突袭、依据哪些道理，都要了然于胸。

科尔尼代坐在火炉旁，一言不发。正在大家全神贯注之际，羊脂球走了进来。伯爵的一声轻嘘，阻止了人们的高谈阔论。众人面红耳赤，低头不语。老于世故的伯爵夫人赶忙起身相迎，笑着问道："参加洗礼的感觉如何啊？"

羊脂球兴致勃勃地描述着洗礼的全过程。整整一个上午，太太们和羊脂球都在愉快地交谈着。面对众人的热情，羊脂球非常开心。

午饭时间，就是进攻的开始。大家饶有兴致地谈论着献身出力的故事，有人还讲述了许多古代女子的悲壮经历。人们伤感叹息，这些伟大的女人将自己的身体当作武器，以屈辱的亲吻、抚摸战胜了强大的敌人。为了民族与国家，为了亲人与道义，她们奉献了自己的贞洁。两位修女好像听不懂这些，只顾埋头吃饭，羊脂球也没有说一句话。

午饭结束了，这是让她理解思考的时间，自然不会有人去打搅。但是，他们已对羊脂球的称呼由"夫人"改为"小姐"了。他们这样做，无非是提醒她别忘了自己是什么出身。

吃晚饭的时候，佛郎维又来了，仍然是昨晚那句问话。“普鲁士军官让我来问问伊丽莎白·鲁塞尔小姐，你是不是还没有改变主意啊？”

羊脂球的回答掷地有声：“没有改变！”

晚餐上，已看不到咄咄逼人的进攻。鸟先生的讲话东拼西凑，无足轻重。大家苦思冥想，都在试图找到崭新的范例。高贵的伯爵夫人褪去了智慧的光环，她以极其谦卑的态度请教身旁的修女。老修女慢条斯理，郑重地回答着贵妇的询问。

“许多圣徒都做过错事，甚至被世人看来是一种犯罪，但这些行为却是为了宣扬伟大的基督，对此天主总是无条件地予以宽恕，因为他们都不是为了自己。”在这场你来我往的谈话中，看不懂是一唱一和还是正中下怀。老修女的一番高论，为这场阴谋披上了神圣的外衣。

在大家的吹捧中，老修女口若悬河，言辞更为激烈。在她看来，只要坦荡无私、信仰坚定，良心就不应该受到约束，天主自然不会惩罚。伯爵夫人笑眯眯地听着，想不到这个愚蠢的修女，竟是最好的同谋。

“如您所说，只要目的纯正，天主就一定会宽恕任何方式的行为吗？”

“这是千真万确的，亲爱的夫人。”

没有人再说话了，因为老修女已经为他们铺垫好一切。晚饭后，大家都回房歇息。第二天日上三竿，众人才从楼上下来。这是特意留给羊脂球的时间，人们期待昨天播下的种子能生根发芽。

午饭后，伯爵夫人提议去散步。伯爵出场了，他挽着羊脂球的小手，走在人群的最后面。他的语气亲切自然，满脸的慈爱，把羊脂球称作“亲爱的孩子”。

在羊脂球面露喜悦的那一刻，伯爵立即直奔主题：“对您来说，那个军官的要求并不过分，为什么还要拒绝呢？您真的希望大家为你而停留在此吗？一旦普鲁士军队在战场上失利，他们将撕下伪善的嘴脸，而我们，将和您一样饱受敌人的蹂躏。”

羊脂球一言不发。

伯爵并不着急，依旧好言相劝。他一面保持着高贵的身份，一面又极力颂扬讨好。羊脂球并没有回答，快步追上前面的人群。

回到旅馆，羊脂球立即上楼，再也没有露面。众人的心中忐忑不安，她到底要干什么？如果她一意孤行，后果真的不堪设想。

晚饭时，旅馆老板佛郎维走进饭厅。伯爵低声问道：

“怎么样？”对方轻轻地说：“行了！”

这一刻，众人欢呼雀跃。鸟先生高声嚷道：“他娘的！今晚我请客！”一杯杯纯正的香槟酒，让在场的每一个人都兴奋起来。伯爵突然发现卡雷·拉马东太太是那么的漂亮，而她的丈夫正在对伯爵夫人百般讨好。

突然，鸟先生大叫起来：“安静！”众人不解地望着他。只见鸟先生两眼望着天花板，做出侧耳倾听的样子。“请各位放心，一切顺利。”起初，大家不明白是怎么回事，但不久就露出了微笑。

过了不久，鸟先生又把刚才的恶作剧表演一遍，但他的行为并未引起任何人的反感。

将近午夜，大家要去上楼休息了。喝醉的鸟先生来到科尔尼代面前，结结巴巴地说：“您今天一句话也不讲，难道您不高兴吗？”

愤怒的科尔尼代抬起头，两道锐利的目光扫视着在场的每一个人。他大声说道：“先生太太们，你们刚才的行为卑鄙无耻！”说罢转身离去。

鸟先生满脸通红，一时间愣在那里。可没过多久，他就捧腹大笑起来：“葡萄太酸！葡萄太酸！”大家都疑惑不解，于是，鸟先生就把“走廊里的秘密”详细地讲了一遍。众人狂笑不止，几位太太更是乐疯了。她们不敢相信，一向道貌岸然的科尔尼代竟是这路货色。

第二天，人们起得很早。明亮的太阳照耀着洁白的大地。马车已经套好了，车夫披着羊皮大衣，在车座上抽着烟。所有的人都非常欢畅，正在积极准备旅途中的食物。

带着一抹羞涩，羊脂球出现在大家面前。可令人惊讶的是，所有人都将脸扭了过去。伯爵拉起夫人的胳膊，使她远远离开那种肮脏的接触。

羊脂球的心中百感交集，她平静了好一会儿，鼓起最大的勇气向卡雷·拉马东太太问声好。贵妇人轻哼了一下，眼睛里充满着鄙夷。人们远远地站着，仿佛她的衣裙上沾满瘟疫。羊脂球最后上了车，静悄悄地坐在以前的位置上。

笨重的马车摇晃起来，车上一片沉闷，没有人说话。羊脂球低着头，心中悔恨交加。为了打破尴尬的局面，伯爵夫人率先开了口。她轻声对卡雷·拉马东太太说："您认识德·埃特雷勒夫人吧？"

"认识，她是我的好朋友。"

此刻，卡雷·拉马东先生也与伯爵聊了起来，鸟先生偷了旅馆一副脏兮兮的纸牌，正与妻子兴高采烈地玩着。两个修女则取下长长的念珠，一边画着十字，一边熟练地祷告着。科尔尼代好像在想着什么，坐在那里一动不动。

马车行驶了三个小时，鸟先生有些饿了。他妻子摸出一个纸包，取出一块冷牛肉。他们熟练地切成几片，美美地吃了起来。

伯爵夫人解开为两家准备好的食物，那是一个绘有兔子的椭圆形陶罐。很显然，里面装着鲜美的野兔肉。布包里还有一大块用报纸裹着的瑞士奶酪，报纸上的标题还清楚地印在上面。

两位修女啃着滚圆的香肠，那东西散发着浓烈的大蒜味。科尔尼代从左边口袋里取出四个熟鸡蛋，又从另一个口袋里拿出一块面包。他大口大口地吃着，蛋黄的渣子沾满了棕色的胡须。

羊脂球因为走得匆忙，没顾得上准备食物。没有人看她一眼，更没有人邀请她，同伴们的心安理得让她大发雷霆。她张嘴准备大骂这些忘恩负义的小人，可因为愤怒，她竟说不出一个字来。

她觉得自己快哭出来了。她咬住嘴唇，就像一个孩子忍住自己的哽咽。泪水在眼眶里翻涌，两颗晶莹的泪珠终于夺眶而出。泪水顺着苍白的脸颊落在她那丰满的胸脯上，打湿了美丽的衣裙。

伯爵夫人把一切都看在眼里，她向丈夫悄悄使着眼色。伯爵耸了耸肩，无奈地将双手摊开。远处的鸟太太发出一阵冷笑，幸灾乐祸地说道：“哭吧，泪水能洗刷你的耻辱。”

两位修女一直无动于衷，在把吃剩的香肠包好后，又忙着做祈祷了。

吃完鸡蛋的科尔尼代神采飞扬，他向对面的长凳舒展着长腿，两臂在胸前交叉。那诡异的笑容，似乎告诉大家他已经找到了最好的消遣方法。

果然，他用口哨吹起了《马赛曲》。

众人的脸色变得阴沉起来，很显然，这支人民的歌曲令同伴们很不开心。人们的烦躁逐渐演变成愤怒，一个个好像都要大声吼叫。科尔尼代暗自发笑，吹得更加起劲了。最后，他竟把歌词唱了出来。

路上的积雪坚硬起来，马车跑得飞快。在到达迪耶普之前，先生太太们只能忍受着漫长的寂寞时光。从黄昏到黑夜，科尔尼代一直吹着带有复仇意味的口哨。时间久了，众人只能随着每个节拍，无奈地记住每一句歌词。

羊脂球一直在哭，她的悲伤早已融进无边的夜色。那未能忍住的声声呜咽，在黑暗的车厢中四处飘荡……

两个朋友

巴黎被包围了，[1]整个城市在饥饿中呻吟。屋顶上看不见什么麻雀，下水道的老鼠也不知去向。人们现在什么东西都吃。

莫里索先生，一个钟表匠，暂时闲居在家。一月份的一个晴朗的早晨，他肚子空空，双手插在制服裤袋里，神情忧郁地沿着城外林荫道散步。他一下子停在一个也穿着军装的同志跟前，那是索瓦日先生，从前在河边相识的朋友。

打仗以前，每逢星期日，莫里索一大早就出门，手里拿着根竹竿，背上背着一个白铁盒子。从阿尔尚德依乘上火车，到科隆布下车，再步行到马朗特岛。一到这个梦寐以求的地方，他就开始钓鱼，一直到天黑。

每个星期日，他总会在那儿遇到一个矮胖爽朗的男人，

① 1870 年普法战争爆发，9 月 16 日普鲁士军队开始包围巴黎，1871 年 1 月炮轰巴黎。

那便是索瓦日先生，罗莱特圣母街上的服饰店老板，也是个钓鱼迷。他们并肩坐着，手握钓竿，双脚在水面上晃荡，常常一待就是半天，因此成了朋友。

有时他们什么都不说，有时又闲聊几句，但他们志趣相投，一句话不说也能心有灵犀。

春天，早上十点左右，阳光恢复了热力，照得河面上飘起一层薄薄的雾气，也照得两个钓鱼迷的背上暖烘烘的，真是春意盎然。莫里索有时会对身边的伙伴说："啊！多暖和！"索瓦日先生回答："再没有比这更好的了！"这两句话足以让他们相互理解、相互敬重了。

秋天，傍晚时分，天空被夕阳染得通红，水中倒映着绯红的云霞，整个河面一片殷红。地平线像是着了火，映得两个朋友的脸也红得像火一样，照得在寒风中颤动的黄叶像是镀了一层金色。索瓦日先生微笑着望向莫里索，说："多美的景象啊！"心旷神怡的莫里索眼睛盯着浮子，回答："这比林荫道美多了，是不是？"

他们一认出彼此就用力地握了握手。在如此不寻常的形势下相逢，两人都感慨颇多。索瓦日先生轻叹口气，低声说："世事多变啊！"莫里索黯然神伤，感叹道："多好的天气啊！今年还是头一回这样风和日丽。"

天空的确蔚蓝又晴朗。

两人并肩走着，念头又多又悲伤。莫里索接着说："钓鱼呢？哈！多美好的回忆啊！"

索瓦日先生问："我们什么时候能再去那里呢？"

他们走进一家小咖啡馆，一起喝了杯苦艾酒，然后又到人行道上散起步来。

莫里索突然停下来说："再喝一杯吧，嗯？"索瓦日先生赞成："听你的。"随后他们又进了另一家酒馆。

出来时两人都晕乎乎了。空腹灌了一肚子酒的人都会有这样的眩晕感。天气很暖，微风轻拂着脸庞，弄得他们脸上痒痒的。索瓦日先生陶醉在和风中，停下来问："咱们去那儿怎么样？"

"哪儿？"

"当然是去钓鱼啦。"

"可是去哪儿钓呢？"

"就到我们那个小岛上去，法军前哨就在科隆布附近，我认识那个杜穆兰上校，我们可以毫不费事地过去。"

莫里索高兴得直发抖："就这么定了，我去。"然后两人分头去取各自的渔具。

一小时后，他们肩并肩上了大路，随后来到上校居住的别墅。上校听完他们的请求后笑了，并应允了他们一时兴起的请求。

于是他们持着通行证继续上路了。

不久，他们越过了前哨阵地，穿过了荒芜的科隆布，然后来到塞纳河边的一大片葡萄园边上。这时大约十一点钟。

对面的阿尔尚特伊村庄一片死寂，奥尔日蒙和萨努瓦两座山冈俯视着周围的一切。一望无际的平原一直延伸到南特尔，除了光秃秃的樱桃树和灰蒙蒙的荒原外，空荡荡一片。

索瓦日先生指着山顶，低声说："普鲁士人就在那上面！"在这片荒无人烟的田野上，两个朋友吓得手脚有些发软。

普鲁士人！他们从来没有见过，几个月来却一直能感觉到他们就在巴黎周围，蹂躏法国，掠夺、屠杀，使人民陷入饥荒，无影无踪却又强大无比。他们面对这个陌生又不可一世的民族，在仇恨之外，又有一种迷信的畏惧。

莫里索先生结结巴巴地问："喂！如果我们撞上他们怎么办？"

索瓦日先生用一种巴黎人惯有的嘲弄和漫不经心答道："那我们就请他们吃炸鱼。"

然而，周围一片寂静，他们迟疑着，不敢贸然闯进田野里去。

最终，索瓦日先生下了决心："走吧，上路！不过要小心。"

于是他们从葡萄地上下来，弯腰弓背，睁大眼睛，竖起耳朵，利用灌木丛做掩护，匍匐前进。

现在只剩一片光秃秃的空地就到达河岸了，他们拔腿就跑起来，一到岸边就缩成一团躲进了干枯的芦苇丛中。

莫里索把脸贴在地上听附近是否有人走动。他什么也没有听见。这里只有他们，就只有他们两个。

他们踏实了，开始动手钓鱼。

正对着他们的是荒无人烟的马朗特岛，它从对岸把他们遮蔽起来。小餐馆关着门，似乎已经人去楼空多年了。

索瓦日先生先钓上一条鲈鱼，莫里索紧接着也钓上一条。他们不时拉起鱼竿，每次钓线头子上都挂着一条银光闪闪活蹦乱跳的鱼，真是如有神助！

他们小心翼翼地把鱼放进脚边泡在水里的网眼细密的渔兜里。一种美滋滋的喜悦涌上心头，这种喜悦只有在重拾失去多时的乐趣时才能体会到。

和煦的阳光照得他们肩膀暖烘烘的；此刻他们什么都不听，什么都不想，他们忘却了世上的其他，只知道钓鱼。

可是突然间，一阵沉闷的声响仿佛从地下钻出来似的，震得地面直颤。大炮又开始隆隆作响了。

莫里索抬起头，向河岸上方望去，只见左边显现出瓦莱利安山的巨大轮廓，山顶上飘起一团白絮，那是大炮的硝烟正腾空而起。

紧接着堡垒顶端又冒出一股白烟，不一会儿又响起隆隆的炮声。

炮声此起彼伏，山上不断喷出死亡的气息，奶白色的烟雾在宁静的天空中袅袅升起，在山顶上空凝成一片烟云。

莫里索耸耸肩膀说："他们又开始了。"

莫里索焦急地看着浮标上的羽毛一个劲儿地往下沉。这位性情温和的人突然对这群交战的疯子发起火来，他嘟囔道："这样自相残杀真是愚蠢！"

索瓦日先生回道："比畜生还不如。"

莫里索刚刚钓到一条欧鲌鱼，说道："你想想，只要有政府在，这种事儿就少不了。"

索瓦日先生打断他："共和国好像并没有宣战……"

莫里索打断了他的话："国王时期在外面打仗，共和国时期就在国内打仗。"

他们心平气和地讨论起来，试图用他们敦厚而有限的普通人的理智来解决这些重大的政治问题。有一点他们达成了一致，那就是：人永远都不会有自由。瓦莱利安山上炮声不绝，炮弹炸毁了法国的房屋，打碎了人们的生活，毁灭了一个个生命，埋葬了无数梦想、期盼的快乐和幸福的希望，还给这里和别的地方的妻子、女儿和母亲心中留下了永不磨灭的痛苦。

“这就是人生。”索瓦日先生说。

“不如说这就是死亡。”莫里索笑着回答。

但这时他们清楚地感觉到背后有人走动，顿时吓得毛骨悚然。转身一看，只见身后站着四个人，四个全副武装、胡子拉碴的大个子，穿着仆人穿的号衣，头戴平顶军帽，举着枪瞄准了他们。

两根鱼竿从他们手中滑落，顺流而下。

短短几秒钟，他们就被抓住、捆好、带走，扔进一条小船里，渡河上了小岛。

在原先以为废弃的房屋后面，他们看到二十来个德国士兵。

一个浑身长毛的巨人般的军官在抽烟，他跨坐在椅子上，叼着一只很大的瓷烟斗。他用出色的法语问他们：“呃，二位，鱼钓得很不错吧？”

这时一个士兵将满满一网兜鱼放到军官脚边。普鲁士人微笑着说：“嘿！嘿！我看确实不错。但是问题不在这儿，你们听我说，不用紧张。”

“在我看来，你们两个是被派来侦察的间谍。我抓住了你们，就得枪毙你们。你们假装钓鱼是为了掩盖你们的企图。你们现在落到我手里，活该，这就是战争。”

“不过你们是从前哨来的，肯定知道回去的口令。把口令告诉我，我就放了你们。”

两个朋友肩并肩站着，面色铁青，手紧张得微微哆嗦，一声不吭。

军官接着说：“这事儿谁也不会知道，你们可以平安回去，这个秘密将随你们一起消失。如果你们拒绝，就是死路一条，马上就死。你们选择吧。”

他俩还是一动不动，谁也不开口。

普鲁士人始终很平静，手指着河流说：“你们想想，五分钟后你们就沉入水底了，还有五分钟！你们总有亲人吧？”

瓦莱利安山上依旧炮声隆隆。

两个钓鱼的人依旧沉默地站着。

德国军官用德语下了命令，把椅子从俘虏身边挪开；然后十二个士兵站到二十步远的地方，枪靠在脚边。

军官接着说：“我再给你们一分钟时间，多一秒也不行。”

他突然站了起来，走到两个法国人身边，抓住莫里索的胳膊，将他拉到远一点的地方，低声对他说：“快说，口令是什么？你的同伴什么也不会知道，我会装作一副可怜你们的样子。”

莫里索什么也没有回答。

普鲁士人又把索瓦日先生拉过去，向他提出同样的问题。

索瓦日先生什么也没有回答。

两人又并排站到一起。

军官开始发令，士兵们举起枪来。

这时莫里索的目光恰好落在离他几步远的草丛中的渔兜上。渔兜里鼓鼓囊囊装满了鮈鱼。

一道阳光照在还在跳动的鱼堆上，鱼身闪闪发亮。莫里索一阵头晕，尽管他极力忍住，眼中还是充满了泪水。

他结结巴巴地说："永别了，索瓦日先生。"

索瓦日先生回答："永别了，莫里索先生。"

他们握着手，浑身上下不由自主地瑟瑟发抖。

军官喊道："放！"

十二枪齐发。

索瓦日先生脸朝地直挺挺地倒了下去。莫里索个子比较大，身子摇摇晃晃前后转了一下，仰天横倒在他的朋友身上。鲜血从被打穿了的制服的胸口处汩汩流出。

德国人又下了一道命令。

士兵们四下散开，随即又拿来了绳子和石块，他们把石头绑在两具尸体的脚上，再把他们抬到岸边。

瓦莱利安山上炮声不断，硝烟弥漫。

两个士兵一人抬头、一人抬脚地把莫里索抬起来，另外两个也同样把索瓦日先生抬起。他们把两具尸体来回使劲晃悠，接着远远地抛了出去。尸体划出一道弧线，然后，绑着石块的脚朝下，直直地栽进河里。

河水四溅，水面翻腾，激起层层浪花。随后又平静下来，细小的涟漪向岸边缓缓散开。

水面上漂起几缕鲜血。

军官始终神色泰然，低声说："现在该轮到鱼吃他们了。"

说完他转身走向屋子。

突然他看到草丛中那只装鮈鱼的渔兜。他拎起来看了看，微笑着喊道："威廉！"

一个系着白围裙的士兵跑过来。那个普鲁士人把两个被枪毙的人所钓的鱼扔过去，吩咐道："趁这些鱼还活着，马上给我炸了，味道一定鲜美。"

说完，他又开始抽起他的烟斗。

俘 虏

树林里没有一点儿声音，除了下雪产生的树枝轻颤声。雪从中午一直下到现在，密密的雪花给树枝穿上银白色的衣裳，给灌木丛中的枯叶盖上厚厚的被子，给悠长的道路铺上雪白的地毯。大雪使得这片无边无际的林海变得更加寂静更加深沉了。

守林人的屋前，一个身材高挑的年轻女人，卷着袖子，露着手臂在石头上劈木柴。她生在树林、长在树林，父亲和丈夫都是干这行的。

屋里传来声音："贝蒂娜，快进来吧，天都黑了，今天就我们两个女人，小心普鲁士人和狼。"

劈柴的女人正在高举手臂劈着树根，举起双臂时她的胸口朝前一挺，她一边劈柴一边回答：

"妈妈，马上就来，放心吧！天没黑呢。"

随后，她把捆好的和没捆好的木柴一起搬到屋里，在壁炉边堆好。又用橡木做的护窗板把窗户关好，用沉重的横门闩把门关好。

她母亲是个胆小怕事的老妇，满脸皱纹，正坐在炉子旁纺线。看到女儿关门，说道：

“你爸爸出去干吗啊，我们两个女人又能做什么呢？”

年轻女人说：

“别怕，不管是狼，还是普鲁士人，我都打死他们。”

说完，她抬头看了看挂在壁炉上的大手枪。

普鲁士人刚入侵时，她丈夫就参军了，家里只剩下了两个女人和老父亲。父亲叫尼古拉·皮雄，外号叫“长脚鹬”，是这片树林的看守人，他一直住在这儿，不愿意离开。

离这儿最近的一座城叫雷泰尔，在一座悬崖上，是过去的要塞。那里的人都是爱国人士，已经下定了防御外敌入侵的决心，他们按照当地的传统坚守家园，抵抗外敌。雷泰尔的居民因历史上两次顽强抵御外敌而著名，一次是在亨利四世时代，一次是在路易十四世时代，这次他们一如既往地守卫家园。

因此，他们买了枪炮，组成了一支自卫队。这是一支由各种职业的人组成的队伍，像面包师傅、食品店老板、肉店老板、公诉人、诉讼代理人、金银匠、书店老板、药剂师等，他们在拉维涅先生的指挥下，定时在练兵场上进行操练。拉维涅先生以前是龙骑兵的士官，后来娶了一家服装用品店的女儿，继承了她家的家业，当了老板。

他获得了城防司令官的少校军衔，成了要塞司令。因为当地的年轻人都已经入伍了，他就只能把剩下的老弱病残组织起来编成队伍，并对他们进行训练。肥胖的人用跑步代替走路，以此消耗脂肪，增强肺活量，增强体力；那些瘦的就背重物练习，以此来强健筋骨。

人们就这样一直等着普鲁士人，可是他们一直没来。不过他们已经不远了，普鲁士人的侦察兵已经两次穿过树林，走过守林人尼古拉的家门口了。

老守林人尼古拉跑得飞快，每次都马上跑到城里去报信。他们把大炮架上了，可每次敌人都没露面。

“长脚鹬”的家就是阿韦林树林的前哨，老守林人每周两次进城买生活用品，并且向城里人汇报消息。

这一天他又要去城里报告，因为前天下午两点钟左右，有一支德国步兵的小分队在他家里逗留过，不过马上就走了，那个带队的士官会说法国话。

老守林人每次出去都会带着他那两只又高又大的看门狗，它们是牧羊犬，长着像狮子一样的血盆大口。他最怕的还是狼，这个时候的狼非常凶狠。他出门时还提醒家里人，天一黑，一定要锁好门。

年轻女人并不害怕，但老妇人一直都很是害怕，不停地说：

“最后会遭殃的，肯定的，最后会遭殃的。”

她今晚比平时都不安。

“你父亲准备几点回来？”

“十一点之前回不来的，肯定的，他今天会去司令家吃晚饭，每逢这时候，他都会回来得很晚。”

年轻女人在火上放上锅，准备煮汤时，听到烟囱里好像有声音传来。

她小声说：

“树林里有人，至少是七八个。”

母亲吓坏了，也不再纺线，结结巴巴地问：

“老天爷，这可怎么办啊？你父亲又不在家。”

她话音未落，就听见有人用力地拍着门板，发出刺耳的敲门声。

母女俩没有回答，一个嗓音沉重的人大声喊道：

“开门！”

一阵死寂后，这人又喊了起来：

“开门！不然砸门了！”

贝蒂娜拿下壁炉上的大枪，把它装进裙子里，然后耳朵贴在门上，问道：

“什么人？”

那人回答：

“我是那天来过的小分队。”

年轻女人说：

“你们有什么事？”

“今早我们在树林里迷路了。开门，不然砸门了！”

年轻女人没有选择的余地，只能拉下门闩，打开沉重的大门。在雪地的反光下，她看到六个普鲁士士兵，就是前天来过的那六个人。

她语气坚定地问：

“这么晚了，你们来做什么？”

那个士官重复了一遍：

“我们迷路了，我认出了这房子。我从早上就没吃过东西，我的小分队也是。”

贝蒂娜大声说：

“可今晚我家就只有我和我母亲。”

那个看上去老实的士官回答：

“你们别怕，我们不会伤害你们。不过你得弄点吃的，我们太饿、太累了。”

贝蒂娜向后退了一步，说：

“进来吧！”

他们进来时，身上全都是雪，头盔上也是，顶着一层像奶油一样的雪，一个个就像是涂了奶油的大蛋糕。他们都很累，非常疲惫。

贝蒂娜指着饭桌两边的木凳，说：

“你们坐吧，我去给你们做些汤，看起来你们很累。”

说着她重新关好门，插上门闩。

她向锅中倒入水，放了些黄油、土豆，又把挂在壁炉上的肥肉切了一些放进锅里。

六个士兵露出饥饿的样子，看着贝蒂娜的动作。他们把枪和头盔放到一边，像上课的小学生一样，规矩地坐在椅子上等着。

老妇人继续纺线，不时偷偷地、不安地看两眼大兵。房间里很安静，除了纺车的转动声、木柴燃烧的爆裂声和锅中烧水的呼呼声。

这时，突然出现一个古怪的喘息声，吓得大兵们毛骨悚然，那应该是某种野兽从门底发出的喘气声。

那个德国士官拿起枪就要过去，年轻女人制止了他，笑着说：

“是狼，它们饿了，它们成日里像你们一样晃来晃去。”

士官不信，走过去看。门一开，看到两只灰色的狼急匆匆地逃跑了。

他回来坐下，嘀咕着：

“要不是我亲眼看到，我真是不信。”

这时美味的汤做好了。他们狼吞虎咽地吃了起来，甚至为了多吃一点儿，嘴张到耳后，眼睛也睁得老大，喉咙里发出流水般的咕噜声。

两个女人沉默地看着大红胡子不停地掀动，一块块土豆像是落入活动着的浓密的毛发中，之后就消失不见了。

他们渴了，贝蒂娜就去地窖给他们拿苹果酒。她在那里待了一会儿，思考了一会儿。那是个穹形地窖，据说大革命时期，曾用来当监牢，也做过避难所。走进里面，需要走过一个螺旋形楼梯，楼梯口在厨房里，被一个活动的板子盖着。

贝蒂娜回来时，脸上带着一种诡异的窃喜。她把苹果酒递给德国人之后，就和母亲到厨房另一头吃饭去了。

六个士兵吃完饭后，就在桌子上打起瞌睡来，不一会儿有一个人的脑袋磕到桌子上，吓得另一个瞌睡的人站了起来。

贝蒂娜说：

“你们去壁炉那儿睡吧，那儿可以容得下你们六个人，我和妈妈上楼去睡。”

说完两个女人就上楼去了。楼下只听到她们的关门声、上锁声、走动声，之后就没有一点声音了。

这六个普鲁士人躺在地面上，头枕衣卷，脚朝壁炉，马上就打起呼噜来，这六人的呼噜声各不相同，有尖锐的、有混浊的，但都连续不断，声音又响得吓人。

他们肯定睡了很久，突然听到一声很响亮的枪声，就像是在屋里面放的一样。这六人马上起来，这时，又是两声巨响，随后又是三声枪响。

突然，楼上的贝蒂娜光着脚慌张地跑下来，她只穿了件衬衣和短裙，手里拿着蜡烛，神色慌张，结结巴巴地说：

“法国军来了，至少两百人，你们下到地窖里去，要是他们发现你们在这儿，会烧了我们的家，你们不要出声，否则大家都完蛋！”

士官慌张地说：

“好，好，怎么下去？”

贝蒂娜慌忙地打开四方形的活动翻板，士兵们一个接着一个用脚试探着、倒退着，顺着螺旋形楼梯走下去。当最后一个头盔的尖顶消失不见时，贝蒂娜使劲地关上那块沉重的翻板——它又厚又重，就像钢板一样，还用铁链围着，用一把大锁锁着。贝蒂娜用钥匙狠狠地把锁头锁牢，之后就无声地笑了起来，她都想要在那些俘虏的头上跳舞了。

这六个人真的没有发出一点声音，就像是被关进一个密闭的盒子里，还是一个石头盒子，只有一个装着铁栅栏的气窗来透气。

贝蒂娜又把火烧旺，重新放上锅子，煮起汤来，还小声说着：

“今晚爸爸会很累的。”

然后她坐了下来，听着挂钟的钟摆来回摆动的声音，静静地等着。

她时不时地去看看挂钟，焦急的神态就像在说：

“怎么这么慢？”

没过多久，她听到了透过石砌的拱顶传来模糊不清的谈话声，这六个普鲁士人应该是识破了她的计谋。没过一会儿，士官通过狭窄的楼梯爬了上来，敲打着翻板，说道：

“开门！”

她站起身，走过去，模仿着他的德国口音说：

“干什么，您？”

“开门！”

“不开！”

那个普鲁士人火了：

“再不开，我砸了！”

她笑着说：

“你砸吧！我的好先生。你砸吧！我的好先生。”

那个士官开始用枪托砸橡木翻板，可是翻板却纹丝不动，就算是用炮轰，应该也无济于事。

贝蒂娜听到他走了下去，之后又有人上来，他们一个一个地试着，还琢磨为什么翻板会关得这么紧。但是都没想出办法，过了一会儿，他们又到地窖底下议论起来。

贝蒂娜一直关注着他们，后来又开门向外面望了望，听听外面有没有什么动静。

这时，远方传来一阵狗叫声，贝蒂娜像猎人一样吹了个口哨。两只大狗立刻从黑暗中奔来，开心地向她扑来，贝蒂娜按住它们，使尽全身力气地大喊：

“喂，爸爸！”

从很远的地方有人应道：

“喂，贝蒂娜！”

她等了一会儿，又喊道：

“喂，爸爸！”

声音近了一些：

“喂，贝蒂娜！”

贝蒂娜喊道：

“不要走气窗那边，地窖里有普鲁士人。”

这时，左边走来一个身材高大的老年男子，他停在两棵树中间，不安地问道：

“地窖里怎么会有普鲁士人？怎么回事？”

贝蒂娜笑着说：

“是前几天来过的那些人，他们迷路了，找到家里，我把他们关在地窖里了。”

贝蒂娜把用枪吓他们，以及把他们关在地窖里的经过告诉了爸爸。

老守林人认真地听着，然后严肃地问：

“你想让我做些什么？”

“您去找拉维涅先生，让他把队伍带来，他们可以抓了这些人做俘虏，他一定很开心的。”

“对呀，这办法好！”

“我给您做了汤，您喝过之后再走吧。”

老守林人坐在桌前，先给那两只狗盛了满满的两碗，才坐下吃起自己的那份。

普鲁士人听到有人说话，安静了下来。

十五分钟之后，“长脚鹬”就出发了。

贝蒂娜双手支着脑袋静静地等着。

地窖里的那些俘虏又开始不安分起来，他们大喊大叫，用枪托敲打那沉重的翻板，却依旧无济于事。

后来他们向窗外开枪，希望如果有他们的小分队经过时，可以听到枪声。

贝蒂娜一直没有动，不过那些普鲁士人的吵闹让她心里不得安宁，她甚至都想把他们杀死，免得他们再闹。

时间一点点地飞逝，她也越来越焦急，不时地看一眼挂钟。

已经一个半钟头过去了，爸爸应该已经到城里了。贝蒂娜想象着：爸爸告诉拉维涅先生这件事之后，拉维涅先生兴奋地叫人拿来他的制服和武器，然后街上响起鼓声，人人都探头出来看，志愿军们衣服还没穿好就跑出来，气喘吁吁地、边系裤带边向司令家跑去。随后队伍就在“长脚鹬”的带领下，在黑夜里，顶着寒风暴雪，穿过树林走来。

她又看看挂钟，心里想着，他们应该一个钟头就能到了。

她越来越焦急，时不时地看看挂钟，总觉得每一分钟都过得太慢。

终于到了贝蒂娜预想的时间时，她打开门，想要听听他们到了没有。这时突然发现有个黑影在谨慎地靠近着，她吓了一跳，定睛一看，发现是父亲。

父亲说道：

“他们让我来看看，情况是不是发生了变化？”

“情况没变。”

老守林人向空中吹了一个又长又尖的口哨，很快就有一堆褐色的东西从树底慢慢向这边移动，原来是一支十人一组的先遣队。

“长脚鹬”提醒他们：

“不要走气窗附近。”

已经到的人就告诉后面的人，不要靠近那个吓人的气窗。

大队人马马上就都到了，一共两百人，每人有两百发子弹。

拉维涅先生非常激动，激动得有些发抖。他让军队把这屋子团团围住，就只在气窗那里的小窟窿边留下一大片空地。

拉维涅先生走进屋中，询问敌人的实力和现在的情况。不过那些俘虏却一直悄无声息，就像他们从气窗那里凭空消失了一样。

拉维涅先生跺了跺翻板，喊道：

“普鲁士军官先生！”

没人应答。

拉维涅先生又喊道：

“普鲁士军官先生！”

还是没人应答。足足有二十分钟，拉维涅先生一直催促他们投降，并承诺会保证他们所有人的生命安全，会尊重他们。但无论是同意还是不同意，那些普鲁士军官没有给他们任何一点儿反应，情况变得很棘手。

那些志愿军们越来越冷，就开始跺脚、拍打身体来取暖，就像是马夫一样。他们看着那个气窗，越来越想要从那前面跑过，就像孩子一样。

终于，一个叫波德万的志愿军的决定去冒一下险。他本就是个很灵活的人，他像鹿一样跃了过去，成功了。不过那些普鲁士人就像死了一样，一点儿声音也没有。

这个人说：

“里面没有人。”

又一个人也像波德万那样跃了过去。之后，大家就都加入其中，每过一分钟，就有一个人跃过去，大家就像在玩一个游戏，一堆人从这队跃到那队，像是抓人游戏似的。他们的动作都很快，把地上的雪都溅了起来。人们为了取暖，用枯树枝烧起火来，火光照在墙上，都可以看到来回跑着的人影。

有人喊道：

“马卢瓦宗，你来啊！”

马卢瓦宗是一个大肚子的面包师傅，他的大肚子常引起别人的讥笑。

他迟疑着不敢上前，这时大家都开始笑话他。所以他下定决心小跑起来，喘着粗气，大肚子一直颠着。

大家都被逗笑了，不过还是鼓励着他。

“太好了！太棒了！马卢瓦宗！”

在他跑到三分之二的时候，气窗那里突然冒出一个又长又红的火舌，伴着砰的一声响，大胖子马卢瓦宗哀号着倒在了地上。

没人上前救他。大家看着他一边哀号，一边手脚并用地爬着，等到离开那危险的地方，他就昏了过去。

子弹正打在他那又粗又厚的大腿上。

在最初的惊慌之后，大家又笑了起来。

这时拉维涅先生出来了，他把他的进攻计划大声地命令下去：

“白铁匠普郎许和帮工们过来！”

三人过去以后，拉维涅先生又说道：

“拆了房顶的檐槽！”

十五分钟之后，他们四人把二十米长的檐槽给司令拿了过来。

拉维涅先生吩咐人小心地在翻板上开一个小洞，将檐槽顺了下去，另一头通向井边的唧筒。之后他兴奋地说：

“我们请他们喝个够！”

顿时大家都拍手叫好，他们欢呼着，兴奋地叫喊着。拉维涅先生分出好几个小分队，每隔五分钟换一次，这样轮流着工作。

“抽水！”

有人摇着唧筒上的手柄，水就顺着水管向下流，很快就进入地窖。水顺着楼梯一级一级地向下，发出瀑布似的哗哗声和金鱼池里从假山上滴水的滴答声。

大家一直等着。

一个钟头过去了，两个钟头过去了，三个钟头过去了。

拉维涅先生有些焦虑，不安地走动着，不时地把耳朵贴在地上，想知道他们现在在做什么，到底想不想投降。

这时，敌人开始说话，搬动酒桶，还可以听到他们踩在水上的啪啪声。

差不多早上八点钟，有人冲着上面喊道：

“我要和法军军官先生讲话！”

拉维涅先生站在窗口，脑袋不敢太向前地说道：

“你投降吗？”

“我投降！”

“那就把枪扔出来！”

随后有一支枪从窟窿里被扔到了雪地上，之后一支接着一支地都被扔了出来，这时同一个人又喊道：

“我们没有枪了，求您了，快一点吧，我们要被淹死了。”

拉维涅先生命令：

“停！”

摇手柄的人停了下来。

拉维涅先生先在厨房里布置了一些持枪的士兵，才慢慢地打开翻板。

露出四个水淋淋的脑袋，他们的金黄色头发都湿透了，苍白着脸，浑身发抖。六个德国人都神色不安地一个一个钻了出来，哆哆嗦嗦的，像落汤鸡一样。

他们出来就被绑了起来。为了防止敌人突袭，志愿军分成两队，一队押送这六个俘虏，一队护送躺在用被褥做的担架上的马卢瓦宗。

他们胜利了，高兴地回到了雷泰尔。

拉维涅先生获得了勋章，因为他抓了一整队先遣军，马卢瓦宗因为受了伤，也得到了军功奖章。

瓦尔特·施那夫斯历险记

自从随军队入侵法国以来，瓦尔特·施那夫斯觉得自己是世界上最倒霉的人。他大腹便便，脚掌平坦肥大，走起路来十分吃力，哼哧哼哧地直喘气。他个性温和、待人亲厚，从来不是什么凶狠残暴之辈。他是四个孩子的父亲，十分疼爱他们。妻子风华正茂，她一头金发，这一切的一切令他每晚痛苦地为那些温存、那些细微的关怀和亲吻懊悔不已。过去，他喜欢早睡晚起，细细品尝美食，在啤酒店喝上几杯。他认为所有美好的事物都会随着生命的逝去而湮灭。对于大炮、步枪、军刀、左轮手枪，他感到深恶痛绝——天性使然，也并不欠缺思考，尤其是刺刀，他觉得自己实在没什么本事摆弄这个武器来保卫他的大胖肚子。

夜色渐渐来袭，他躺在地上，一旁的同伴打着鼾，睡意正浓，他却裹在大衣里辗转反侧，久久地思考，想念着被抛下的妻子儿女，想着前路的重重危机。想着万一他死了，孩子们怎么办？谁来养活他们，把他们拉扯大？就是现在，他们也并不富裕，尽管出发的时候他借了笔钱给他们留下一些。瓦尔特·施那夫斯想着想着还是忍不住落下眼泪。

每次战斗一开始，他就觉得两腿发软，要不是想到整支军队会从他身上踩过去，他早就躺到地上了。子弹呼啸而过，吓得他汗毛都竖了起来。

几个月以来，他一直活在恐惧与不安之中。

他所在的军队朝着诺曼底进军。一天，他被派遣和一支力量薄弱的支队进行侦察，他们需要做的只是探查当地的情况后立即撤退。

田野里一派安静的太平景象，看不出来有什么事先预备好的抗敌措施。

于是，普鲁士军队安心地进入了一个横贯着几条深沟的小山谷。突然，一阵枪林弹雨截住了他们的脚步，一下就有二十多个士兵被放倒。就在一块巴掌大的小树丛中，突然冒出来一队游击队员，他们端着带刺刀的步枪，冲了上来。

一开始，瓦尔特·施那夫斯一动不动地待在原地，他又惊又怕以至于连逃命都忘了。接着，强烈的逃生欲望占据了他的心。但他立刻又想道，和那些干瘦的跟山羊似的蹦跳着扑过来的法国人相比，他跑起来简直就像只慢吞吞的乌龟。就在这时候，他发现就在自己前方六步远的地方有一个大壕沟，里头被叶子枯黄的荆棘填得满满当当。甚至还没来得及想这个壕沟有多深，他便两脚一并跳了进去，就跟从桥上往河里跳似的。

他像箭一样垂直地下落，穿过一层厚厚的藤蔓和尖锐的荆棘，脸和双手都被刺伤，最后重重地一屁股坐到石块铺就的沟底。

他立刻抬头往上看，从他捅出来的洞里看见了天空——这个洞可能会使他暴露。从下落的轨迹的尽头，他小心翼翼地艰难地爬着，四肢并用，在树枝交缠而成的"屋顶"之下，尽力向远离战场的方向爬去。过了一会儿，他又停了下来，坐在地上，蜷成一团，看起来就像是在深深的干草丛里蜷着的小兔子。

在接下来的一段时间里，他又听到了爆炸声，哀号和呻吟。慢慢地，战斗的喧嚣减弱下来，逐渐停息。一切又恢复到了战斗前的平静。

突然，有个什么东西在背后动了起来，他吓得直跳。原来是只在树枝上栖息的小鸟摇动了几片枯叶。瓦尔特·施那夫斯的心就这么一直怦怦跳着，跳了差不多有一个小时。

天色暗了下来，壕沟也被夜色吞没。他心里盘算起来，他该怎么办？他会落到个什么下场？回到队伍里面去？……但是该怎么回去呢？从哪儿离开这个大壕沟呢？如果回去的话，他就又得过上自开战以来惊惧不安和疲惫不堪的可怕生活。不！他再也没有这种勇气了！他再也没有精力来支撑他行军，来对抗分分秒秒都可能袭来的危险了。

那么他该如何是好？他总不能在壕沟里一直躲到战争结束吧。不行，绝对不行。如果他不吃饭就能过活，这么待下去也没什么好大惊小怪的。但他总得吃饭，而且每天都得吃。

他孤身一人，带着武器，穿着军装，脚下是敌国的土地，能保护他的人还离得很远。想到这些，他打了一阵寒战。

突然他想道："我要是成了法国人的俘虏不就万事大吉了！"想成为俘虏的愿望如此强烈而急切，他的心颤抖着。当俘虏！当了俘虏之后他就得救了，有的吃有的住，子弹打不到，军刀也刺不到，不必再担惊受怕，有个还不赖的看管严密的监牢给他住。就当俘虏！简直是跟美梦一般的生活啊！

他立马就下定了决心："我要去当俘虏。"

他站起身来，满怀决心要把计划付诸现实，一分钟都不愿耽搁。但他突然又站住身，一些烦心的想法和新的担忧猛地击中了他的脑子。

他该上哪儿去当俘虏？该怎么做？往哪边走呢？可怕

的景象，死亡的场景一幕一幕地骤然投映在他眼前。

他就这么一个人，戴着尖顶头盔，在田野里走着，实在是太冒险了。

万一他碰到了一些农民呢？那些农民看见了一个落单又手无寸铁的普鲁士大兵，还不像宰一只小狗似的就要了他的命！他们会用手中的长柄叉、十字镐、镰刀和大铁锹将他残杀至死。出于战败者不甘的怒火，他们可能会把他剁成肉泥。

万一他遇到游击队呢？那些游击队员可是眼里没有国王也没有纪律的狂热分子，为了打发时间，找点乐子，他们会开枪射他，他痛苦害怕的表情正是他们的乐趣所在。他仿佛感觉到自己已经倚着墙，面前是十二支步枪的枪筒，那些圆圆小小的枪口正直勾勾地盯着他。

万一他遇上法国军队呢？先遣部队的人会把他错认为某个胆大包天诡计多端独自出来进行侦察的侦察兵，他们就会朝他开枪。他仿佛已经听到匍匐在荆棘丛里的法国士兵射出的乱枪声，而他站在田野中央，像漏勺一样浑身都是弹孔，他感觉到子弹一颗颗嵌入他的骨肉里，慢慢栽倒在地上。

他绝望地又坐到地上。从现在的处境看来，他是走投无路了。

天完全黑了下来，夜色浓浓，万籁俱寂。他一点儿都不敢动，黑暗中的任何一个陌生的声音或轻微的响动都能让他吓得直打哆嗦。一只野兔用屁股拍了拍洞穴四周，差点把瓦尔特·施那夫斯吓跑。

猫头鹰的鸣叫一下一下撕扯着他的心，突如其来的恐惧穿过他的身体，他觉得身上就像有伤一样在隐隐作痛。他睁大眼睛，想要在黑暗中看清，他感觉时时刻刻都有人在他身旁走动着。

熬过了漫长而焦虑的一段时间后，穿过树枝顶棚，他瞥见了放亮的天空。这时一股巨大的慰藉涌上心头。四肢都软绵绵地松了下来；心跳渐趋平缓；眼睛也合上了——他睡着了。

一觉醒来的时候，太阳已经升上正空——应该是中午了。田野里是一片沉闷的平静，没有丝毫声响。瓦尔特·施那夫斯感到一阵强烈的饥饿。

他打了个哈欠，想起了红肠，士兵们吃的那种红肠，这不禁让他流起了口水。胃也闹起了别扭——饿得胃疼。

他站起来，走了几步，觉得腿还是软软的，于是又坐下考虑对策。在这两三个小时里，他权衡利弊，一会儿改一个主意，利害关系让他左右为难，他感到十分挫败，倒霉透顶。

最后终于想出了一个合理可行的点子，他先在暗中观察，看看有没有独自出行又没有危险农具或武器傍身的村民，如果看到了，就跑到他面前，跟他表明自己投降的意愿，然后任由他发落。

于是他摘下了头盔——头盔上的尖角有可能会使他暴露，然后小心翼翼地从窟窿把头伸了出去。

田野里连个人影都没有。右边有个小村落，屋顶上冒出阵阵炊烟，飘入空中。而左边，就在大路旁的林子尽头，他发现了一座两侧围着炮塔的高大城堡。

他一直等到天黑，心里焦急难安，只能看着飞来飞去的乌鸦，听着自己肚子的没完没了地抱怨。

又一个夜晚降临了。

他躺在沟底，饥饿难耐，辗转不安，他睡着了，梦魇却纠缠不止。

晨光又一次拂上他的脸。他又探出脑袋朝外看了看，新的恐惧占据了他的脑子，他会饿死的！他恍惚看见自己躺在沟底，闭着双眼。接着许多虫子，密密麻麻的各种小虫子慢慢逼近他，啃噬他的尸体，一处都不放过，它们钻到他衣服下面，叮咬他冰冷的皮肤。一只巨大的乌鸦飞过来，用细长的喙一下一下地啄他的眼睛。

想到就要饿得发昏，无力前行，他快疯了。他已经做好准备冲向那个小村子，决心满满，无惧无畏。可当他看见三个肩上扛着长柄叉的农民朝着田野走来时，他立马又缩回到自己的藏身宝地。

直到暮色笼上田野，他才慢慢从壕沟里爬出来，弓着身子、心里七上八下、战战兢兢地上了路，朝着远处的城堡走去。相对来说，他觉得城堡比村子要安全些——那个村子看起来跟虎穴似的叫人不寒而栗。

城堡底层的窗户透着光，有扇窗户还开着。一阵浓郁的肉香味飘了出来，直往他鼻子里窜，一直钻到肚子里。这阵香味激得他抽搐了好一阵，急急地喘着气。这股香味不可抑止地牢牢勾住了他，在他心里鼓起了不顾一切的勇气。

一点儿都没多想，他就这么突然出现在窗户旁，还戴着他的尖角头盔。

八个用人正在围着一张大桌子吃着晚餐。其中一个女用人突然看见了他的尖角头盔，她吓得张大了嘴，玻璃杯也掉到了地上。其他人也顺着她的眼光看去。

他们发现了敌人！

天呐！普鲁士人来攻打城堡了！

一开始，他们一齐喊叫，混合着八种不同声音的尖叫，无不透着恐惧。接着他们乱哄哄地从椅子上弹起来，你推我搡，乱作一团，争着抢着一股脑地朝门口奔去。椅子东倒西歪，女人们被推倒在地，男人就从她们身上踩过去。没一会儿，屋子里的人立马就跑得一干二净了。这个小屋子被遗弃了，连同那满桌的食物——它们就这么摆在瓦尔特·施那夫斯的面前，他傻愣愣地站着，还没缓过神来。

他迟疑了一会儿，便跨过了窗口，朝那些食物走去。他的饥饿感如此强烈，让他发热发狂：然而一种恐惧把他叫停，吓得他一动不敢动。他细细地听着，整个屋子好像都在颤动。几扇门被打开了，楼上传来一阵急促的脚步声。他竖起耳朵仔细听着这一片乱哄哄的嘈杂声。接着他听见几记沉重的声响，像是有人跌到了墙角下软绵绵的地上，想必是有人从二楼跳了下来。

片刻过后，所有的骚动都平息下来，空荡荡的城堡陷入墓地一般的死寂。

瓦尔特·施那夫斯坐在一盘还没有动过的食物前，开始狼吞虎咽。他大口大口地吃着，好像生怕一会儿有人来打断这顿正被他享用的大餐，生怕不能再纵情饕餮。他用两只手抓着食物往嘴里扔，他张开的大嘴此时就像一个陷阱。大块大块的食物经过他的喉咙时鼓起一个个包，接连落到胃里。有时候他会停下来，他的喉咙像一个被塞得满满当当的管子，胀得都要爆炸了。这时候他就抓起一罐苹果酒，像疏通堵塞的管道似的把食道里的食物给灌下去。

他把杯杯盘盘里的食物都一扫而空。酒足饭饱，他变得昏头昏脑，脸上也红通通的。他晃晃悠悠，打了几个嗝儿，脑子乱成了一团糨糊，嘴巴也油腻腻的，于是解开军装的纽扣透透气。他现在连路都走不了了。他合上了眼，意识渐渐模糊。他把头埋在交叉的胳膊里面，趴在桌上，其他事都抛诸脑后。

新月的清光穿过公园中的树木，朦朦胧胧地照亮了大地。这是白昼来临之前清冷的时候。

矮草丛里匆匆掠过数个黑影，悄无声息。黑影当中，间或有一缕月光在利刃上反射出冷兵器特有的寒光。

静悄悄的城堡投下一片巨大的黑影。只有底层两个窗户还亮着。

突然，一个雷鸣般的声音吼起来："冲啊！给我杀！孩子们！"

于是，顷刻之间，门窗和窗玻璃都给被撞开，他们扑进来，占领了整个屋子，又打又砸。没一会儿，五十个全副武装的士兵冲进了瓦尔特·施那夫斯所在的那个厨房，他还睡意正浓呢。五十支上了膛的步枪顶在他的胸口，他们把他推倒，打翻在地，把他逮住后从头到脚捆了个严实。

由于受了惊吓，他只知道呼呼地喘气，他被揍得昏头昏脑，不知道出了什么事，害怕得要疯掉了。

就在这时，一位佩戴了镶金花边装饰的胖军官一脚踩在了他的肚子上，叫嚷道：“你现在是我的阶下囚了，投降吧！”

普鲁士人只听懂了“阶下囚”这个词，嘴里含含糊糊地嘟囔着：“是呀，是呀，是呀。”

他被提起来，捆在椅子上，胜利者们怀着强烈的好奇心打量着他。他们呼吸起来跟鲸鱼似的喷着气，好几个瘫坐到椅子上，经过这一番折腾，他们也筋疲力尽了。

他笑了起来，吃吃笑了起来，他现在已经稳稳当当地成为俘虏了！

另一个军官进来报告说：“上校先生。敌人都已逃窜，还有几个负伤。我们现在已经夺下这个地方了。”

胖乎乎的上校一边揩额头，一边高喊：“胜利了！”

他从口袋里掏出一本记事本，在上面写道：“我军拼死抗争，敌军重创败退，估计有五十多人因重伤而失去战斗力。有几个普鲁士士兵被我军俘虏。”

年轻军官又说：“我们下一步如何行动？上校先生。”

上校答道：“立即撤退。避免敌方派出炮兵，发动更强的军力进行反击。”

于是他下令撤退。

特遣队在城堡墙边的黑影里集合，重新出发。瓦尔特·施那夫斯被五花大绑，由六个持枪的士兵押解上路。

几个侦察队员被派遣去探路，队伍小心翼翼地前进着，有时还歇息一会儿。

天亮的时候，部队抵达了拉罗歇尔一瓦塞尔专区，正是这里的国民自卫军立下了大功。

民众怀着过度兴奋的心情焦急地等待着。当他们看见俘虏的尖角头盔，顿时跟炸开了锅似的，爆发出一阵阵喧哗。女人们举起胳膊；一些老太太禁不住流下泪来；一位老大爷挥起拐杖朝那个普鲁士士兵掷去，不想却打伤了一位看守的鼻子。

上校喊道："注意俘虏的人身安全！"

队伍终于到达了专区政府。监狱已经打开，他们给瓦尔特·施那夫斯松了绑，把他扔了进去。两百名配有武器的士兵守卫在大楼四周。

尽管消化不良已经把他折磨了好几周，这个普鲁士大兵还是乐得快要疯掉了，他情不自禁地跳起舞来，手舞足蹈，嘴里还不忘吼上几句，直到累得筋疲力尽跌倒在墙角。

他现在是俘虏了！他终于得救了！

尚比奈城堡在敌军占领仅仅六个月之后又被夺回。

曾经的呢绒商人拉迪耶上校，因为率领拉罗歇尔一瓦塞尔专区国民自卫军立下此战功，获勋章一枚。

恐 怖

夜幕悄悄降临，女士们还在别墅的客厅里开心地聊着。几位先生围坐在花园里的圆桌旁，有的抽着雪茄，有的在喝着茶。一位男士正在讲述一件可怕的事：光天化日之下，两个男人和三个女人竟被河水冲走了。

G 将军若有所思地说：“这件事虽然很可怕，但还算不上恐怖。多人溺水而亡，绝不能引发灵魂的震撼和无以言表的不安。死亡与鲜血不会引起恐怖，最残暴的罪行也很难让人感到恐怖。

“在亲身经历过两件事后，我才懂得什么是恐怖。

“一八七〇年，我率领的军队打了败仗。普鲁士人在后面紧追不舍，两千多人急匆匆地向阿弗尔撤退。已经两天了，大家没吃上一口东西。

“漆黑的夜晚，白雪覆盖着大地，士兵们拖着沉重的步伐，在雪地里艰难地行进。

“寒风刺骨，好多人的手与枪托冻在了一起。为了赶路，一些士兵脱下了笨重的靴子，一排排鲜红的脚印触目惊心。走累了，他们就会坐下来歇一会儿，可他们却没能再站起来。一眼望去，每个坐着的都是死人。

“尽管士兵们精疲力竭，但依然在风雪中跋涉着。因为一旦停下来，那冰冷的血液便在僵硬的身体里凝固不动，难以抗拒的麻木会把他们钉在地上。仅仅一秒钟，他们就成了弯着腰的雕塑。我们这些最强壮的人继续走着，但心中满是悲伤与绝望，末日的恐慌笼罩着每一个人。

“这时，一个矮个男人被两名宪兵架了过来，他是以间谍的名义被捕的。这个人年纪很大，没有胡子，看上去怪怪的。

“士兵们围拢过来，满含愤怒。一个声音高喊着：‘毙了他！’这时，那些勉强支撑的士兵们变得亢奋起来，一种原始的、野蛮的情绪在人群中蔓延。

“尽管我是营长，但也不敢表态，疯狂的士兵是不在乎任何长官的。

“一个宪兵大声说：‘他跟了我们三天，一直在打听炮兵的情况。’我走过去，严肃地问道：‘你是什么人？你要干什么？’

“他用土语说了几句话，可惜我们听不懂。我仔细打量着他，这个瘦弱的怪人眼神闪烁，摆出一副惶恐不安的样子。

“‘靠墙站好！靠墙站好！’士兵们大喊着。

“我刚要说什么，愤怒的士兵将我一把推倒，对着那个间谍拳打脚踢。转眼间，他就奄奄一息了。

“随着一声枪响，他被击毙了。士兵们轮流从尸体前走过，不断有子弹射穿那具尸体。

“突然有人高喊着：‘普鲁士人来了！普鲁士人来了！’

“士兵们四散奔逃，开枪者本人也吓坏了，扭身消失在黑暗中。

“我默默地站在尸体前，让宪兵仔细搜一搜这个间谍。火柴点燃了，他们搜到了小刀、手帕、鼻烟盒和一块面包。

“‘把他的衣服扒光，看看贴肉的地方有什么。’我亲自为宪兵点燃火柴，当这具血肉模糊的尸体被脱得精光时，一个宪兵惊讶地说：‘指挥官，这是个女人’。

“我跪在雪地上，心中是难以表述的恐慌。一个宪兵轻轻地说：‘也许她的儿子是炮兵，她是来找儿子的。’

“另一个宪兵接着说：‘应该是这样的。’

“无数的惊悚艰险没让我屈服，但当时我却流下了眼泪。在那个黑漆漆的夜晚，在苍茫的雪地上，面对这个被野蛮屠戮的女人，我真的感到了恐怖。

“去年，我负责审理弗拉泰考察团的案件。在审讯的过程中，我再一次感受到了恐怖。

“弗拉泰中校前往苏丹，要经过塔尔吉人统治的地区。大家知道，从大西洋到埃及、从苏丹到阿尔及利亚，塔尔吉人是那片沙漠的主宰，他们强行掠夺，无恶不作。

“考察团的向导是瓦尔格拉的香巴族人，在宿营地，这个阿拉伯人谎称离水泉还有很远，需要众人共同前去才行。有一个人提醒中校，那里会有埋伏。弗拉泰不以为然，带着工程师、医生和大批军官一同前往。结果他们全部遇害，骆驼也被人抢个精光。

“驻守营地的是瓦尔格拉的非洲办事处上尉，他立即指挥幸存的士兵撤退。他们抛下了行李和粮食，奔走在荒凉无垠的沙漠中。一个部落假意归顺，献上有毒的大枣。法国人几乎都被毒死了，包括最后一位指挥官。

“整个队伍只留下了两匹骆驼，还有波贝甘在内的几名骑兵和香巴族的几名步兵。一天晚上，两个可恶的阿拉伯人牵着骆驼逃之夭夭了。

“自从阿拉伯人逃跑后，幸存的士兵便分开前进，彼此相距一个步枪的射程。因为他们明白，要想活着出去，同伴就是唯一的食物。

“他们依次在泉边饮水，当前面的人饮完水又走出一段距离后，后面的人才会跟上来。一天早上，一个士兵突然向邻近的同伴靠拢，众人停住了脚步，静静地看着。

“饥饿的士兵越走越近，那个同伴并不紧张，而是趴在地上等他走进自己的射程。第一枪没有击中，等到第二枪时，目标应声倒下。人们一拥而上，杀人的士兵将尸体切成多块，分发给每一个人。

“两天后，人肉已经吃光。于是，下一次杀戮重新开始。所有的幸存者，都是这样活下来的。

“那个法国骑兵波贝甘，就是在井旁被杀死的。

“听完这些，你们对我所说的‘恐怖’应该了解了吧。”

这就是那晚在花园里，G 将军对男士们讲的故事。

索瓦日大妈

——献给乔治·普歇

一

我已经十五年未曾踏上威尔罗涅的土地。上一次回到威尔罗涅打猎，是在一个秋天。当时朋友塞瓦尔终于重建了他当年被普鲁士摧毁的城堡。我就留宿在他家中。

我对这个国家怀着无止境的热爱。它就是隐藏在这个世界上的美妙角落，为人们带来无穷的视觉盛宴。而人们则用一种源自内心真实情感的热爱对它加以回报。我们，这些被这片土地深深吸引的人，守护着那些亲切、柔软的记忆。在那片记忆之中，可以寻找到经常出现在眼前的泉水、森林、水塘、山丘……它们的存在，就如同生活中所碰到的幸福事件一样给我们带来感动。有时，在心情愉悦的某一天，脑海中突然浮现森林的某一角、河流的某一边，或是开满鲜花的某个果园，这些久久缠绕在心间的场景，就好似在一个春天的清晨在街道上偶遇的少女，头上披着明亮透明的纱巾。这些场景，在我们的灵魂深处，在身体的每一个细胞中，刻下难以平息、难以忘却的期望，一晃即逝、难以捉摸的幸福感。

我迷恋威尔罗涅的田野。散布在田野之间和小树林中交错的潺潺流动的溪流，血脉一般灌溉着这片土地，为它注入生命。人们在那里垂钓起虾、鳟鱼、鳗鱼……如临仙境般的快乐。有些地方可供人们游泳嬉戏。另外，时不时会意外地发现隐藏在小溪边茂密的草丛中的沙锥。

我轻巧得如同一只山羊，看着我的两只狗在我前方搜寻着猎物。在右方百米开外的塞瓦尔正在轰赶着躲藏在苜蓿地中的鸟兽。绕过充当了索德尔森林天然界限的灌木丛，一间已经坍塌的茅屋落入视线。

突然间我回想起，一八六九年我曾最后一次见到这间茅屋——干净整洁，周边点缀着葡萄树，门前有几只母鸡。一间死去了的房屋，只剩荒凉破落的屋架残骸，有什么比这更令人伤感呢？

我也回想起一位曾在那间茅屋中请我喝葡萄酒的老妇人，回想起当时我们经历的精疲力竭的一天，塞瓦尔向我介绍了居住在这间茅屋的人。父亲是一个上了年纪的偷猎者，死于日耳曼人手上。至于那位我过去曾见过的儿子，一个消瘦的男生，同他父亲一样也被视为是一个野蛮残酷的杀手。人们将他们称作“索瓦日”[①]。

这是他们的姓氏还是绰号？

我呼唤塞瓦尔，他像鹭鸶一样迈着大步走来。

我询问：“住在这儿的那家人怎么了？”

于是他向我讲述了以下的故事。

二

普法战争爆发，正值三十三岁的索瓦日儿子参军入伍，留母亲独自一人待在家中。但人们并不为这位老妇人的生活担心，因为大家都知道她很富有。

她独自居住在这座落于森林边缘、远离村庄的偏僻房屋之中。但她不感到害怕。她有着和丈夫儿子同样倔强的脾气。这位粗鲁的老妇人，高大而消瘦，脸上很少携带笑意，人们也不敢和她开玩笑。当然，农家妇女几乎都是不说笑的。说笑，这是专属男人们的事情。而女人们能拥有的，则是被限制的悲伤灵魂以及死气沉沉、昏暗无光的生活。农夫在小酒馆中学会一些调剂生活的玩笑，但他的妻

① 索瓦日，音译，其词义为“野蛮的”。

子则永远保持一副严肃的面孔。她们的脸部肌肉从未学习过应该如何微笑。

这位索瓦日大妈在自己的茅屋中重复着她平淡无奇的生活，不久这间茅屋便被大雪覆盖。她每周都会去一次村庄，购买生活所需的面包和肉，然后再返回这间破草房。因为大家都说这附近有野狼出没，所以她出门总是背着枪，枪是她儿子的，已经锈迹斑斑，枪托也被手磨坏了。她的模样看起来有点古怪，佝偻着身体，在雪地里不慌不忙地走着，头顶的黑帽子将一头从来没人见过的白发包裹得严严实实，枪杆从黑帽子后面伸出来。

有一天，普鲁士士兵来到了村庄。根据不同的财产经济情况，家家户户都被分配了接待普鲁士士兵的任务。而这位老妇人，因为大家都知道她有钱，所以她摊到了四个大兵。

这是四个魁梧的男生，白皮肤，金色的胡子，蓝眼睛。尽管已经经历了不少磨难，但他们仍然是胖胖的模样。虽然身处在被征服的国家，他们仍老老实实、客客气气。这四个住在老妇家中的士兵表现得十分勤快，尽其所能替老妇人分担她的活儿，减少她的疲劳。每日清晨，便可看见他们四个身着衬衫围在水井旁洗漱，飞溅的水花打湿了他们的衣衫，冰雪未消的冬日，他们那北欧男子白里透红的肌肤隐隐可见。而与此同时，索瓦日大妈则在房里忙忙碌碌，准备热汤。然后，便可看见这四个士兵打扫厨房、擦拭门窗、砍柴、削土豆、洗衣服，完成一切家务，就像四个乖巧的儿子陪伴在母亲身旁。

即便如此，在老妇人的内心深处一刻也没有停止过对儿子的想念。她的儿子高高瘦瘦的，鹰钩鼻上一双褐色的眼睛，两撇浓密的小胡子好似嵌在嘴上的衬垫。每天她都会向借住在家中的四个大兵询问："你知道第二十三边防镇守团到哪儿了吗？我儿子在那团中当兵。"

他们回答："不，不晓得，根本不晓得。"能够感受她的痛苦和忧愁的这四人，在家中也同样有等待他们的母亲，所以更加用心地照顾她。老妇人很喜爱这四个普鲁士士兵，尽管他们是她的敌人。卑贱者们，他们钱出的最多，因为他们最穷，一切新的负担都压在他们的身上；他们被杀害的最多，成了战争中的炮灰，因为他们的数目庞大；他们受到战争的残酷灾难最惨重，因为他们弱小、缺乏抵抗能力。他们不能理解那种好战的狂热，无法体会那种激动人心的荣誉感，也不懂得那些在这六月里让交战双方都精疲力竭的所谓的政治策略。

当地人一聊起住在索瓦日大妈家中的那四个德国人，大家总说："这四人总算是在这儿找着家了！"

谁知有一天清晨，当老妇人独自在家时，她远远地看见一名男子从远方向她的小破屋子走来。不久男子便来到她的门前，这是负责送信的邮差。他递给妇人一张折叠的纸，她把做针线活儿时戴的眼镜从盒子里取出来戴上，读起信来：

索瓦日夫人，这封信是告诉您一个十分不幸的消息。您的儿子雨果在昨日死于一枚炮弹的轰炸，几乎可以说他被炮弹切成了两段。当时我就在他跟前，我们俩在连队里挨在一起。他跟我说过，万一他遭遇不幸，当天就通知您。

我从他的口袋中拿走了他的手表，希望在战争结束之后将它交还于您。

向您致以友好的问候。

塞泽尔·里沃

第二十三边防镇守团士兵

信上的日期标注为三周前。

她没哭，而是待在原地一动不动，仿佛失去知觉，不再呼吸，被石化了一样。她的脑子里只有一句话在重复："雨果死了。"不一会儿，泪水一点点涌上她的眼眶，痛苦入侵了她的心。一些可怕、残忍、令人痛苦的想法接二连三地向她袭来。她再也不能拥抱他了，她的孩子、她高大的儿子，再也不能了！那些宪兵队的杀死了她孩子的父亲，而这些普鲁士人杀死了她的孩子……他被炮弹活生生地切成了两截！她似乎可以看到那样的场景，那些血腥的画面：掉落的头颅、瞪大的双眼，就好似他生气时愤怒地咬着他那浓密的胡子一样。

那之后人们将如何处置她孩子的尸首呢？

是仅仅将他的尸首还给她，就像当初把她丈夫那眉心嵌入了一枚子弹的尸首还给她那样吗？

一阵喧嚣打断了她的沉思。那四个普鲁士大兵从村镇回来了。她立即将信藏入她的口袋，同往常一样神色平静地迎接他们，在此之前也及时擦干了眼角的泪水。

这四人又唱又笑，因为他们收获了一只美味的兔子，毫无疑问，兔子是偷来的。他们向妇人比手势，告诉她他们将吃上一顿好的。

老妇人立刻开始为准备午餐而忙活起来，但当她准备杀死那只兔子时，她突然害怕了。虽然这并不是第一次杀生！其中一个普鲁士大兵给兔子的后脑勺猛击了一拳将它打晕。

兔子一死，她就剥皮，手上沾满了鲜血，她看着鲜血在手上渐渐冷却，一阵寒战从头顶灌到脚尖。她眼前浮现出身体被截成两块的儿子，他鲜血淋淋的模样就好似这只抽搐不止的兔子。

她和这几个普鲁士人坐在饭桌旁吃饭，但她连一口也吃不下。四个大兵分割着兔子，狼吞虎咽，没工夫注意她。她静静地在一旁注视着他们，没有说话。此时，一个主意在她心里酝酿着。不过，她脸色沉着，不动声色，丝毫没有引起他们的注意。

突然，她问道："我们已经在一起住了有一个月了，可我还不知道你们的名字。"费了很大的劲儿，四个人才明白了她想表达的意思，并告诉了她他们的名字。但这对于索瓦日大妈来说并不足够，她又让他们在一张纸上写下了他们家庭的地址，接着在鼻梁上架起她那副眼镜，看了看这些陌生的文字，然后将这张纸折叠放入她的口袋，压在那张向她宣告了儿子死讯的信纸下面。

午餐结束后，她对这些士兵们说：

"我要给你们做一些事情。"

她将大量的干草搬运到他们睡觉的阁楼。

士兵们对她的这个行为感到十分惊讶，对此她解释说，这样他们就不会太冷，于是他们也加入她的工作中来：将稻草一直堆到了茅屋顶，做成了一间四面由干草围成的大房间，带着一股淡淡草香，可供他们在此舒适入眠。

晚餐时，他们中的一个士兵看到索瓦日大妈一口食物也没有吃，很担心。她告诉他们她冷得有些痉挛。于是她点燃了一束火用来取暖。这四个德国大兵则通过他们每晚都使用的梯子爬上了他们睡觉的阁楼。

天花板的活动门刚刚关上，老妇人就立刻移开了梯子，悄无声息地打开了通向外面的门，然后又找回一捆干草并用它铺满了整个厨房。她赤脚走在大雪之中，她走得如此之轻，以至没有人听见她的脚步声。她的耳边不时传来四个熟睡的大兵们参差不齐的响亮的鼾声。

一感到时机成熟，她就向茅屋掷了一捆被点燃的干草，将它分散在其他的稻草捆上。然后又从茅屋中出来，注视着它。

数秒后，一束强烈的光照亮了茅屋的内部，接着这团可怕的火焰将茅屋烧成了巨人般高的炽热的红色火炉，焖炉的火光从狭窄的窗户喷射而出，将一道道刺目的光亮抛落雪地之上。

继而，从茅屋的顶部传来凄厉的号叫，这是人的喊叫声，充满了令人悲痛的惶恐，惊慌而绝望。然后，天花板的活动门在房内坍塌，一团巨大的火焰从阁楼喷射而出，稻草屋顶被掀起四处散落，火焰直冲云霄，如同一把剧烈燃烧着的火把，整个茅屋都在烈火之中起舞。

人们能听到从房屋内传出的声音，就只有大火持续不断的爆裂声、墙体倾倒的咯吱声、梁柱的坍塌声。突然间，茅屋的整个屋顶都塌陷下来，空气中显露出被炽热火焰包裹着的房屋骨架，在冒着滚滚黑烟的乌云正中心是一束巨大的火光。

被火光照亮的苍白的小村庄看起来就像是一张银色的桌布被镀上一层红光。

远处传来了钟声。

老妇人一直伫立在已经被摧毁的茅屋前，扛着她儿子的枪，防止其中任何一个普鲁士大兵逃跑。

当她看到这一切都已经结束，她将武器丢入余火之中。爆炸声响起。

许多人纷纷赶来，他们有的是农民，有的是普鲁士士兵。

大家在一段树枝上找到了索瓦日大妈，她静静地坐在那儿，平和而满足。

一位法语说得如同法国人一样好的德国士官向索瓦日大妈问道："您的士兵们在哪儿？"

她用干枯的手指向那堆即将熄灭的红色灰烬，响亮地回答："在那里面！"

人群迅速把她包围。普鲁士军官继续问道:“大火是怎么引起的?”

她字句铿锵地说:“是我放的!”

没有人相信她。大家都认为她已经被这场始料未及的灾难吓傻了。于是,她向聚在她身边的人群把事情从头到尾讲述了一遍。从那封带来儿子死讯的信一直到在燃烧着的茅屋中大兵们最后的惨叫。她讲得那么细致,包括她所做所感的细节也没有漏掉。

当把一切讲完,她从口袋中取出了那两张纸。为了能在余火的微光中看清这两张信纸,她戴上了她的眼镜。然后她举起其中一张说道:“这是维克多的死亡宣告书。”接着拿起另一张,点头指着那堆残火:“这,这是他们的名字。这样就可以给他们的家人写信通知他们的死讯了。”她平静地把惨白的信纸递给一把抓住她肩膀的军官,重复道:“您写信告诉他们的家人他们是怎么死的,然后告诉他们的父母这场大火是我放的,维克多·西蒙娜·索瓦日大妈!千万别忘了。”

军官用德语咆哮着发出指令。士兵们一拥而上将索瓦日大妈抓住,丢到了仍然带有余热的墙角。接着十二个士兵迅速集合,在索瓦日大妈对面二十米处列成一排。大妈纹丝不动,她明白即将发生什么,她等待着它的到来。

一声令下，紧接着响起了一长串的枪声，枪声过后，还有一枚迟放的子弹。

大妈丝毫未倒。她瘫坐在那里，仿佛被砍去了双腿。

军官走向她。索瓦日大妈看上去几乎已经被截成两半，但她那双僵硬扭曲的手仍旧捏着那张染满鲜血的信纸。

我的朋友塞尔瓦补充说道：

“德国人之所以摧毁我家乡的那座城堡，都是为了复仇。”

而我，我想到的则是那四个在烈火中被活活烧死的温顺的普鲁士士兵和他们的母亲们，以及那位在墙前被枪决的英雄母亲。

我拾起了一枚小石头，它至今还是被大火烧焦的样子。

上校的见解

“看来我是真的老了。”拉波尔特上校感慨地说，“难缠的痛风让我行动不便。可是，如果一位漂亮的女士让我去钻针眼，我也会毫不犹豫地跳进去。我愿意取悦女人，只要见到漂亮的女人，我的脚板都会兴奋起来。

“在法兰西，我们这些男人都一样。女人是你我心中的宝贝，谁也不能将她们夺走。我们现在爱她，将来爱她，永远爱她！

“在女人面前，我充满力量。那迷人的目光，会让我的血液彻底燃烧。我要去冲锋、与人搏斗，我会把所有的家具都砸烂。唯有这样，才能彰显我的雄健与力量。

“我敢发誓，我不是特例，法国的军人都和我一样。面对漂亮的女人，从将军到士兵，都会一往无前。还记得圣女贞德吗？如果麦克马洪在色当将指挥权交给一个漂亮的女人，英勇的法兰西士兵定会摧毁普鲁士的防线，用他们的酒杯庆祝胜利。

“在战争中，我曾亲历一件事，让我再次见证了女人是怎样令我们无坚不摧的。

“那时我只是个上尉，我率领的侦察兵被德军一路追赶。士兵们饥渴难耐，疲惫不堪。我们必须在次日天明前赶到巴尔絮尔坦，否则后果不堪设想。我们空着肚子在风雪中穿行，连夜行走了十五古里。现在回想起来，真是难以置信。

“记得当时我们都躲在一个谷仓里，饥饿和拥挤使每一个人昏昏沉沉。到了五点钟，天已经黑下来了，纷纷扬扬的大雪已悄然而降。我把士兵们叫醒，可很多人都不愿站起来。他们的眼神好像在告诉我：宁可死在这里，也不再走了。

“我掏出手枪，大喊道：‘谁不走我就毙了他！’

“他们极不情愿地站起来，慢腾腾地向前走着。为了了解敌情，我派四个人走在队伍的最前面。同时，我又让最强悍的士兵走在最后，用刺刀催促那些不愿前进的人。

“雪越下越大，士兵的帽子和大衣上都已结了冰。我们就像一个个幽灵，行走在无边的黑夜中。有些人走不动了，我们只好停下几分钟。片刻之后，我又命令大家继续前进。突然，队伍的前头一阵骚动，我连忙派人去看看发生了什么。

“一声女人的尖叫，划破了雪夜的宁静。几分钟后，侦察兵押着一男一女走了过来。

“我压低了声音，细细地盘问着。原来他们是当地的住户，醉酒的德军士兵在傍晚时侵占了他们的家。父亲担心女儿遇害，连夜跑了出来。

“‘和我们一起走吧。’我果断地说。

“队伍又出发，此刻，这个老头儿已经成了我们的向导。

“雪终于停了，但寒冷依旧肆虐。少女挽着父亲的手臂，趔趔趄趄地走着。看着眼前楚楚可怜的女人走得如此艰难，我的心里真的很难受。

“她不再走了：‘父亲，我真的走不动了。’老头试图将她抱起来，但显然力不从心。少女倒在地上，唉声叹气。大家围拢过来，我心急如焚，却又不知如何是好，总不能抛下他们吧。

“一个绰号机灵鬼的士兵凑了过来，他来自巴黎，鬼点子很多。‘兄弟们，咱们只能抬着这位小姐了，谁要是不答应，就不是法国人。’

“我很高兴，大声说道：‘这真是个好主意，算我一个。’有些人跑进了前面的树林，没过多久，一副简陋的担架出现在众人面前。

“‘为了漂亮的姑娘，谁愿意献出大衣？’机灵鬼大喊着。

“话音刚落，十多件大衣就扔到她脚下。年轻姑娘躺在了暖和的衣服里，由六个人抬了起来。而我，负责右前方的位置。

“我们很高兴，大步向前走着，整个队伍瞬间恢复了生机。正如人家说的那样，一个女人就会让法国人激动不已。一位老游击队员作为替补，走在担架的后面。他边走边对身旁的人说：‘我的年纪不小了，也只有女人会让我如此卖力。’

“凌晨三点，侦察兵又返了回来。我低声下达命令，士兵们卧倒在雪地上，子弹迅速上了膛。在平原中央，一团黑黢黢的东西飘忽不定，时而像蛇一样伸展，时而又聚成一团。转眼间，我们便看清了他们。这是一群迷路的普鲁士轻骑兵，共有十二个人。

“他们已完全进入射程，我大喊道：‘开火！’五十支步枪齐发，寂静的黑夜顿时热闹起来。接着是四五声枪响，最后是孤零零的一声。不久，我们开始打扫战场。轻骑兵全军覆没，三匹战马落荒而逃。

“打了胜仗的士兵正在高谈阔论，担架上传来娇滴滴的声音：‘你们在干什么呢？’

“我连忙回答说：‘小姐，我们刚刚消灭了一群普鲁

士人！’

“她低声说：‘可怜的人！’随后，又钻进了大衣里面。

“队伍继续前进，直到东方泛白。

“远处一个人用法语高喊着：‘口令？’大家已到了法军防线，我急忙走过去表明身份。负责防卫的骑兵指挥官手指着担架，大声问道：‘这上面是什么？’

“长满金黄头发的小圆脸探了出来，她笑眯眯地说：‘长官，是我。’

“士兵们哄然大笑，担架旁的机灵鬼扬起了军帽：‘法兰西万岁！’

“不知为什么，我的心里特别激动，似乎做了一件别人不能做的、拯救法兰西的大事。

“那张纯真的小脸，我永远也不会忘。有时我就想，如果用一位漂亮姑娘代替连队里的鼓号，效果肯定会好。她们的存在，会比《马赛曲》更让人慷慨激昂。”

上校沉默了一会儿，又一本正经地说：“无论如何，我们法国人总是对女人情有独钟。”

西蒙的爸爸

正午的铃声敲响了。伴随着学校大门的开启，孩子们争先恐后地推挤着涌了出来。但是和往常不同的是，他们没有飞快地四散着回家吃饭，而是三五成群地走走停停，一起嘀咕着什么。

原来这一天上午，拉布朗邵特的儿子西蒙第一次来学校上课。

所有的孩子都在家人的谈论中听说过这位拉布朗邵特。虽然人们表面上都对她表现得客客气气，然而私底下，这些孩子的母亲们却总是用带着些许蔑视的同情来谈论她。不知不觉，孩子们也受到了家里人的这种情绪的感染，然而为什么会有这样一种情绪，他们却并不清楚。

对于西蒙这个人，孩子们一点也不了解。因为他从来不出门，也从来不和他们在村子里的路上或河边玩耍。因此，他们也不怎么喜欢他。对他们来讲，津津有味地听一个十四五岁的孩子讲他的事情，然后互相传播这些话真是一种极大的乐趣。这个讲话的孩子不住地眨动双眼，好像知道很多内情的样子。

“你们知道吗……西蒙……哼，他没有爸爸呢。”

这时，这位拉布朗邵特的儿子正好出现在了校门口。

他大概七八岁，面色微微苍白，衣着干净利落，神色腼腆，有些尴尬的样子。

他往家里走时，那些总是三五成群低声议论的同学慢慢地向他靠了过来，最后将他死死地围住了。他们眼里充满了孩子蓄意要干坏事的狡黠和残忍。那个传播消息的男孩，仿佛带着胜利者的姿态，扬扬得意地问他：“你叫什么名字，啊？”

西蒙回答说：“西蒙。”

那孩子又问：“西蒙什么？”

西蒙十分生气地答道：“就是西蒙。”

那个大孩子朝他大声喊道：“人们的名字都是西蒙什么什么……单单的‘西蒙’，这算什么名字？”

而他几乎都快哭了，只得第三次答道：“我就叫西蒙！”

围观的淘气鬼们顿时哄然大笑。那个得意扬扬的大孩子提高了嗓门说：“你们看吧，我说了他没有爸爸！”

大家突然安静了下来。孩子们都被这件非同寻常、离奇的事情惊呆了：有个男孩居然没有爸爸。他们像看怪物一样地紧盯着他，仿佛他不是自然界的生物一般。他们感到，从前自己感受到的母亲对拉布朗邵特难以言表的蔑视，此刻正在他们心中膨胀了。

西蒙呢，他紧倚着一棵树以免摔倒。他仿佛被一场无法挽救的巨大灾难给惊呆了一般。他试图努力来向他们解释这一切，澄清这个他没爸爸的可怕言论。然而，他却想不出任何话来反驳他们。最后，面色如土的他不管一切地向他们喊道："不对，我有爸爸！"

"他在哪儿呢？"那个大孩子问道。

西蒙沉默了，他不知道怎么回答。孩子们又兴奋地笑了起来。这些乡村里的孩子，和畜生的性情更为相似。他们感受到了一种残忍的需求，就像牲口棚中的母鸡们只要看见它们中的一员受了伤，就会迫不及待地结束它的性命一般。这时，西蒙突然认出了他的一个小邻居，那个寡妇的儿子。他以前经常看到这个男孩和他一样，只和他妈妈待在一起。

他说："你不也一样吗，你也没有爸爸！"

那个男孩却答道："不，我有爸爸！"

西蒙反驳地问："那他在哪儿呢？"

那孩子无比骄傲地说："我的爸爸去世了，他被葬在公墓里。"

那些淘气的孩子们嗡嗡地称赞了起来，好像有一个葬在公墓里的爸爸立刻使那个男孩的形象高大了起来，同时又使压根儿没有爸爸的西蒙的形象显得更加渺小。然而，事实上那些淘气包们的爸爸大多是恶棍、酒鬼、小偷和虐待妻子的人。此刻，这些孩子拥挤着朝西蒙涌了上来，这些所谓的合法生育的孩子仿佛想把这个不受法律保护的孩子挤压得透不过气，让他在压力中憋死。

突然，一个紧贴着西蒙的坏小子向他吐了吐舌头，露出了一丝狡黠的神色说道："没有爸爸，就是没有爸爸！"

西蒙双手揪住这个男孩的头发，朝着他的双膝狠狠地踢踹了起来。同时，他残暴地朝这个男孩的面颊咬去。大家使劲地拥挤了过来，把这两个打架的人分开。在鼓掌的调皮蛋们围起来的圆圈正中，西蒙被狠狠地踢打、撕扯、撞击着，他痛得在地上不住地翻滚。随后，他终于站了起来，下意识地用手清理他身上那件肮脏的、沾满灰尘的小罩衫。这时，有人喊道："去向你爸爸告状啊！"

这时，他的心终于坍塌了。那些顽童们比他更强壮，他们已经揍了他一顿，他再无反击之力。而且，他没有爸爸，这也是事实。最初，自尊的他努力地压制着快要决堤的眼泪，可泪水憋得他透不过气来。他的呼吸开始阻塞，慢慢地，他终于开始抽泣，抽噎使他的全身急促地抽动着。

此时，他的敌人们爆发出一种狰狞的喜悦。他们就像沉浸在可怕乐趣中的野蛮人一样，自然而然地互相牵着手，围着他绕着圆圈跳起了舞。他们一边乱舞，一边反复喊叫："没有爸爸，没有爸爸！"

然而，西蒙突然停止了抽泣。一股狂怒使他近乎发疯，他捡起脚边的一些石头，用尽全身的力气把它们投向了那些折磨他的"刽子手"。有两三个调皮鬼被石头砸到，尖叫着逃走了。看着这群人如此恐慌，他的脸上浮现出十分解气的神情。在一个走投无路的人面前，乌合之众总是怯懦的。此刻，这群顽童终于卑怯地一哄而散，逃之夭夭。

这个没有爸爸的男孩一个人孤独地往田野奔去，因为他的脑海里突然浮现出一段记忆。这段记忆使他痛下决心：他下定决心要投河自尽！

原来，他想起了八天前，一个以乞讨为生的穷鬼正是跳入了一条河中溺水而亡。西蒙目睹了人们打捞起他的过程。他看到一个悲惨者惯有的模样——肮脏而丑陋。然而，这个不幸的人安详的神情、苍白的面颊、湿漉漉的胡须、平和地睁着的双眼，都让西蒙印象深刻。四周的人议论道："他死了……"有人还说："现在他解脱了……"西蒙现在也想跳河自尽，因为他没有爸爸，就像那个悲惨的人没有钱一样可怜。

他来到了河边，凝视着河水安静地流淌。他看见几只鱼儿在波光粼粼的水里快速地游动，愉快地嬉戏。时不时地，它们跃出水面，灵活地将水面上盘旋的苍蝇吞下肚去。渐渐地，西蒙停止了哭泣，不觉出神地看起鱼儿的表演来。可是，就像在暴风雨的短暂安宁中，突然将树吹裂的骤风一样，极度痛苦的他突然想起："我要去跳河，因为我没有爸爸。"

天气炎热。草地被太阳照得暖洋洋的，波光粼粼的水面就像一块澄澈的镜子。在痛哭后的疲惫中，西蒙感到了一阵惬意。他真想在温暖的阳光下，躺在草地上好好睡一觉。

这时，一只绿色的小青蛙跳到了他的脚上。他试图把它抓住，可还是让它逃走了。他赶紧追了上去，但还是让它三番四次逃脱了自己的掌心。最后，他终于擒住了青蛙的后脚，并且看着它的阵阵挣扎。青蛙将腿蜷成一团，然后突然放松，用力地蹬直了双腿，僵直的后肢就像两根直挺挺的木棒。此时，它那镶着圈金边的眼睛瞪得圆圆的，两只晃动的前脚就像一双手一样在空中舞动。眼前的情景让西蒙想到了以"之"字形曲线连钉在一起的玩具，木板条按照"之"字的曲线运动，带动钉在木板上的小战士们，做变化队形的操练。他不觉地想起了他的家、他的妈妈，感到莫名的悲伤，哭了起来，他的四肢也不觉地开始战栗。于是，他坐了下来，将头枕在膝上，像在睡前一样背起了祈祷文。但是，急速而紊乱的抽噎一遍遍侵袭着他的身体，使他不能完整地将祈祷文背诵出来。他不愿再想、不愿再看任何东西，索性痛痛快快地哭了起来。

突然，一只沉甸甸的手搭在他的肩上，一个低沉的声音在他耳边响起："是什么让你这么悲伤啊，小家伙？"

西蒙转过头来，看到一个工人模样的男子正慈祥地凝视着自己。这个人长着胡子，有着一头卷曲的黑头发。西蒙哭成了泪人儿，哽咽着答道："他们打我……因为……我……我……没有……爸爸……没有爸爸……"

"为什么呢？"那个男子微笑着说，"每个人都是有爸爸的啊。"

西蒙痛苦地抽搐着，哭着说："我……我……我就没有爸爸。"

顿时，这个男子沉默了。他明白了眼前这个孩子正是拉布朗邵特的儿子。虽然他只是初来乍到，但他也隐约了解那个女子的故事。

他对西蒙说道："别难过了，小家伙。我们走吧，我带你去找你妈妈。待会儿一定给你几个……一个爸爸。"

于是，他们一同上路了。那个男子牵着西蒙的小手，又一次笑了起来，因为他很高兴见到那位布朗邵特夫人，听说她是本地最美丽的女子之一。他心里可能思忖着，失过足的女子，可能还会再失足的。

他们一同来到了一所十分整洁的小白屋前。

“就是这儿了，”西蒙说，然后他朝着屋子呼喊道，“妈妈！”

一个年轻女子出现在门口，男子蓦地收起了笑容。看着这个面色苍白而严肃的女子，他顿时明白了这是一个再也禁不起玩笑的人。她的动作似乎在守卫着门，不让男子进入，因为从前她正是在这里遭到了另一个男子的背叛和伤害。男子感到阵阵窘迫，他握紧手中的鸭舌帽，支支吾吾地说：“夫人，您看，我把您的儿子带回来了。他刚刚在河边迷了路。”

这时，西蒙一把抱住了妈妈的脖子，又开始痛哭起来：“妈妈，我不是迷了路，而是想跳进河里淹死。因为其他同学打我……他们打我，因为我没有爸爸。”

女子的面颊感到一股剧烈的灼热，泛起一片绯红。儿子的话让她心如刀绞，她紧紧地抱住儿子，泪如泉涌。

此情此景，男子也不禁动容。他只是站在原地，不知怎么离开才好。

突然，西蒙转过头朝男子奔来，问他：“您愿意当我的爸爸吗？”

空气似乎凝固了。布朗邵特默默不语，面色羞愧难熬。她双手捂住了胸口，不觉将身子倚在了墙上。西蒙看他没有出声，于是接着说：“如果您不答应，我还会去跳河。”

男子把孩子的话当作了玩笑，笑着答道：“我当然十分乐意啦！”

“那你告诉我你叫什么吧，”西蒙继续说道，“下次那些孩子问起来我就能回答他们了。”

“菲利普。”男子答道。

西蒙沉默了一会儿，以便将这个名字铭记在脑中。然后，他向男子张开了双臂，宽慰地说：“太好了！菲利普，现在你是我爸爸啦！”

男子将西蒙从地上抱了起来，在他的面颊上猛地亲了一口，然后迈着大步离开了。

第二天，西蒙来到了学校。迎接他的又是一阵嘲讽的嬉笑声。离开学校时，那个大孩子又想嘲讽他，他劈头盖脸地朝那个孩子喊道：“我的爸爸叫菲利普！”话语掷地有声。

四周顿时迸发出充斥着嘲笑的怪叫声。

“哪个菲利普？……菲利普姓什么？……菲利普是个什么东西？……你的那个菲利普是从哪儿搞来的？”

西蒙一言不发，只是毫不示弱地看着他们，他信念坚定，甘受屈辱也不愿在他们面前做逃兵。最后，是学校的老师把他解救了出来并将他送回了家。

三个月以来，菲利普经常在布朗邵特家附近转悠。当他看见布朗邵特在窗下缝缝补补时，有几次他都鼓起勇气上前和她攀谈。她总是礼貌又自然地回应他，但她从来不报以微笑，也不让他进屋。可是，像所有的男人那样，他也有些自命不凡、想入非非。他总觉得，她跟他谈话时，脸上常常显得比平时更红。

实际上，名声一旦毁掉，重新恢复起来是十分艰难的，而且自此就很容易受到伤害，所以布朗邵特处处小心谨慎。即便如此小心，村里的人对她还是议论纷纷。

西蒙非常喜欢他的新爸爸，每天晚上他们都会出去散步。西蒙更加勤勉地去上学，每次他都神气十足地从他的同学中穿过，却从来不理会他们。

有一天，那个曾经带头攻击他的小子对他说："你说谎，你根本就没有一个叫菲利普的爸爸！"

"你凭什么这么说！"西蒙激动地问。

那个男孩摩擦着手掌，接着说："因为如果他是你爸爸的话，他就是你妈妈的丈夫。"

在这个正确的推理面前，西蒙心慌了。但是，他仍旧坚持说："但他还是我爸爸。"

之后，西蒙沮丧地垂着头，若有所思地朝菲利普工作的地方——洛阿宗老爹的铁匠铺走去。

这个铁匠铺几乎被掩埋在树丛当中。那里一片阴暗，除了那点火炉发出的红光还闪烁着。这座巨大的火炉亮闪闪地照着五个光着胳膊的铁匠，他们在铁砧上捶打着，发出当当的巨响。他们站立着，聚精会神地盯着手里捶打的铁块，发红的身体使他们看起来像有使不完的劲儿的精灵一样。他们凝滞的思维也随着手中挥舞的锤子一同起起落落。

没人发现西蒙走了进来，他轻轻地拉了拉菲利普的衣袖。菲利普转过身来，所有的人都停下了手中的工作，凝神看着他们。在这种异样的沉默中，西蒙稚嫩的声音微弱地响了起来："喂，菲利普，米淑德的儿子刚刚跟我说你根本就不是我的爸爸。"

"为什么呢？"菲利普问道。

西蒙天真地答道："因为你不是我妈妈的丈夫。"

听了这个回答，没有人笑得出来。菲利普站着，两手扶着立在铁砧上的铁锤的木柄，脑门垂靠在手背上。他沉思着。他的四个工友静静地望着他，小小的西蒙就在这些高壮的铁匠当中焦虑地等待菲利普的回答。

就在这时，一个铁匠出了所有人的想法："不管怎么说，布朗邵特是一个善良老实的女人。虽说她有过那些倒霉的事情，可是她还是很坚强的，而且她现在是很规矩的，做一个老实人的妻子，她当之无愧。”

“对啊……”其他三个人也表示赞同。

那个铁匠又接着说道：“如果说这位姑娘失足过，可这不是她的过错啊，别人先答应娶她的。我就认识好几个非常受人尊敬的女人，从前也有过类似的经历。”

“对，有道理！”其他三个人异口同声地说。

那个人又道：“这个可怜的女人，她独自一人抚养孩子吃过多少苦，这些年她除了去教堂之外就闭门不出，她又哭了多少回……这些恐怕都只有上帝才说得清。”

“对啊！”其他人再次表示赞同。

然后，大家都沉默了。空气中回响着风箱扇动炉火的声音。突然，菲利普弯下腰对小西蒙说：“孩子，回去告诉你妈妈，今晚我要跟她谈一谈。”

然后，他扶着西蒙的肩膀将他送出了门。他又回去接着工作，五个人齐心协力地打起铁来。欢乐的打铁声歌唱到深夜，他们就像手中得意的铁锤一样强健有力。但是，如同节日时期主教堂的钟声盖过其他钟声一样，菲利普的铁锤发出的震耳欲聋的敲打声也盖住了其余人的铁锤声。他站在跳跃的火星间，兴奋地挥舞着铁锤，一秒也不停地锤下去，眼里闪耀着喜悦的光芒。

夜晚，繁星满布。菲利普敲响了布朗邵特家的门扉。他穿着他那件节日里才穿的罩衣，里面是一件新买不久的衬衣，胡子也修剪得整整齐齐。布朗邵特走近门槛，面上带着为难的神色："深夜至此不太合适，菲利普先生。"

在她面前，菲利普局促不安，结结巴巴。

她又说道："您应该明白，不能再叫人说我的闲话。"

他突然脱口而出："要是您愿意成为我的妻子，那又有什么关系！"

空气顿时凝固了，周围一下安静下来。但是菲利普似乎听到了房间暗处有人倒下的声音，他连忙走进去。这时，躺在床上的西蒙听见了亲吻声和他母亲的低语声。接着，他突然感受到自己被一双强健有力的胳膊托了起来，那是菲利普的！只听见他说："你去告诉你的那些同学们，你的爸爸是铁匠菲利普·雷米。他会去教训那些再欺侮你的人。"

第二天，当所有人到齐，快开始上课时，小西蒙站了起来，小脸苍白，用颤抖的双唇向大家宣布："我的爸爸是铁匠菲利普·雷米，他答应我会去教训那些以后欺侮我的人！"

这一次，再也没人敢嘲笑他了，因为大家都认识这位铁匠菲利普·雷米，那是一个谁都会引以为豪的爸爸。

皮埃罗

勒菲弗太太是一个有钱的乡下寡妇。她既是乡下人又不是乡下人。她的衣服要镶缎带，帽子要点缀一些花里胡哨的装饰。她说话犯连音错误，在人前趾高气扬。然而，她花哨可笑的装扮仍旧掩饰不了她粗鄙自大的灵魂，那灵魂就像被她掩盖在真丝手套里又红又粗的手一样不堪。

她有一个名叫罗丝的女仆，是个品性纯良、头脑简单的乡下女人。

她们住的房子位于诺曼底科区的中心地段，修建在马路边，而且带有绿色的百叶窗。这栋楼前的小花园也是她们的，她们在小花园里种了一些蔬菜。

有一天，她们园里被人偷走了一打洋葱。罗丝一发现偷窃的蛛丝马迹，她就立刻跑去通知勒菲弗太太，勒菲弗太太穿着一件羊毛裙就跑下楼来。这真是一件太可气的事情了！有人居然偷了勒菲弗太太的东西！她们推测，既然有人来这里盗窃，他就有可能再回来犯案。

这两个惊怒交集的女子一边观察着贼留下的痕迹，一边交谈着、猜测着：“看，他们是从那边穿过来的。他们先攀上了墙，然后又跳到了花坛里。”

她们想到以后的日子就毛骨悚然。这样下去，还怎么能睡得安稳！

勒菲弗太太家被偷的消息不胫而走。邻居们都轮流来她家察看了一番、讨论了一番。每当来一个新客人，主仆二人都会把她们观察到的和想到的跟客人说上一番。

一个住在隔壁的农庄主向她俩建议：“你们应该养只狗。”

确实有道理，她们应该养一只狗，哪怕是叫几声唤醒主人也好啊！老天啊，大狗是养不得的，它光是吃东西就能把她们吃垮，养大狗又有什么用呢？养一只小狗，一只能叫几声的小狗就可以了。

邻居们一离开，勒菲弗太太就考虑养狗的问题。经过一番长久的考虑，她提出了许多反对意见，她一想到养狗要用一大碗饲料就惊慌不已。因为她属于爱节省的典型村妇，这类人总是随身揣着几分钱硬币，以便在大庭广众下施舍贫穷的人，或者把它们捐给周日的慈善募捐活动。

罗丝是个喜欢动物的人，她列举了很多应该养狗的理由，而且分别为这些理由灵巧地辩护。最终，她们终于决定要养一只小狗。

她们开始寻找小狗。然而，她们找到的却全都是大家伙。这些大狗喝汤的贪吃样能把人吓得发抖。罗勒维尔镇的杂货店老板倒是有一只符合她们心意的小狗，但是老板却要两法郎的小狗抚养费才肯把狗交给她们。但是，勒菲弗夫人却说自己只愿意饲养小狗，不会出一个子儿来买它。

一天早上，有个知道内情的面包商用车载来了一个奇怪的小家伙。它通体呈黄色，脚短得几乎看不见，却有一个鳄鱼身、狐狸头。它喇叭状的尾巴就像一支活翎饰，跟它的身体差不多大小。这只狗如此丑陋，面包店的一个主顾便不想要它了，想方设法将它脱手。勒菲弗太太却觉得这个脏乱的小东西非常漂亮，因为不需费一个子儿就能带走它。罗丝将它轻轻抱起，询问面包店老板这只小狗的名字。他回答："皮埃罗。"

这只狗被安置在一个老旧的肥皂箱子里。她们先给它喂了一些水，它喝光了。然后，她们又给了它一块面包，它也全部吃下去了。勒菲弗太太担心小狗太能吃，想到了一个办法，她说："等这只狗熟悉了咱们家的环境以后，咱们就将它放养。这样一来，它就能在外面一边溜达一边找吃的了。"

勒菲弗太太放养了这只狗。果不其然，这样它就不会挨饿了。它只有在要吃的时候才会大声叫唤，而且还叫得十分凶猛。但是当有新面孔进入花园的时候，它又会很安静。它亲昵地和每个人玩耍，所有的人都能进入她家花园。

勒菲弗太太越来越适应和这个小狗共同生活的日子，她甚至开始喜欢起它来。有的时候，她会递给它几口蘸过烩肉汁的面包。但是她从未想过有一天有人会向她征税。当有人因为这只不怎么叫的小狗向她要八法郎的税时，“八法郎，夫人”，她听到差点惊得昏了过去。

她立即决定要丢掉皮埃罗，但是方圆十里的人都不想领养它。勒菲弗太太毫无他法，只有狠下心来让皮埃罗“啃地皮”。“啃地皮”意味着喂皮埃罗吃泥石灰。当人们想丢掉一只狗时，都会这么做。

在一块大空地的中央，有一个茅屋一样的东西，更确切地说是一个茅屋顶，那就是泥灰岩矿场的入口。垂直的矿井直达地下二十米深，通向长长的矿石坑道。

每年到撒泥灰的时候，人们才会下到这些泥灰岩矿的通道里。其余时间，这些通道就做丧家狗的墓地用了。当人们从通道的开口路过时，常常能听到哀怨的嚎叫，狂怒或绝望的吠声，凄惨的哀鸣……这些声音不绝于耳。

每当猎人和牧羊人的狗从这个哀鸣响彻的洞口经过时，它们都闻声胆寒，飞快地逃走。当人们俯下身子，凑近洞口时，一股令人作呕的腐烂的臭味直往鼻子里蹿。

黑暗里令人发指的惨剧就这样无声地上演着。

坑底的狗苟延残喘地过上十天半月，以遗留的肮脏的狗尸为食。突然，一只更肥、更壮的狗突然从上面被扔下来。这时，两只饥肠辘辘的狗眼中都闪烁着贪婪的光芒，它们各自神经紧绷，互相戒备，互相尾随，不断踌躇着。之后，难耐的饥饿让它们彻底爆发了。它们激烈地攻击着对方，互相撕咬。最后，强者终于贪婪地生吞了弱者。

当她们决定让皮埃罗"啃地皮"后，她们便开始打听谁能办妥这件事。锄路的养路工要收十苏，这笔钱对勒菲弗太太来说多得简直不可理喻。隔壁的泥水匠学徒只收五苏，可这对勒菲弗太太来说还是太贵了。罗丝提醒她最好的办法就是她们自己来干这件事，这样一来，皮埃罗不仅不会在路上被虐待，而且它也不知道将会发生什么。于是，她们便下定决心等到日暮降临的时候，亲自去扔掉皮埃罗。

这天晚上，她们给皮埃罗准备了一碗含有一指黄油的汤。皮埃罗喝得干干净净，一滴不剩。在它兴高采烈地摇着尾巴时，罗丝将它抱进了围裙里。

主仆二人大跨步地往目的地走去，就像两个偷了农作物的小贼。她们穿过平地，走了不久就到了泥灰岩井。勒菲弗太太蹲下身侧着耳朵听洞里有没有狗叫声。"没有，里面没有声音。皮埃罗将会独自在里面。”她说道。罗丝流着眼泪亲了亲皮埃罗，然后将它投进了洞里。之后，主仆二人一起弯下腰，竖起耳朵仔细地听着洞里的动静。

最初，她们听见了一声喑哑的叫唤，然后是尖锐的、令人心碎的呻吟，好像它受伤了一般；之后是一连串痛苦的尖叫声，接着是绝望的呼叫声，那声音如同哀求一般凄凉。突然，她们看见皮埃罗的头猛地抬了起来，直勾勾地盯着出口。

它叫了起来。噢，它汪汪地乱叫了起来！

她们突然莫名地感到又惊又愧，恐惧得背脊发凉。于是，她们发疯一般地逃跑。罗丝跑得比勒菲弗太太更快，落在后面的勒菲弗太太害怕地大叫：“等等我，罗丝！等等我！”

这一夜，她们整晚都被可怕的梦魇纠缠着。

勒菲弗太太梦到她坐在桌边准备喝汤，但是当她揭开锅盖时却发现皮埃罗就在里面。它突然朝她面上扑来，狠狠地咬住了她的鼻子。

她一下子惊醒了，但耳边似乎还萦绕着皮埃罗汪汪直叫的声音。她静静地听着，身子不住地颤抖。

不知不觉，她又睡着了。这次，她梦见自己在一条无边无尽的路上踽踽独行。突然，她发现路中央有个大篮子。

它看起来像被农场主抛弃的那种大篮子。不知为何，那让她感到十分害怕。

她还是打开了篮子，又看见皮埃罗在篮子里缩成一团。突然，它一下子衔住了她的手，死死地不肯松开。她发疯似的狂奔，悬挂在手臂上的皮埃罗狂乱地荡来荡去，却仍不肯松口。

第二天一大早，她就醒了，精神濒临崩溃，只顾着疯狂地向泥石灰矿场跑去。

她来到矿井边，听见皮埃罗还在汪汪叫，它汪汪叫了一夜！她不觉激动地抽泣起来，嘴里温柔地一遍遍唤着皮埃罗的名字，皮埃罗也用婉转细腻的叫声不断回应着她。

这时，她是如此渴望再见到皮埃罗。她暗自发誓，等她再养皮埃罗的时候，一定会让它一生都快乐无忧。

她飞快地朝采矿的掘井工人家跑去，向他说了整件事情的经过。工人沉默地听完了整个故事，问道："您想要您的狗吗？那就给我四法郎吧。"

她一下子心惊肉跳，花钱的痛苦在心里瞬间爆发。

"四法郎！整整四法郎！您也不怕撑死！"她尖叫道。

工人说："您看吧，我必须要带我的绳子、摇柄，还要把它们都架起来。然后，我还要和我的孩子下到矿井里，说不定我还会被您那该死的小狗咬上一口，这一切都为了要把它抱上来讨您欢心。您早知道今天，之前就不该把它扔掉！”

勒菲弗太太怒不可遏地走了，心里不断重复着——整整四法郎！

她一回到家就把罗丝叫到身边，对她讲了掘井工人的话。一向低眉顺目的罗丝听了以后，不断重复着：“四法郎！这可是一大笔钱，夫人！”

但是，她又说：“要不我们给可怜的皮埃罗扔些吃的，这样它就不会饿死了。”

勒菲弗太太十分高兴地答应了。于是，主仆二人便带着一大块黄油面包出发了。

她们把面包切成一小块一小块的，然后依次将其塞进洞口。然后，她们轮流和皮埃罗讲话。皮埃罗吃完一小块面包，就会汪汪直叫，示意再扔一块给它。

傍晚她们又来喂，之后天天都来。不过后来便一天只来一趟了。

然而，有一天，当她们把一小块面包扔进洞口后，她们突然听到从井里传来了一声响亮的犬吠声。井里有两只狗！原来，又有人往里面扔了一只狗，而且是只大狗！

罗丝叫了一声：“皮埃罗！”皮埃罗随即汪汪直叫。然后她们又开始往里面扔吃的，但是每一次她们都清楚地听到洞里激烈的推撞声，然后是被强壮的同伴咬伤的皮埃罗哀怨的尖叫声。

她们只能徒劳地在边上叫着："这些是给你吃的，皮埃罗！"但是，皮埃罗一点吃的都没抢到。

主仆二人不知所措，互相对视了一眼。勒菲弗太太尖酸地说："我可不能养活所有被抛弃在井里的狗。现在是时候撒手了。"

她一想到井里的狗以后都得靠她养活就难受得快要窒息，于是扭头就走。没有扔完的面包她也拿走，一边走一边接着吃。

罗丝沉默地跟在她身后，不时用蓝围裙的裙角擦着眼睛。

细　绳

这天是赶集的日子，戈代维尔镇周围的所有大街小巷上都是前来赶集的农民和他们的妻子。男人们迈着稳健的步伐，长长的罗圈腿每向前跨一步，整个身子就会向前一探。之所以腿会变形，是因为他们干的活又苦又累：犁地时，需扭着上身，同时左肩耸起才能压住犁；割麦时，为了能稳稳当当地站住，两腿要分开保持平衡。总之都是一些吃力的田间活。他们穿的蓝色罩衫被上了浆，好像一层油漆似的，又硬又亮。领口和袖口用白线绣上了一些细小的花纹。罩衫套在他们瘦骨嶙峋的身体上鼓鼓的，仿佛正要飞上天的大气球，只是脑袋和四肢从这大气球里伸了出来。

有的男人牵着一头母牛或是一头小牛，而他们的妻子则跟在牛后边，还用一根带着叶子的树枝抽打它们的腰部，催促它们快点走。她们的胳膊上都挎着一只大篮子，篮子里的鸡鸭不时地探出小脑袋来东张西望。她们走起路来比男人们还要急，但步子迈得很小。她们又干又瘦的身子挺得笔直，披着一条又窄又小的披巾，用别针别在平平的胸脯上，头上裹着的白布紧贴头发，上面还戴着一顶软帽。

一辆载着人和长板凳的马车从后边驶过来，一匹小矮马拉着车一颠一簸地小跑着，颠得车上的两个男人东倒西歪，车后部还坐着一个女人，那女人为了减轻猛烈的颠簸，手紧紧地扶着车沿。

戈代维尔镇的广场上，人和牲口乱哄哄地混成一片。只见拥挤的人群中时不时就会支出一只只牛角，一顶顶富裕农民戴的长绒高帽和乡下妇女戴的软帽。各种各样的叫喊声简直要形成一个“交响乐队”了。在这片喧闹声中，偶尔可以听见一个心情愉悦的乡下壮汉发出镇压群众的纵声大笑，还有被拴在房屋墙角下的母牛的一声长鸣。

整个广场上到处弥漫着一股牛圈、牛奶、厩肥、干草和汗水混合的臭味儿，尤其是那种乡下汉身上特有的无比难闻的酸臭味。

布雷奥泰村的奥舍科尔纳老爹刚刚赶到戈代维尔镇，他正向广场走去，突然看到地下有一段小线头。作为一个地道的诺曼底人，他的日子过得很节俭，觉得任何东西都能派上用场，即使是从地上捡来的。于是他吃力地弯下腰——因为他有风湿病，从地上捡起那段儿小线头。他正准备把线头仔细缠好，发现马具皮件铺的老板马朗丹老爹在店铺门口看着他。两人过去曾为一根笼头拌过嘴，而且他们又都记仇，至今没有言归于好。

奥舍科尔纳老爹觉得自己在烂泥里捡一段儿线头的行为要是让自己的仇人看见了，是件丢脸的事。于是，他急忙把线头塞进罩衫，藏到裤子口袋里，紧接着又假装在地上找什么东西。找了半天也没找着，就佝偻着患风湿病的腰，向前伸着脑袋，朝集市走去。

他一溜烟儿便消失在了人群里了。集市上总是人声嘈杂，所有人都不慌不忙，一个劲儿地讨价还价。

那些乡下人在母牛身上摸了又摸，走了以后又回来，翻来覆去，总是怕上当而犹豫不决，偷偷注意着卖主的表情，随时都想识破他们的诡计和牲口的毛病。

女人们把大篮子都放在脚边，从篮子里掏出那些脚被绑着的、鸡冠通红的、神色惊慌的鸡鸭来。

她们只是不动声色地听着买主开出的价格，却一直坚持自己的价格，冷冰冰地绷着脸，让人捉摸不透；偶尔也会突然决定同意人家还的价，对那个慢吞吞走开的买主大声嚷嚷道：

“就这个价吧，安蒂姆老爹，卖给您了！”

广场的人渐渐稀少了，教堂里响起了正午祈祷的钟声，离家太远的人们纷纷找小客栈吃饭去了。

儒尔丹客栈的大厅里挤满了吃饭的人，宽敞的大院里也停满了各式各样的车，有运货的大马车、有带篷的轻便马车、有带长板凳的四轮车、有只能容纳两人的小马车，还有一些叫不出名字的小车。每辆车都沾满了黄泥，歪七扭八地走了样，有的车东拼西凑的，像是两条胳膊朝天举着，头冲下，屁股朝天。

吃饭的人都已经坐好了，边上的大壁炉燃着明亮的火，把离得近的客人的背部烤得直发烫。火炉里的三根烤钎来回翻转着，上面插满了鸡肉、鸽子和羊腿。烤肉的香味和烤焦了的皮上飘溢出油汁的香味，让满屋子的人垂涎三尺。

那些庄稼人中有头有脸的人物都会来儒尔丹老板的客栈吃饭。儒尔丹不仅开饭店，还贩马，是个脑子颇为灵活的有钱人。

一盘一盘的饭菜被吃光，黄色的苹果酒也一罐跟着一罐被喝尽。不管是买家还是卖家，没有人不是在谈论生意。他们都在打听庄稼的收成如何，天气对草料来说倒是不算坏，可对麦子来说就差一些了。

突然屋前的院子里响起一阵鼓声，除了少数几个不爱凑热闹的人不予理睬以外，所有人都立刻站了起来，他们嘴里塞得满满的，手里还拿着餐巾，纷纷涌向窗口和门口。

宣读公告的差役敲了一阵鼓以后，就胡乱断句，磕磕巴巴地宣读道：

“现通知戈代维尔全部居民以及所有……今天上午前来赶集的人……在博泽维尔的大路上于……九十点钟之间丢失黑色皮夹一只……内装有五百法郎及商业票据……若有拾到者请……速将钱包交到镇政府或直接交给马纳维尔镇的福蒂内·乌尔布雷克先生……另有二十法郎的酬金。”

差役读完宣告就走了。不久，远处又隐约传来一次低沉的鼓声和他的叫喊声。

大家开始七嘴八舌地讨论起这件事，把乌尔布雷克先生皮夹的各种可能都说了一遍。

午饭也吃完了。

最后的咖啡也快喝完了，这时门口出现了宪兵队队长。

他问道：

“布雷奥泰村的奥舍科尔纳老爹在这儿吗？”

坐在桌子那一头的奥舍科尔纳老爹应和道：

“我在这儿。”

接着，队长又说：

“奥舍科尔纳老爹，麻烦您跟我到镇政府走一趟，镇长有话要问您。”

奥舍科尔纳老爹大吃一惊，心里极度不安，端起他的酒杯一口饮完其中的酒后站起来，他的背比上午驼得更厉害了——每次休息一阵后再站起来，头几步就走得特别困难。他一边走一边不停地说：

“我来了，我来了。”

他跟在宪兵队队长后面离开了。

镇长正坐在椅子上等他。镇长是当地的公证人，身材肥胖，很严肃，说起话来喜欢夸大其词。

“奥舍科尔纳老爹，”他说道，“有人看到您今天早上在博泽维尔镇的大路上拾到了乌尔布雷克先生掉的皮夹。”

这个乡下人目瞪口呆地看着镇长，这么个包袱无缘无故地落在他身上，使他完全六神无主，不知怎么办才好了。

“我……我……您是说我捡到了他的皮夹？”

“没错，就是您捡到的。”

“我发誓，我连这钱包长什么样都不知道啊！”

“但是，有人亲眼看见您捡了。”

“有人看见我捡了？是谁？哪个家伙看到我捡了？”

“马具皮件铺的老板，马朗丹先生。”

这时候老头子才突然明白是怎么回事，顿时被气得脸都涨红了：

“啊！是这家伙看见的！这个混蛋！他看见我捡的是这根绳子！您看，就是这根，镇长先生！”

他一边说一边从口袋里摸出那段细绳。

可是镇长不肯相信他，摇摇头说：

“奥舍科尔纳老爹，您就不要再骗我了，马朗丹先生可是个值得信赖的人，他怎么会把一段绳子看成是皮夹呢？”

老农民快要气疯了，他举起手，向旁边吐了口唾沫，又说了一遍：

“我以人格向上帝发誓，这千真万确！镇长先生，如果我有半句假话，就永世不得超生！”

镇长接着又说道：

“捡起皮夹后，你甚至又在烂泥里找了好久，看看还有没有掉出来的钱。”

老头子真是又气又怕，都要喘不过来气了。

“怎么可以这么说！怎么能这么说呢！这种造谣污蔑一个老实人的话，他竟然说得出口！”

不管他怎样为自己辩护，镇长就是不相信。

后来，马朗丹老爹被叫来同他对质，马朗丹先生又说了一遍，并且一口咬定就是他干的。这两人对骂了足足有一个钟头。后来应奥舍科尔纳老爹自己的要求，在他身上搜了一遍，但是什么也没有搜出来。

镇长也很为难，最后只好把他放了，又对他说这事得报告检察院，听候命令再做定夺。

这时，消息已经在镇里传开了。老头子一从镇政府出来就被人围住了，大家你一句我一句地问长问短，都想探个究竟。有的是出于好奇，有的则是奚落嘲讽，但就是没有一个人出来打抱不平。他把绳子的故事从头到尾给大家讲了一遍，然而没有人相信他，大伙都觉得很好笑。

一路上，他不是被人截住，就是截住熟人，不厌其烦地讲他的故事，一直强调他是被冤枉的，还把衣服口袋翻出来给人看，证明他真的什么都没有。

而大家总是说：

“得了吧，老滑头！”

他憋了一肚子火，十分伤心，因为没有人相信他说的话。他也不知道怎么办才好，只是一个劲儿地讲那件事。

夜幕降临了。他同三个乡亲一起往回走，他把捡绳子的地方指给大家看，而且一直不断地讲他倒霉的遭遇。

晚上，他在布雷奥泰村绕了一大圈，把他的遭遇讲给大家听，但始终没有人相信他。

他难受了一夜，连睡觉都不踏实。

第二天，午后一点左右，在伊莫维尔的布尔通老爹农庄里干活的马里于斯·波梅尔把皮夹连同里面装的东西一齐送还给玛纳维尔的乌尔布雷格先生。

他说，这东西确实是他在马路上捡到的，因为不识字，所以只好先带回家。

消息随后便传到了街坊邻居的耳朵里，奥舍科尔纳老爹也知道了。他立刻开始四处散播，把他那个故事的结局讲给大家听。这下，他总算可以扬眉吐气了。

“最让我心痛的，”他说道，“倒不是这件事本身，而是那些没有缘由的流言蜚语。就因为一句话，害得被大家戳脊梁骨儿。”

整整一天，他都在讲他的这件倒霉事，在路上讲给来往的行人听，在酒馆里讲给喝酒的人听；到了星期日，他还到教堂门口讲给那些去做礼拜的人听。就是不认识的人，他也会拦住他们，讲给他们听。现在他算是放心了，不过总觉得还有点儿什么事让他觉得不踏实，可是又说不上来是什么事。听他说故事的人似乎总在拿他取乐，好像还是不相信他。他还似乎觉得背后总有人在嘀嘀咕咕。

下个星期二，他又特地去了趟戈代维尔集市，觉得有必要把事情解释清楚。

马朗丹站在店门口，一见他走过来就开始笑。这是为什么？

接着他又碰上克里克托的农庄主，于是便开始向他解释，可是那人不容他说完，就在他心口上一拍，冲着他喊道：“老滑头，得了吧！”然后就转身离开了。

奥舍科尔纳先生目瞪口呆，越来越不安了。为什么叫他“老滑头”？

他到儒尔丹客栈吃饭，一就座便又开始解释那件事。

不料，蒙蒂维耶的一个马贩子冲他嚷嚷道：

“得了，得了，伙计，你那根绳子的故事我早就知道了！”

奥舍科尔纳老爹结结巴巴地说：

“那个皮夹后来不是找到了吗？”

那人紧接着又说：

“快打住吧，老爹，有人捡又有人还！好一个神不知鬼不觉啊！”

奥舍科尔纳老爹被气得差点背过气去，终于恍然大悟了。原来，大家都以为他是和别人串通好的，让同伙把皮夹送回去。

他本想反驳，可在座的人都哈哈大笑起来。

这顿饭没法吃下去了，他在一片嘲笑声中走开了。

回到家，他简直是无地自容，火冒三丈，憋得透不过气来；最让他懊恼的是，就凭他有诺曼底人的狡猾，人家说的事他的确是做得出来的，甚至还会自鸣得意，炫耀自己的高明手段。他觉得自己真是受了不白之冤，像胸口上被插了一刀。

于是他又开始讲自己的遭遇，每天都要把故事的经过加长一点，每次都要添一些新的理由，有力的证据和郑重的发誓，这些都是他一个人的时候准备好的，因为他的心思已经全部放到了这根绳子上。然而，他辩解得越详细、理由越是巧妙，大家就越是不相信他。

人们经常在背后说："这些理由都是他编出来骗人的！"

他感觉到了这一切，怒火攻心，但仍在拼命为自己辩解，然而，都是徒劳。

眼看他一天天憔悴下来。

现在，轮到那些爱捉弄人的家伙，为了逗乐，反而要求他讲绳子的故事了。就像大伙要求士兵们讲如何打仗一样。他被彻底击垮了，人也越来越虚弱。

十二月底，他终于病倒了。

一月初他就死了，临终前神志不清的时候，他还在极力证明自己的清白，不住地念叨：

"一根细绳……一根细绳……您看，镇长先生，就是这段儿。"

骑　马

格里拜林一家人的生活很是艰难，就靠他那微薄的薪水勉强度日。自打他们结婚就处在这种状况，加上两个孩子相继出生，使得原本就不宽裕的生活更加雪上加霜。夫妻俩陷入了一种自卑的、黯淡的困境，一种没落贵族还死要面子的羞人困境。

海克多尔·德·格里拜林从小在外省长大，一直待在他父亲的庄园里，由一位老教士做他的家庭教师，接受的是家庭教育。其实他们的家族早已经没落，经济状况不佳，不过还维持着贵族表面的风光罢了。

二十岁的时候，家人在海军部为他谋了一个办事员的职务，年薪一千五百法郎。然而他在这块礁石上被长久地搁浅了，就像那些从没准备面对生活中艰难严酷的人，就像总是隔着云雾在看生活，没有任何应对方法和力量的人，就像那些从小没人培养他们的某些特殊才干，而失去坚强毅力的人。总之，他们手里从没有拥有任何一件武器或工具，搁浅在所难免。

格里拜林就是这么一个人。在海军部里的头三年，他几乎四处碰壁，过得简直糟糕透顶！

后来，他遇到了几个世交，那是一些和他一样生活境况窘迫、思想落伍的老头子。格里拜林和他们都住在市内的贵族街区，也就是圣日耳曼区世态炎凉的街道上。在那儿，他结识了一群可以来往的人。

这些穷贵族接受不了现代生活，几乎与当今世界隔绝。他们自卑又骄傲，全都住在那些毫无生机和活力的高层楼房里。从上到下的住户都有贵族头衔，不过从二楼到七楼，生活似乎都并不宽裕。

曾经，这些贵族都显耀无比，现在却因为游手好闲、无所事事而坐吃山空，家境逐渐破落。可如今他们满脑子装的还是那些阶级观念，时刻不忘维护自己贵族地位和身份、家族的声誉。海克多尔·德·格里拜林就是在这样的圈子里遇到了他的妻子，一个贫穷的贵族女子。

结婚四年，他们生了两个孩子。

此后四年，他们始终生活在穷困的阴影下，休闲散心的机会几乎没有。只能在星期日去香榭丽舍大街散散步，或冬天获同事赠票去一两回戏园子看看戏，别无消遣。

可是在今年，刚刚进入春天时，格里拜林得到了一笔三百法郎的特别报酬，这是他完成了上司交代的额外工作而获得的。

他把钱带回家时，就对妻子说：

“亲爱的昂丽艾德，我们应该带孩子们出去玩玩，放松一下了！”

两个人经过长久的讨论，最后决定到乡间游玩一趟，还要在那里吃午餐。

“说真的，”海克多尔喊道，“就这么一回，我给你们租一辆四轮马车，你、孩子和女仆坐；我呢，我去马房租一匹马，这可是对身体有好处的。”

此后的一个星期，家里的谈话总是围绕着这次旅行。

每天下班回到家，海克多尔总是会让大儿子骑在自己大腿上，使劲儿地颠着，对他说：

“瞧，下个星期日，我们出去玩儿时，爸爸就是这样骑马往前跑的！”

孩子也整天骑着椅子，满客厅乱跑，还喊着：

“这是爸爸在骑马呢。”

甚至是女仆，想着主人骑马伴着马车走的情景，都会用惊奇赞美的眼神看着他；每次伺候大家用餐，也都要留心倾听主人谈论马术，讲述以前在父亲家里时的种种丰功伟绩。啊！他可是接受过优良训练的，只要跨上马背，两腿一夹，什么也不怕的，真正的什么也不怕！

他摩拳擦掌频频对妻子说：

“如果他们能给我一匹不太好应付的马，那就太好了！你就会看到我是怎样一路骑着它；你要是愿意，从布洛涅森林回来时，我们绕道香榭丽舍大街回家，想想我们多有面子；最好碰到一两个部里的同事，那可真让人高兴，就凭这一手，就足够让上司重视我了。”

郊游这一天，车和马同时来到了家门前，他立刻下楼去检查他的马匹。裹紧裤脚的鞋套带早已让人缝好；马鞭也在头天晚上准备好，一路要着。

他依次抬起马的四条腿，挨个摸了一遍；接着拍打着马的脖子、两肋和膝弯；再用一根手指头摁了摁它的腰；掰开马的嘴看了看，马上报出了它的年龄。这时，全家人都下楼了。他又从理论和实际两方面，对一般的马和眼前这匹马做了一次简短的演讲。他认为，这是一匹好马！

大家都坐上马车后，他又细细地检查了一遍鞍辔，接着踩着马镫飞身而起，坐上马背。马感觉到了重量，立刻尥起蹶子来，差点把我们的骑士摔下来。

海克多尔十分紧张，极力地让它平静下来。

“嗨，老实点儿，朋友，老实点儿！”

后来，坐骑终于被安抚好了，骑士也坐稳了，他问道：

“大家全部准备好了吗？”

所有人齐声答道：

“准备好了！”

于是，他命令道：

“出发！”

大家终于上路了！

全家人的眼光都聚焦在他身上。他以英国人特有的骑马方式——策马小跑；在马背上刻意地大起大落，屁股刚一落在马鞍上，就又蹿起老高，像要飞上天空一样；有时趴着身子，脸颊贴向马背，眼神盯紧前方，神情紧绷，脸色苍白。

妻子的膝头坐着一个孩子，女仆抱着另一个，两个孩子高喊着：

“快看爸爸！快看爸爸！”

两个孩子陶醉在新鲜的空气中，快乐地随着马车的颠簸而尖声大叫。马匹受惊狂奔起来，骑士奋力拉住缰绳，制止它，结果帽子滚落在地上。车夫只好跳下马车去给他捡帽子，海克多尔接过帽子，远远地对妻子说：

“别让他们这么叫喊啊，我的马都受惊了！”

他们在韦西奈树林的草地上吃着装在盒子里带来的午餐。

尽管车夫照料着三匹马，但海克多尔仍然一遍遍地起身去看他的坐骑，总怕它缺了什么，抚摸着它的脖子，喂它吃面包、点心和糖果。

他说："这匹马脾气不太好，刚坐上它时，真有点儿抓不稳。不过，你看到了，我很快就泰然自若了；现在，它承认了我是它的主人，不会再任性了。"

回来的时候，他们果然走了香榭丽舍大道。

宽阔的林荫大道上，马车密布，路两边人山人海，散步的人从凯旋门一直延伸到协和广场，像是两条展开的黑带子。阳光普照，车身上的漆、车门上的把手和马具上的钢件都闪闪发光。

鼓舞这些车马和人群的，似乎是一种运动的狂热，一种生活的陶醉；远处，方尖碑傲然矗立着，在一片金黄的日光中。

一过了凯旋门，屁股下的坐骑就像注入了一股新力量，兴奋起来，穿梭在熙来攘往的车流中，向马房奔去。海克多尔想尽办法让它平静下来，可都无济于事。

现在马车落后了，被远远地抛下了！走到了实业部大厦对面，那匹马望见了那儿的空地，就向右撒腿狂奔。

这时一个穿围裙的老妇人正在慢悠悠地过马路，正好挡住了飞奔而来的海克多尔的路，他已经无法勒住他的马了，只能拼命地大喊：

“喂，当心！快躲开！”

老妇人似乎是一个聋子，仍然若无其事地走着。马匹像火车头一样冲过来，前胸撞上她。老妇人直接滚落十步之外，连翻三个跟头，裙子凌乱不堪。

只听周围声音叫嚷着：

“抓住他！”

海克多尔已经吓呆了，死死抓住马鬃，喊着：

“救命啊！”

马匹用力抖动，把他从马背上掀下来，越过马头，像个球儿似的落在追赶他的警察怀里。

一眨眼，他就被愤怒的人群团团围住，人们挥舞着拳头，大声叫骂着。特别是一位蓄着大白胡子、佩戴着圆形大勋章的老先生格外愤怒，反复地说：

“该死！这么笨的人就应该老老实实待在家里，不会骑马就不要跑到大街上来害人！”

这时，老妇人被四个人抬着过来了，看上去像死了一样，满身尘土，脸色发黄，帽子也歪了。

“把她抬到药房去！”老人命令道，“我们一起去警察局！”

海克多尔被两个警察一左一右夹着走了，另一个警察牵着马。一大群人都跟了上来。这时，四轮马车出现了！海克多尔的妻子奔了过来，女仆惊慌失措，两个孩子叽喳乱嚷。他把经过告诉了妻子，说一会儿就回家，撞了一个老妇人，没多大事儿。惊慌的家人才离开。

警察局里，没用多少时间事情就说清楚了。他报备了姓名，海克多尔·德·格里拜林，海军部任职。然后，大家等着伤者的消息。打听消息的警员很快回来了，说老妇人已经清醒了，但是她自己说肚子内部非常疼痛，很难受。她是西蒙太太，是个收拾屋子的女仆，六十五岁。

海克多尔听说妇人没有死去，立刻又有了希望，他同意支付她的治疗费用。之后，连忙向药房跑去。

一群人围在药房门口。一张围椅上，老妇人不停地呻吟，双手是一动不动，脸上表情呆滞。两个医生正在给她检查，胳膊腿都没摔断，但是可能有内伤。

海克多尔问她：

“您很难受吗？”

“唉，是啊！”

“哪里难受？”

“肚子里好像在着火。”

一名医生走过来：

“先生，您就是这起事故的肇事者吧？”

“是的，先生！”

“最好把这位太太送去疗养院，我知道一家，六法郎一天，您愿意让我帮着办吗？”

海克多尔非常高兴，谢过医生回家，如释重负！

妻子在等着他，眼泪汪汪的，他让她不用担心。说：“没什么事儿，西蒙太太已经好些了，再过三天就能痊愈，我把她送去一家疗养院了，没什么事儿！”

没什么事儿！

第二天下班后，他就去打听西蒙太太的消息。他去时，看见她正在惬意地喝着肉汤。

“怎么样了？”他问。

她回答：

“唉，可怜的先生。还是那样，一点也没见好，没希望了！”

医生说还要再等等看，有可能会出现并发症。

三天后，他又去了。老妇人脸色好了起来，眼睛也有光了，可一见到他便哼哼唧唧起来：

“我不能动了，可怜的先生，我再也不能动了！一直到死都要这样了！”

海克多尔寒战不已，他请教医生，医生举起双手道：

“先生，没办法啊！我也不知道怎么回事！只要一碰她，她就大声号叫，甚至一碰椅子，也要叫嚷不已。我想应该相信她的话，我总不能钻到她的肚子里去看！除非她下地走动，要不我没权利说她在撒谎！”

那老妇人一动不动地听着，目光狡猾贪婪。

八天之后，十五天之后，一个月之后，西蒙太太依旧在她的椅子上。她从早到晚，不停地吃，越来越胖。她和别人谈天说地，快活无比，像是已经适应了这种一动不动的生活。仿佛这是她用五十年来的上下楼、铺床、向上运煤、清扫和刷衣等工作，理应换来的休息。

海克多尔已束手无策，每天都过来，也每天都能听到她平静又心安理得地说：

“我不能动了，可怜的先生，我动不了。”

每个晚上，格里拜林太太都会忧心忡忡地问：

“西蒙大妈怎么样了？”

每次，他都沮丧地答道：

“没有变化，一点也没有！”

他们再也负担不起女仆的工钱，生活也格外节省了，那笔特别报酬早就一分不剩了！

于是海克多尔约请了四位医生，齐聚老妇人这儿，为她会诊。她任凭他们检查、摸、按，用刁钻狡黠的眼光偷看他们。

一位医生说：

“应该让她走走！”

她立刻大嚷大叫：

“我的好先生们啊，我走不了啊。再也走不了啊！”

于是，他们握住她的手腕，把她提起来，向前拖着走了几步；但她挣开他们的手，瘫倒在地板上，发出骇人的吼叫。他们只好小心翼翼地再把她放回椅子上。

他们慎重地给出结论，说她没法工作了！

海克多尔把这个消息告诉妻子的时候，她瘫倒在椅子上，结结巴巴地说：

“不如把她弄到家里来吧，还可以少花一点钱！”

他跳了起来：

“这儿，我们家？这怎么可以！”

但是她已经决定，自己要忍受这一切，含泪说：

“那有什么办法呢？我的朋友，这不是我的错啊……”

我的叔叔于勒

一个花白胡须的穷老头儿求我们施舍，我的同伴约瑟夫·达弗郎竟然给了他一枚五法郎的银币。望着我惊异的眼神，他神情凝重地给我讲述了一段往事。

我小时候住在勒阿弗尔，一家五口过着清贫的日子。父亲整天忙忙碌碌，总是很晚才从办公室回来，可挣到的钱依旧少得可怜。

拮据的生活让母亲感到很痛苦，她时常用刻薄的话语来伤害我的父亲。这个懦弱的男人，从来不去争辩。他那张开的手掌，总是轻轻地放在额头，好像要擦去上面的汗珠。我们从不参加别人的宴会，因为这样可以避免回请。家中的物品大多是商店减价的陈货，两个姐姐的长袍都是自己做的，即便是购买三个铜圆一米的花边，她们也要在价钱上计较半天。

可是，每逢星期日，我们全家都要打扮得整整齐齐，来到港口的大堤上散步。只要看到从远处驶来的轮船，父亲总是饱含深情地说着那句话:"唉,如果于勒在那只船上,那会给人多大的惊喜啊!"

父亲的弟弟于勒叔叔,那时候是我们唯一的希望,而在很早之前他却是全家的梦魇。据说当初他游手好闲,挥霍了许多钱财。这样的行为,如果在富贵之家,大不了被人们称为"花花公子",而在穷人家,这是不可饶恕的罪过。更严重的是,于勒叔叔不但败光了自己继承的财产,还侵吞了父亲应得的那一份。

按照当时的惯例,这样的人是不允许留在家里的。于是,人们把他送上从勒阿弗尔开往纽约的商船,打发他到美洲去了。

于勒叔叔一到那里,就做起了买卖。没过多久,他便寄来了书信,说自己在那边赚了些钱,愿意补偿对我父亲造成的损失。这封信让我们全家激动不已,这个一无是处的败家子,突然变成了有良心、明事理的好人。

另外,一位船长又告诉我们,说于勒叔叔租了一间大店铺,做着一桩很大的买卖。

过了两年,我们又接到了于勒叔叔的信。他在信中说:"亲爱的菲利普,明天我要去南美做长期旅行了,估计要好几年不能给你写信了。我的身体和生意都很好,你不必挂念。等我发了财,我就回勒阿弗尔看你,到时我们就可以在一起快乐地生活了。”

于勒叔叔的信，成了家里的“福音书”，只要有机会，爸爸就要拿出来念，有客人来访时，他更是乐此不疲。

十年过去了，于勒叔叔果然没有来信，可父亲的希望却与日俱增。母亲也经常说：“只要好心的于勒一回来，我们的境况就会大变样，他真是一个有能力的人啊！”

于是，每逢星期日，父亲总是望着渐渐驶来的轮船，满怀希望地重复着那句话：“如果于勒在那只船上，那会给人多大的惊喜啊！”

于勒叔叔的归来，是毋庸置疑的事实。于是，我们拟定了上千种消费计划，甚至想用他的钱购买一套别墅。对于这件事，我觉得父亲一定和相关人士进行了洽谈。

那年我大姐二十八岁，二姐二十六岁，她们还没有嫁人，这是让全家都很发愁的事情。不久，一个小公务员看上了二姐。他虽然没有钱，但为人很诚实。不过我隐隐觉得，他之所以下决心求婚，是因为那天晚上我们给他看了于勒叔叔的信。

我们赶紧答应了他的请求，并决定在婚礼之后全家到泽西岛去游玩。这个小岛是穷人最理想的游玩之地，虽然归英国管辖，但离我们很近，只需航行两个小时就能到达。不用多少花销，就能看到异国的风土人情，真是一件令人兴奋的事。这份渴望，让全家人深深期待着。终于，我们动身了，置身在平静碧绿的海面上，每个人的心中都无比惬意。

忽然，父亲看见两位先生在请两位漂亮的太太吃牡蛎。一个衣衫褴褛的老水手在一旁伺候着，他用小刀撬开牡蛎后，递给了两位先生，再由他们递给太太。她们用精美的手帕托着牡蛎，头稍稍向前伸着，以免弄脏自己的衣服。小嘴微微一张，就把牡蛎的汁水吸进了肚里，随后蛎壳被轻轻地抛到海里。

父亲被这种高雅的吃法打动了，他来到母亲和姐姐身旁，乐呵呵地说："你们要不要我请你们吃牡蛎？"母亲一直犹豫不决，可两个姐姐却极力赞成。母亲沉着脸说："我怕伤胃，你给她们买几个好了，不要太多，免得生病。至于约瑟夫就算了吧，可不能把男孩子惯坏了。"

我只好留在母亲身边，心中不停地埋怨着。我无可奈何地看着父亲，看着他兴高采烈地带着两个女儿和女婿走向那个衣衫褴褛的老水手。

父亲突然变得不安起来，他向旁边走了几步，双眼紧紧盯着老水手身边的女儿女婿。他快步向我们走来，苍白的脸上，早已没有了往日的神采。他低声对我母亲说："真奇怪！那个卖牡蛎的好像是于勒。"

母亲有点莫名其妙，忙问道："哪个于勒？"

"就……就是我的弟弟呀，"父亲心虚地说，"如果他现在不是在美洲，并拥有很好的地位，我真以为就是他呢。"

母亲变得紧张起来，结结巴巴地说："你疯了吗？明知道不是他，为什么还要胡说八道？"

父亲脸上一红，对母亲说："克拉丽丝，还是你亲自去看一看吧！"

母亲站起来走向自己的女儿们，我也趁机端详那个人。这个又老又脏的水手满脸皱纹，一直在忙着手里的活计。

母亲回来了，她的身体在不停地颤抖。她急速地对父亲说："我想就是他，你去跟船长打听一下，说话机灵点，千万别让这个坏蛋再来祸害咱们！"

父亲大步走向船长，我紧紧跟在他的后面，心里异常紧张。父亲巧妙地和船长攀谈着，在不断的恭维中，细致打听他职业上的事情，例如泽西岛是否重要，有什么特产，人口多少，风俗习惯怎样。后来我们知道搭乘的这艘船叫"快帆号"，当谈到全部的船员时，父亲故作镇定地说："您船上那个卖牡蛎的老水手，倒是很特别。您一定知道这个家伙的底细吧！"

父亲的问话让船长有些愤怒，他冷冷地说："那个法国流浪汉真是太可恶了。出于怜悯，我把他从美洲带了回来。

他在勒阿弗尔是有亲人的，可他就是不下船，据说是欠了家人一屁股债。他叫于勒……好像姓达尔芒司——也可能是达尔汪司，总之跟这个姓差不多吧。这个家伙曾经很有钱，可不知为什么落到今天这般田地！”

父亲满脸煞白，两眼直愣愣的，嘶哑着嗓子说：“噢！原来是这样……其实我……我早就看出来了！……谢谢您，船长。”

回到母亲身旁，父亲结结巴巴地说：“是他，真的是他！我们应该怎么办呢？”

母亲迟疑了一下，果断地回答：“马上把孩子们领回来，既然约瑟夫已经知道真相，就让他去把姐姐们找回来，千万不能叫咱们的宝贝女婿发现什么。”

父亲像泄了气的皮球，喃喃地说：“完了，这下全完了！”

母亲变得怒不可遏，大声说：“我就知道这个混蛋是不会有出息的，早晚会回来害死我们！让约瑟夫赶快把牡蛎钱付清，咱们到那头去，要是被那个叫花子认出来，我们可就太倒霉了！”说罢，她甩给我一个五法郎的银币，气冲冲地先走了。

我来到那个卖牡蛎的身旁，轻声问道：“先生，我应该付您多少钱？”

“两法郎五十生丁。”

我把五法郎的银币递给他，他给我找了零钱。

我端详着他的手，那是一只满是皱痕的脏手。我又看了看他的脸，那是一张饱经沧桑的老脸。我心里很不是滋味，默默念叨着：“这就是我的叔叔，父亲的弟弟，我的亲叔叔。”

我给了他五十生丁的小费。他连忙对我表示感谢：“上帝保佑您，善良的少爷！”

当我把两法郎交给父亲时，母亲奇怪地问道：“她们竟用了三个法郎？这怎么可能呢？”

“我给他五十生丁作为小费。”

母亲几乎要跳起来，两眼盯着我说：“你难道疯了吗？竟然给这个混蛋小费……”她突然不说话了，因为父亲指着女婿对她使了个眼色。

后来，大家都不再说话。过了不久，远处的海面上出现一片紫色的阴影，泽西岛就要到了。

为了不再遇见他，我们回来的时候改乘了“圣玛洛号”。

从那以后，我就再也没有见过我的叔叔于勒！

现在你应该不奇怪了吧，这就是我经常拿五法郎银币施舍给流浪汉的理由。

老 人

秋天和煦的阳光照射着沟边高大的山毛榉树，也一路照进农庄院子里。雨水刚过，草坪上母牛啃过的青草上还沾着水珠儿；泥土被雨水浸得松软异常，踩上去一脚一个坑儿，咕叽作响。结满浅绿色果实的苹果树挺立在深绿色的草地上。

四头正在吃草的小牛，并排拴在一起，时而儿抬头朝房子哞哞叫几声，一群五颜六色的母鸡在牛棚前的粪堆上追逐活动，刨土抓虫，咯咯叫个不停；两只公鸡不停地打鸣，替母鸡找虫，不时地咕咕呼唤着母鸡。

木栅栏门打开，一个男人走进来。他大约四十岁，可苍老得犹如六十岁的老人，脸上爬满了皱纹，腰背也不再挺直。他慢吞吞地迈着步子，脚上穿着一双沾满草屑的木拖鞋，步伐显得更为笨重，两条大长胳膊垂在身体两侧，很是显眼。他走到屋门前时，一条拴在梨树下的大黄狗从木桶做的窝里窜了出来，兴奋地摇着尾巴，汪汪直叫。男人喊道：

“住口，费诺！”

狗立刻不叫了！

一个农妇从屋子里走出来，虽然她双肩很宽，但身体异常瘦，简直就是一副骨头架子。她穿着一件紧身毛呢短上衣，灰色的裙子太短，只遮盖了半截腿，腿上穿了件蓝色的长筒袜，脚上也蹬了一双满是草屑的木拖鞋。一顶白色发黄的软帽盖着稀疏的头发，没牙又难看的棕色瘦脸带着一股乡村妇人常有的粗鄙气息。

男人问：

“他怎么样了？”

女人回答：

“神父先生说不行了，拖不过今晚了。”

两人进了屋。

他们穿过厨房，走进一间又矮又黑的卧室，仅有的窗玻璃上挂着一块破旧的诺曼底印花布，透过缝隙渗进一点光亮；头顶上的房梁年代久远，印着烟熏的痕迹，托着顶楼的薄木板；楼顶棚里，成群的耗子日夜不停地奔跑乱窜。

房间的泥地面湿滑油腻，角落里，放着一张床，看上去似白非白。一种艰难、沉重、嘶哑的喘息声从床上传来，像是坏掉的水泵发出的呼噜呼噜的声音。一位老人躺在床上，他已奄奄一息，这是农妇的父亲。

男人和女人走到床边，看向老人，目光平静而无奈。

男人说：

“这回应该是真的没法救了，拖不过今天晚上了！”

女人说：

“从中午起，他就这样了，咕噜咕噜的捯气儿。”

两人都不说话了。老人闭着双眼，脸泛土色，身子干瘪得像木头一样。微微张着嘴，吐出沉重无力的喘气声，身上的灰床单随呼吸起伏着。

沉默一段时间后，女婿说：

“只能这么挺着了，没别的法子。天放晴了，明天该给油菜移苗啦，他这样可是要耽搁不少时间啊。”

妻子听了也不好受，琢磨了一会儿说：

“他是肯定不行了，星期六前又不能下葬，你明天应该有时间弄油菜的。”

男的想了一下，说：

“是这样，我明天得一家家的去邀请送葬的客人啊，从图尔维尔到马纳托，这一趟怎么也得五六个小时。”

女的又琢磨了两三分钟，说：

“现在还不到三点，天黑前你完全可以去通知他们的，先去图尔维尔那一边。你可以说他已经死了，反正他也快咽气儿了嘛。”

男人犹豫了一下，想着这个主意的好处和坏处，最后下定决心，说：

“只能这样了，我这就去。”

他走出去，又折回来，想了一下：

“你现在没事儿，就去摘一些苹果下来吧，做四打烤苹果，送葬时得有点儿点心请客人们吃。烧烤的木材，你就用仓库里的细枝条儿吧，都已经干透了。”

他走出卧室，来到厨房。从碗橱里拿出一条六斤重的大面包，放在案板上，用刀小心翼翼地切下一片，接着把案板上的面包渣都拢在了手里，一点点地送进嘴里，一点儿都不浪费。然后，又用刀尖从一个褐色瓦罐里挑出一点咸黄油，抹在面包片上，慢吞吞地吃起来，就像做其他的事那样。

他再次穿过院子，安抚了一下又叫起来的黄狗，走上沟边的小路，朝图尔维尔方向去了。

现在只剩下女人一个人了，她干起活来，她拿出面粉做烤苹果的面团，翻过来调过去地揉着，一遍又一遍，又压又捏，最后，揉成了一个黄白相间的大面团，把它放在了桌角。

接下来去摘苹果，她没用棍子，怕打伤苹果树，就搬了一架梯子爬到果树中间，仔细地挑选成熟的苹果，摘下来用围裙兜住。

路上有人喊她：

“喂，希科太太！”

她转过头，是奥西姆·法韦。他坐在满是肥料的小车上，耷拉着腿，要去地里上肥。她回应：

“有什么吩咐吗，奥西姆老爹？”

“老头怎么样了？”

她喊道：

“马上不行了！星期六早晨七点就下葬，油菜地里的活儿可不能再等了！”

那位邻居回答道：

“知道了！但愿一切顺利！注意身体！”

她答谢道：

“谢谢！您也多保重！”

她继续摘苹果。

回到屋后，她马上又去看父亲，觉得他应该咽气儿了！可刚一到门口，就听到里面传出沉闷单调的捯气儿声。她觉得没必要去看了，浪费时间，还不如去做烤苹果。

她挨个儿把苹果裹上一层薄面皮，整齐地摆放在桌边。四十八个都做完后，一个个排齐，每十二个一排。接着开始准备晚饭，她把铁锅放在火上煮土豆。她想明天有一天的时间可以烤苹果，就没点烤炉。

她的男人五点左右回来的，一进门就问：

“死了吗？”

她回答：

“还没，还在那儿吊着那口气儿呢！”

两人一起去看了老头。还是老样子，一点儿也没变化！嘶哑的喘息声响起，如同挂钟的钟摆一样规律，既不快也不慢，只是由于吸气呼气的不同，调子微微有些变化。

男人认真地看了看，说：

“跟一根快点到头的蜡烛一样,不知什么时候就到头了。”

他们回到厨房，沉默地吃起晚餐。喝了汤，吃了点抹黄油的面包，碗碟洗完后，他们又来到老人的房间。

女人拿着一根冒烟的蜡烛，照向父亲的脸，要不是还有那口气儿，真跟死人一样了！

这对农民夫妇来到床上，他们的床在房间另一头，在一个凹进去的地方隐藏着。他们一言不发地躺上去，吹熄烛火，闭上了眼睛。没一会儿，两人的呼噜声就响起了，一个粗重，一个尖锐，中间掺杂着老人连续的喘息声。

顶楼上，耗子奔来跑去。

天刚微微亮，男人就醒了。老人还活着。老人顽强的生命力让他略显慌乱，不安地摇醒了妻子。

“喂，费米，老头还有气儿呢，这可怎么办？”

他知道她主意多。

她回答道：

“他肯定熬不过今天白天的，别慌！还是可以明天下葬的，以前雷纳尔老爹就死在播种时节，村长也没反对第二天下葬。”

男人觉得老婆说得很对，就下地干活去了。

妻子一边烤着苹果，一边做着家务。

到了中午，老人依然活着。为移植油菜雇来的一群短工先后来看了这个不肯咽气的老人，都说了自己的看法，然后又回去干活了。

六点收工时，老人还没死。男人开始害怕了！

“费米，这可怎么办才好啊？”

她也慌了。两人去找村长。村长答应装聋作哑，同意第二天下葬；两人又去找医生，请他把死亡证上的日期填早一天，医生表示愿意帮希科先生的忙。他们才放心地回了家。

像前一天一样，他们上床就睡着了。有力的呼吸声和老人奄奄一息的喘气声交织在一起。

醒来后，老人还是没死。

这回两人真没招儿了。他们站在床前，认真地盯着老人，心里直犯堵，觉得老人是在有意捉弄他们，让他们为难。最让人不能接受的是：他们为此浪费了许多时间。

男人问：

“现在怎么办？”

她也一点办法都没有，无奈地说：

“这太讨厌了！”

时间已经来不及再去通知客人了，只好等他们到了，再向大家解释。

六点五十左右，第一批客人来了，女人们穿着黑衣服，头戴面纱，一脸哀戚；男人们穿着呢子外套，像是有点儿被束缚了，但脸色比女人们自然一些，他们三三两两地走来，一路闲聊着。

希科先生和他的妻子手足无措，无可奈何地接待着客人。第一批客人刚一进门，他们就呜呜咽咽地哭起来，解释着这件事，极力诉说着自己的为难。他们请客人坐下，周到殷勤地招待客人，想方设法地证明：谁遇到这种事，都会像他们一样做。俩人说个不停，也不给别人可以插话的余地。

他们对每一个客人说：

“我们怎么也想不到，事情会这样，他会拖这么久。”

客人们面面相觑，显得有点失望，不知道怎么开口。像是参加典礼迟到的人，有些手足无措。有的人坐着，有的人站着，还有的想往外走。希科先生拦住了他们。

“不管怎么样，来都来了，吃点烤苹果再走，都烤好了！”

这么一说，大家都放松了下来，开始低声交谈。院子里的客人逐渐增多，后来的人从先前的人那里听到了解释。人们交头接耳，因为可以吃到苹果派，脸上都露出笑意。

女人们都进屋去看望了一下老人，她们站在床前，画着十字，低声祷告一番，就出去了。男人们则没有多大兴趣，只是站在窗前看了一眼。

希科太太向大家介绍老人的情况：

“就这样，两天了！不多进一口气儿，也不少出一口气儿，既不高也不低，简直就是一个漏水的泵。”

大家看过老人之后，都想起了点心。由于厨房太小，他们把桌子搬到了院子中，四打金黄的烤苹果放在两个大盘子里，散发着诱人的香气。每个人都伸长了胳膊，赶紧拿自己的那一份，生怕不够吃。结果，还剩下四个。

希科先生嘴里塞满食物，含糊地说：

“要是老爹看到我们吃烤苹果派，可要伤心了，他活着的时候，最爱吃的就是这个。”

一个爱说笑的胖子说道：

“他呀，这辈子可吃不上了。人人都有这时候。”

客人们听到这话并没有伤心，倒有些开心起来。毕竟现在他们正在吃烤苹果啊！

希科太太心疼烤苹果的开销，却不得不一趟趟地到地窖去拿苹果酒。一罐又一罐的酒被喝干，大家似乎都有了力气，高声谈论着，就像吃酒席一样。

忽然，一个乡下老妇人出现在窗口，她没来吃点心，一直守在老人床前，害怕这种事哪一天就轮到自己。她尖声喊道：

“他死了！他死了！”

大家瞬间停止了说笑，女人们赶紧来到老人床前，想看个明白。

的确，他死了。真的咽气儿了！男人们瞠目结舌地低下头，很不自然，嘴里还塞着苹果派。这老家伙，真不会挑时候！

希科夫妇也不哭了，一切都结束了，心里再踏实不过。他们再三强调：

“我们就知道，他挺不下去了！要是昨儿晚上就走了，也省了这一番麻烦！”

不管怎么说，老头终归死了。下星期一下葬就行了，到时还有一顿苹果派吃！

客人们三三两两地散去，边走边谈论这事儿。今天见识到这种事，又吃到了点心，大家也都心满意足了！

就剩下夫妻俩时，妻子皱紧了眉头，说：

“还得再做四打烤苹果，他要是昨天晚上死了，我就省事儿了！”

丈夫比她看得更开一些，说：

“还好不是每天都来一遭。”

项 链

造化真是弄人，多少貌美如花的女子，竟出生在穷苦之家。今天我们说的这位也是如此。她没有丰厚的陪嫁，也没有可以指望的遗产，更没有机会结交上流社会的男子。所以，她只好嫁给了教育部的一个小职员。

她穿着粗衣布衫，没钱打扮。在她看来，女人本没有贵贱之分。所谓美貌，或是风韵，皆是各自的家庭所造就。如果天资聪颖、处事灵活，普通家的女子绝不比豪门贵妇逊色多少。

她常常慨叹命运的不公，天生丽质的女人就应该养尊处优、锦衣玉食。可是家徒四壁，真是令人黯然悲伤。这种境遇，如果换成一般女子，绝不会在意。可她偏偏懊恼伤神，一肚子怨气。

那个做家务的布列塔尼女佣，总令她陷入无尽的遐想。她幻想狭小的接待室，已蒙上了昂贵的东方帷幕，硕大的青铜烛台光彩照人。两个相貌堂堂的男仆，在温暖的厅堂里昏昏欲睡。宽敞的客厅中，陈列着精巧美观的家具。午后五点钟，芬芳浪漫的内客厅里，女主人正在和男友亲切交谈。而那位男士，正是女人仰慕已久的社会名流。

然而每到晚饭的时候，她只能和丈夫对坐在破旧的小圆桌前，桌上的白布三天才能更换一次。当丈夫打开盛汤的盆盖时，总是兴高采烈地说道："太好了，又是炖肉！"这时，她又梦想着丰盛精美的筵席，她手持银制的刀叉，一边享用着鲜嫩的鲈鱼和松鸡，一边倾听着男友情意绵绵的话语。

她没有像样的衣裳，更没有昂贵的珠宝，可她偏偏就喜欢这些东西。她渴望时尚的生活，愿意被人追捧羡慕。她曾有一位家境富裕的女友，可现在她们几乎不再见面。因为她每次回来心中都很失落，接连几天哭个不停。

一天傍晚，她丈夫得意扬扬地回到家中，手里举着一个大信封。"亲爱的，这是给你的。"她连忙拆开信封，里面是一张请柬。

尊敬的卢瓦瑟尔先生与太太：

谨定于一月十八日（星期一），在本部大楼举行晚会。特此邀请，期待光临。

教育部部长若尔日·郎波诺偕夫人

丈夫原以为妻子会非常开心，谁知她竟把请柬扔在桌子上，沉着脸说："你让我看它干什么？"

"亲爱的，我以为你会很高兴的，我是费了好多周折才弄到这张请柬的。这是一次难得的机会，各界名流都会到场的。"丈夫满脸委屈地说。

妻子愈发愤怒了，对着丈夫大嚷着："你就让我穿这个去参加晚会吗？"

丈夫瞠目结舌，他断断续续地说："上次看戏时穿的那件衣服，我看就挺合适的……"

他不再说了，因为妻子已经泪流满面。他不解地问："你怎么哭了？"

她强忍住内心的悲伤，擦了擦脸上的泪水，平静地对丈夫说："没有什么事，我没有像样的衣服去参加晚会，你还是把请柬让给其他同事吧。"

丈夫一脸愧疚，连忙说："玛蒂尔德，不要难过，你说说看，买件像样的衣服需要多少钱？"

她考虑了几秒钟，心中快速地合计着，应该说出一个合适的数目，才不至于被一向节俭的丈夫当场拒绝。

过了一会儿，她慢吞吞地说："准确的钱数我不清楚，不过我估计，有四百法郎应该差不多。"

他的脸色有些难看，因为他刚刚攒够四百法郎。这笔钱是准备买猎枪的，这样他就可以和朋友们到南泰尔平原打猎了。

他稍微犹豫了一下，但还是爽快地答应了，“我给你四百法郎，给自己买一件漂亮的衣服。”

离晚会的日子越来越近了，可卢瓦瑟尔太太却显得闷闷不乐。吃过晚饭，她丈夫问道：“新衣服已置办妥当，你怎么又不高兴了呢？”

“没有一件首饰和珠宝，我一定是晚会上最寒酸的人。想想就心烦，我还是不去了。”

丈夫说：“你可以插上几朵鲜花啊，这可是最时尚的打扮，只需十个法郎，就能够买到好看的玫瑰。”

固执的妻子根本听不进去，她觉得那是一件非常丢人的事。

突然，她丈夫大叫起来：“你真糊涂，你可以向福雷斯杰太太借几样首饰，凭你们的交情，应该没问题。”

她喜出望外：“是啊，是啊，我怎么忘了呢？”

第二天，她来到朋友家。当得知来意后，福雷斯杰太太拿出一个大盒子，对卢瓦瑟尔太太说：“亲爱的，你自己挑吧！”

琳琅满目的珠宝在盒子里堆得高高的。金光闪闪的手镯、玲珑剔透的珍珠项链、威尼斯产的十字架，都让她爱不释手，她将这些首饰戴在身上，在镜子前左顾右盼，难以取舍。

突然，一串精美绝伦的钻石项链映入眼帘。她的心狂跳不止，双手颤抖着将它戴在脖子上。镜子里的她，真是楚楚动人。

“这件能借给我吗？我只借一件。”她小声地说。

“没问题！”

她兴奋得蹦起来，搂着女友的脖子吻了又吻。然后，带着这件宝贝急匆匆地回家了。

晚会的日子到了，卢瓦瑟尔太太出尽了风头。她落落大方，柔情款款，所有的男士都被她的美丽所吸引。部里的官员纷纷邀她共舞，部长也特别关注她。

带着无比的欢畅，她在人群中翩翩起舞。此刻，她已完全沉浸在自己的容貌带来的喜悦中，尽情享受着风情万种所带来的荣耀。人们的赞美，激起了女人心中无与伦比的骄傲。这一晚，她是最幸福的女人。

她是凌晨四点才离开的，丈夫怕她着凉，赶紧把准备好的外衣披在她身上。她急忙推开丈夫的手，因为那件寒酸的外套与华美的舞裙真是太不相称了。

卢瓦瑟尔拦住她，“你等一等，我去叫辆马车来。”她没有听从丈夫的安排，匆匆忙忙下了台阶。冷清的街道上，没有马车的踪影。偶尔有一辆车驶过，却丝毫没有停下来的意思。

他们沿着塞纳河，哆哆嗦嗦地向前走着，心中充满失望。最终，他们在河沿上找到一辆旧式马车。回到家里，妻子闷闷不乐，因为美好的一切就这样结束了。她对着镜子，慢慢脱掉了披在肩上的衣服，突然，她疯狂地喊了起来。

“你怎么啦？”丈夫惊讶地说。

她的脸色惨白，结结巴巴地说：“我……我……我找不到福雷斯杰太太的项链了。”

“为什么会这样？这怎么可能？”丈夫咆哮着。

他们把衣服翻了一遍又一遍，却并没有找到项链。

“你能确定离开舞会时那东西还在吗？”丈夫问道。

“一直在的，我在部里的走廊里还摸过呢。”

“如果掉在街上，一定会发出响声的，我觉得是丢在马车里了。”

“嗯，很有可能。你记住车牌号了吗？”

“我哪儿记得，你呢？”

“我也没有。”

夫妻俩面面相觑，不知如何是好。最后，卢瓦瑟尔说：“我沿着刚才的路线再走一遍，看能不能找到。”

丈夫走后，她便瘫软在椅子上，身上仍穿着舞会时的那件衣服。七点钟，她丈夫回到了家，但一无所获。

随后，他跑到警察局和各个报社刊登寻物启事，又到出租小马车的公司去打听。妻子在家焦急地等待消息，在如此横祸面前，她早已方寸大乱。

夜幕降临，卢瓦瑟尔垂头丧气地回来了。沉默了好久，他对妻子说："我们应该写信告诉福雷斯杰太太，就说项链的链条断了，正在找人修理，这样我们就会多些应付的时间。"

信已经寄出一周了，可他们并没有想出任何办法。卢瓦瑟尔不得不做出决定，"我们应当想办法赔偿那件项链了。"

第二天，他们按照项链包装盒上的提示，找到了珠宝店。可老板却告诉他们，盒子是店里的，对项链却一无所知。他们找了一家又一家的珠宝店，没有半点收获。

在王宫街的一家店里，他们终于看见一条相似的钻石项链。价签上赫然写着四万法郎，但好心的老板愿意三万六千法郎卖给他们。

卢瓦瑟尔只有一万八千法郎，余下的钱他们只能东拼西凑了。每份承诺，都附带着导致破产的条件。即便如此，钱还是不够。于是夫妻俩铤而走险，又借了一大笔高利贷。

面对厚厚的借据，夫妻俩的心里充满恐惧，事业、家庭、未来无不变成了不可预知的赌注。然而，他们已无路可退。

终于，他们凑齐了三万六千法郎，换来了崭新的钻石项链。

当卢瓦瑟尔太太归还项链时，她的好友一脸愠色，但好在没有打开项链盒，这让她放心不少。

穷人的困窘深深地刺激了卢瓦瑟尔太太，她下定决心，必须尽早还清这些债务。于是，她辞退了女佣，变卖了房产，只租了一间小阁楼。

从那以后，各种烦琐的家务都由她一人担当。她那细嫩粉红的手指在油腻的碗碟上受尽磨损。她用肥皂将内衣和抹布洗完后，搭在绳子上。每个清晨，她还要把垃圾送下楼，再把水搬到楼上。她穿着最普通的衣裤，在水果店、菜市场里，与狠心的老板不停地讨价还价，即便是挨了骂也在所不惜。

每个月，他们都要收回几张借据，同时也有一些需要延长偿还的日期。

丈夫每天下班后，要为一个商人抄录账目。有时为了能多挣五个铜板，要干到深夜才能回来。

这样的日子，他们苦熬了十年。

十年过去了，他们还清了全部外债，包括高利贷的本息以及利滚利产生的利息。

卢瓦瑟尔太太明显变老了，这个强悍泼辣的家庭主妇胡乱挽着头发，歪系着裙子，一双粗糙的手，说起话来瓮声瓮气。

劳作之余，她总爱坐在窗前，回想着难忘的舞会，她是那么漂亮、那么迷人。

如果没有丢失那串项链，卢瓦瑟尔太太会过着怎样的生活呢？没有人会知道，人生变幻莫测，一次偶然，就足以让你葬送一切。

星期天，她正在香榭丽舍大街上行走，突然看见一位带着小孩的夫人。原来是福雷斯杰太太，她依旧那么光彩照人。

卢瓦瑟尔太太非常激动，她们已经很久没有见面了。既然外债全部还清，也应该将事情的真相告诉这位好友了。

她热情地迎了过去，“让娜，早上好！”

福雷斯杰太太一脸茫然，她支支吾吾地说：“太太……您……是不是认错人了？”

“让娜，我是玛蒂尔德·卢瓦瑟尔呀！”

“天哪，可怜的玛蒂尔德，真的是你吗……”福雷斯杰太太大喊着。

“这些年，你不会知道我吃了多少苦……而这一切，都是因为你……"

"因为我……究竟怎么回事？"

"还记得我向你借的那串钻石项链吗？"

"当然记得，怎么了？"

"我把它弄丢了。"

"哪儿的话，你不早就还我了吗？"

"我还给你的，是和原物极为相似的另一串，我们为此背负了巨额的债务。十年来，我们含辛茹苦只为还债……现在，总算是清账了，我真是太高兴了。"

福雷斯杰太太连忙停下脚步，惊讶地问道："难道你花钱买了一串钻石项链来赔偿我吗？"

"是啊，这两串项链简直是一模一样。"说罢，她的脸上洋溢着天真烂漫的笑容。

福雷斯杰太太紧紧抓住她的双手，激动地说："我可怜的玛蒂尔德，借给你的那串是假的，它最多值五百法郎……"

雨　伞

欧莱耶夫人是个节俭的人。她懂得每一分钱的价值，并有一整套敛财的苛刻原则。她家的女佣要想克扣点买菜钱简直是妄想，而欧莱耶先生的零花钱更是来之不易。他们生活宽裕又没有孩子，可是一看见白花花的钱币流出家门，欧莱耶夫人总会感到巨大的痛苦，那好比撕心裂肺。每逢大事小情要花钱的时候，即使必不可少，她都会在夜里睡不着觉。

欧莱耶不断地开解他的夫人，说：

“钱够花，你可以过得松快些。”

她答道：

“谁也不知道将来会发生什么。多留些钱没坏处。”

她是一个四十岁的女人，个子不高，满脸皱纹，坐不住且又性子急，时常发火。

她的丈夫总是抱怨她让他忍受的各种节俭，其中有些情况极令人痛苦，因为已经触及了面子问题。

他是作战部的主任，一直待在这个位子上仅仅是妻子的意思，这样可以增加家里那些用也用不完的年金收入。

两年里，他带着一把打着补丁的雨伞进出办公室，受尽同事们的嘲笑，终于有一天忍无可忍，要求妻子给他买一把新伞。她用八块五买了一把伞，是一家大商场用来推销商品的廉价货。职员们看到那把雨伞竟是成千上万被扔在巴黎街头的东西，又开始开起玩笑，令欧莱耶痛苦不堪。那把伞一点儿也不禁用，三个月就坏了。在部里，人人都将它当作笑料，有人甚至将此编成歌曲，在大楼里从早到晚，楼上楼下地唱。

欧莱耶好不恼怒，吩咐妻子去给他选一把新的大雨伞，要细绸的，二十法郎的那种，还要将发票带回来。

她买了一把十八法郎的伞，交给丈夫时，脸都气红了，说：

“你得用上至少五年。”

欧莱耶在办公室里挽回了面子，得意极了。

晚上回家后，妻子担忧地看了一眼雨伞，说：

“你不该用橡皮筋捆住雨伞，那样会弄坏它的绸布，你得注意点儿，我不可能很快再给你买把新的。”

她把伞拿起来，解开上面的搭扣，抖了抖褶子，大吃一惊——一个硬币大小的圆洞出现在伞的正中，那是被烟头烫出来的！

她喃喃说道：

“这是怎么弄的？”

丈夫看也没看，平静地说：

“谁？怎么了？你想说什么呀？”

她怒不能言：

“你……你……你烫坏了……你的……你的……伞。你……你……你真是疯了！……你这个败家玩意儿！”

他转过身，脸都青了，说：

“你说什么？”

“我说你烫坏了你的伞。看呀！”

她一头冲了过去，像是要打他，气势汹汹地把那个圆圆的烧坏了的洞展现在他眼前。

看到那个烧焦了的地方，他手足无措，喃喃地说：

“这，这……这是怎么弄的啊？我不知道啊，我！我没做什么，什么也没做啊！我向你保证，我真的不知道这把伞是怎么回事儿。”

她这回喊了起来：

“我敢打赌，你一定是在办公室里拿它玩乐，用它杂耍，把它撑开给别人看。”

他回答说：

“我只把它打开过一次，给人看看它有多漂亮。就这样，我向你保证。”

她气得直跺脚，和他闹了起来，这种夫妻间的吵闹对于一个生性平静的男人来说要比枪林弹雨的战场更为恐怖。

她从旧伞上剪下一块绸布给新伞补上，那颜色却不一样。第二天，欧莱耶低声下气地带着修补好的雨伞出了门。他将它收进柜子里，尽量不去想它，就好像回避着不愉快的回忆。

但是，他晚上一回到家，妻子就一把抓过伞，将它撑开，仔细地检查它的状况。这一回，出现在她眼前的却是无法修补的破损，她气得差点背过气去。那伞上遍布着小小的洞，显然是被烧出来的，就好像是有人把正燃着的烟斗里的烟灰倒出来撒在上面似的。这把伞再也不能用了，无法修补，彻底完了。

她紧盯着伞，气得一句话也说不出来。他也看到了伞的惨状，错愕、害怕又沮丧万分。

他们对视了一下，他垂下双眼。

她把破雨伞向他脸上摔去，然后气得大声喊起来：

“啊！混蛋！混蛋！你这是故意的！你赔给我！我再也不会给你买了……”

争吵又开始了。一个小时的狂风骤雨后，他终于能为自己辩解了。他发誓说他真的什么都不知道，只是没有保管好，或是有人恶意报复造成的。

门铃响起，解救了他。是一个要来家里吃饭的朋友。

欧莱耶夫人不再吵闹了，但是，她的丈夫要想再买一把新伞，则想也别想。

他们的朋友据理力争：

“夫人啊，他会弄坏衣服的，那样损失不是更大吗。”

小个子女人怒气未消，说道：

“那就拿上那把厨房伞，我不会再给他买新的绸布伞了。”

一听到妻子的想法，欧莱耶先生立刻反驳：

“那我就辞职！我是绝不会拿一把厨房伞去部里上班的。”

朋友又说道：

“那就找人再重新上个伞面，花不了多少钱。”

欧莱耶夫人气急了，嘟囔说：

“重新做伞面至少要花八法郎，八法郎加上十八法郎，就要二十六法郎！二十六法郎为了一把伞，简直是疯了！太荒唐了！”

那位朋友是个没什么钱的小市民，突然想到一个好主意：

“用你的保险啊。对烧坏了的物品，保险公司会赔偿的，只要损坏发生在你家里。”

听到这个建议，欧莱耶夫人一下子冷静了，思考了片刻后，她对丈夫说：

“明天，去部里之前，你先去一趟保险公司，让人看一下雨伞的情况，要他们赔偿。”

欧莱耶先生吓了一跳：

“我才不干呢！不过就是十八法郎而已。我们又死不了。”

第二天，他拿着一柄手杖出门，幸好天气晴朗。

欧莱耶夫人一个人待在家里，因为十八法郎的损失懊恼不已。她把雨伞放在餐厅的桌子上，转来转去，拿不定主意。

让保险公司赔偿的想法一直在脑子里挥之不去，但是她同样没有勇气面对将要接待她的那些职员嘲笑的眼光，她在人前总是怯懦的，会为一点小事儿而脸红，与陌生人说话更是会令她感到尴尬。

但是，对那十八法郎的心疼仍像伤口般使人痛苦。她不愿再想起它，可是对这场损失的惦念却残酷地撞击着心口，一刻不停。还能怎么办呢？时间一分一秒地过去，她仍然做不了决定。终于，就好像胆小鬼变成了好汉一般，她下了决心：

“去就去，谁怕谁。”

但是首先还得做些准备，让伞完全报废，并且得有个站得住脚的理由。她从壁炉上取出火柴，在两根伞骨之间烧出一个手掌大小的洞，然后将剩下的绸布小心翼翼地卷起来，用天鹅绒松紧带固定好，披上披肩，戴好帽子，脚步匆匆地下了楼，走向里沃利大街的那家保险公司。

可是越往前走，她的步子越慢，她说什么好呢？人家会怎么答复她呢？

她看看门牌号，才二十八号，太好了！她还有时间想一想。她走得越来越慢。突然打了个哆嗦。眼前的门上出现了几个金光闪闪的字：“慈爱火灾保险公司”。已经到了！她停留了一瞬，焦虑而羞怯，然后离开，又折回来，再离开，再折回。

她最后对自己说：

“反正要进去，迟些不如早些。”

走进楼里的时候，她能听见自己猛烈的心跳声。

这是一间很大的房间，周围一圈都是窗口。在每个窗口里面可以看见一个人，身体被栅栏挡在后面。

这时，一个先生走了出来，手里拿着各种文件。她停下脚步，怯怯地问：

“对不起，先生，请问您可否告诉我哪里负责理赔？”

他大声回答说：

“二层，左边。火灾科。”

一听见“火灾”这个词，她更加不安了。她想临阵脱逃，什么也不要说了，白白扔掉那十八法郎好了。可是一想到这笔钱，又产生了一点勇气，她气喘吁吁地上了楼，每走一级台阶都要停一下。

到了二层，她看见一扇门，上前敲了敲。门里传来清亮的声音：

“进来。”

她走进去，看见自己身处一个大房间里，三位身挂勋章、一脸庄重的男士正在站着聊天。

其中的一位问她：

“请问夫人，您有什么事吗？”

她一时不知该说什么，结结巴巴地说：

“我是来……是来……索赔的。”

那位先生很有礼貌地给她指了个座位，说：

“请先坐一会儿，我马上过来。”

然后，他又转向另两位先生，继续着刚才的话题。

“先生们，超过四十万法郎的金额，本公司是不受约束的。你们额外让我们赔付的十万法郎，我们不能接受。而且估价……”

其中的一位打断了他的话，说：

“够了，先生。就让法院来决定吧。我们告辞了。”

他们恭恭敬敬地行了几个礼后就离开了。

噢！如果她刚才也勇敢地和他们一起走掉的话，她就解脱了，放弃一切地逃跑吧！但是她可以那样吗？那位先生走过来，向她欠了欠身，问：

“有什么可以为您效劳的，夫人？”

她艰难地措辞道：

“我是来……为了这个。”

经理一脸天真的诧异神情，垂眼看向她递过来的物品。

她的手颤抖着想要解开松紧带，费了好大的力气后，一把破破烂烂的伞的残骸突然一下撑开了。

那位先生同情地说：

“坏得很厉害啊。”

她犹豫着宣布：

“它花了我二十法郎。”

他惊讶地说：

“是吗？这么贵！”

“是啊，它原是一把非常好的伞。我本来还想让您看一下它的状况。”

“很好，我看到了。很好。可是我不知道它和我有什么关系。”

她不安起来。难道这家公司不受理小物件，于是说道：

“可是……它被烧坏了……”

那位先生没有提出异议：

“我知道。”

她张大了嘴，不知道该说什么，突然意识到自己忘记了报上姓名，说：

“我是欧莱耶夫人，我们在慈爱公司上了保险，我过来是为这项损失索赔的。”

她担心遭到拒绝，又匆忙补充道：

“我只是要求你们给它补上新伞面。”

经理窘迫地说：

“可是……夫人……我们这里不是卖伞的，这种修补我们并不负责。”

小个子女人恢复了镇定，觉得有必要争取一下。是的，她要争取！她不再害怕了，说：

“那我就只追回修补的花费好了，我自己找人修。”

那位先生脸上显出尴尬之色，说：

“说实在的，夫人，您这点损失真是太小了。没有人会为了这种微小的事故要求我们赔偿。我们不能为了手绢、手套、扫帚、旧鞋子之类的小东西赔钱，毕竟它们每天都有可能遭受火灾。”

她气得脸都变红了：

“可是，先生，去年十二月，我们家的壁炉失火，使我们损失了至少五百法郎，欧莱耶先生却没有向保险公司索赔，所以今天你们赔偿我的雨伞是天经地义的事！”

经理看出来她在编假话，笑着说：

“夫人，欧莱耶先生损失了五百法郎都没来索赔，却为了区区一把伞的五六法郎索赔，这也太奇怪了，不是吗？”

她不慌不忙地反驳：

“很抱歉，先生。五百法郎关系到的是欧莱耶先生的钱袋，而十八法郎关系到的却是欧莱耶夫人的钱袋，这可是两回事。”

经理发现自己根本与她讲不通道理，这样下去的话，这一天就不用干别的事了，于是他妥协地问：

“那就请您告诉我事故发生的经过好了。”

她感到胜利在望，开始讲起来：

“事情是这样的，先生，我家的前厅里有一个铜的置物架用来搁雨伞和手杖。有一天回家的时候，我把雨伞放了进去。它的上面是用来放火柴和蜡烛的隔板。我伸着胳膊取下四根火柴。我擦了一根火柴，没点着，于是又擦另一根，它燃着了，却又灭了。我又擦了第三根，结果还是一样。”

经理打断了她的话，风趣地说：

“这是咱们政府生产的火柴吗？”

她没听懂，继续说道：

“有可能。第四根火柴终于着了，我点着了蜡烛。之后我就回房睡觉了。十几分钟后，我闻到了一股烧焦味。我是很怕火的。噢！倘若我们碰到灾祸，那绝不是我的错！特别是在经历了我刚才对您说的壁炉失火的事故后，就一直没碰到这种事。我下了床，出了房间，这儿闻闻，那儿闻闻，最后发现是我的雨伞烧坏了。很有可能是一根火柴掉了进去造成的。您看，它被烧成了什么样子……”

经理定了定神，问：

“您想要多少赔偿费呢？”

她一时说不出来，因为不敢确定数目，她装出一副不计较的样子，说：

“请您找人修吧，我回头来取。”

经理拒绝说：

“这可不行，夫人。告诉我您到底要多少。”

“可是……我觉得……那个……好吧，先生，我不能占您的便宜……这样吧，我去找人重新给伞上个面，这回得用质量好的绸布，耐用的那种。我把发票带给您。这样可以吗？”

“非常好，夫人。就这样吧。我给出纳留个信，到时候他们会给您报销的。”

他将名片递给欧莱耶夫人，她接过，站起身来，一边致谢一边往外走，匆匆忙忙出了门，生怕对方反悔。

她走在大街上脚步也欢快起来，一心想着找一家做工精良的雨伞店。终于看到了一家门脸气派的店铺，走进去，无比自信地说：

“请给这把伞补一个伞面，要上好的绸布，一定要用你们家最最好的绸布，我不计较价钱。”

小酒桶

——献给阿道夫·塔韦尼埃

希科是埃普勒维尔镇小酒馆的老板，他驾着他的敞篷马车停在了玛格卢瓦大妈的农场门前。这是个四十岁的中年男人，红棕色的头发，大腹便便，就像一只狡猾的大狐狸装了一肚子的鬼主意。

他将马绳拴在栅栏桩上，径直走进了院子。作为毗邻农场四周土地的主人，玛格卢瓦大妈的这个农场让希科垂涎已久。他曾二十次提出希望能将其收购，但玛格卢瓦大妈就像冥顽不灵的石头一样死活不肯同意。

“我生于此，也将葬于此。”她这样说道。

在大门前，希科找到了正在削土豆皮的玛格卢瓦大妈。已经七十二岁的她有着干瘦的身体、起皱的皮肤，身形佝偻却能如同少女一样不知疲倦地长时间工作。希科友好地拍了一下她的后背，随即挨着她坐在板凳上。

“嘿，大妈，您老人家身子骨最近可好？”

“还凑合。您呢？”

“哎，除了身体偶尔闹点小毛病，其他都还过得去。”

“嗯，那就行。”

她没有再说什么。而希科在一旁注视着她完成手头的活儿。她弯曲多结的手指坚硬得好似螃蟹的夹子，如同钳子一般在柳条筐箩里抓出那些浅灰色的土豆，然后将它们迅速转动，另一只手拿着旧刀，削下一条条长长的薄土豆皮，直至灰色的土豆完全削尽，然后将它们丢进装满水的桶里。三只放肆大胆的母鸡在她身边晃悠，找机会啄起她裙上的土豆皮，一旦得手，就立即叼着偷来的东西逃开。

希科显得有些不自在，焦急迟疑，仿佛有什么话卡在喉咙里，最终他下定决心开了口：

“那个，玛格卢瓦大妈……”

“您有什么吩咐？”

“就是这个农场，您还是不愿意把它卖给我吗？”

“这件事您就别想了，绝对没有可能。我决定的事情没人能改，也请您别再提了。”

“但我想到了一个两全其美可以让我们双方获利的法子。”

“噢？那是什么？”

“您瞧，是这样，您把它卖给我，但您可以继续像现在这样照看着它。还不明白吗？那您再听听我的理由。”

老大妈停下手头的活计，满是皱纹的眼皮下一双明闪闪的眼睛看着酒馆老板的脸。

希科继续说：

“我解释一下。每个月我给您一百五十法郎。听好了，每个月我都会用我的马车把三十枚五法郎的硬币带到这儿来给您。除此以外什么都一如既往，没有任何改变。您继续住在农场里，不需要考虑我，也不需要向我汇报任何消息。唯一需要做的就是每个月接受我的钱。您看这样如何？”

他欢喜愉快地注视着她。

老大妈用怀疑的眼光打量着他，思索这会不会是一个圈套。她询问道：

“这些是我的好处，那您呢？这农场一点好处都没给您？”

希科回答：

“这个问题您就不需要担心了。您老好好住在这儿，老天保佑您活多长，您就在这住多久。只要您去公证人那里立个字据说明在您离世后这个农场归我所有就可以了。反正除了几个您不放在心上的侄儿，您也没孩子。您说呢？只要您活着，您就依然保有您的财产，而我每个月还给您三十枚五法郎的硬币。这对您是百利而无一害啊。”

老大妈十分震惊。她依旧有些怀疑，但也已经被这诱惑打动。她回答道：

“我并不完全拒绝。但这事儿我得合计一下再做决定。不如您一个星期之后再来吧。那个时候我会给您答复。”

希科老板离开了，神情满足得就好像一位刚刚攻占了一个帝国的国王。

玛格卢瓦大妈沉浸在她的幻想之中。这一晚她失眠了。接下来的四天，她焦躁不安难以抉择。她隐约感觉到其中一定隐藏着什么对她不利的地方，可一想起那每个月的三十枚硬币，这笔叮当响的钱币，就那样流进她的裙摆里，好像是从天而降一样，不费吹灰之力就能拥有，这贪婪的欲望摧毁了她的理智。

于是她去找了公证人向他讲述了自己的情况。公证人建议她接受希科的提议，但同时要求把原本的三十枚硬币改为五十枚，因为她的农场至少价值六万法郎。

“如果您再活十五年，”公证人说，“希科按照每月三十元这个价支付给您，那么他仅用了四万五千法郎就把农场买下了。”

老大妈因每月五十元的这个想法而战栗了，但她终究放心不下，总担心那些无法预料的事情发生，也害怕其中藏着希科的诡计。她提着一个又一个问题，一直待到晚上才离开。最终，她要求公证人准备相关文书，然后自己回了家，脑袋昏昏沉沉的像喝了四大坛新酿的苹果酒一样。

当希科再次登门求得她的答复时，她做了很长时间的祈祷。虽然她嘴上坚持声称她不愿意出售农场，但她心里却因害怕希科拒绝支付五十元而忐忑不安。最后因为希科执意购买，她说明了自己的要求。

希科沮丧地跳了起来，一口回绝。

为了说服希科，她开始说自己的道理，跟他算自己在这世上还剩多少日子。

“我也不过还有五六个年头可活，看吧，我现在已经七十三岁了，这样的年龄，这把老骨头怎么可能结实。有天晚上，我都觉得我快去了，看起来就好像身体被掏空了一样需要被人抱到床上。”

但希科老板才不会上别人的当：

“得，得，老人家，您的身体硬朗得就像教堂里的钟楼一样。至少都能活到一百一，我跟您保证最后肯定是您给我送葬。”

两人用了一整天的时间进行谈判，但因为老大妈拒绝转让，希科最终只得同意支付五十元。

第二天，他们就去签署了公证书。而玛格卢瓦大妈还硬是要走了十枚硬币作为酒钱。

三年匆匆流逝，老大妈依然无灾无病，结实健康。她一点儿也不见老，希科老板则十分绝望。他觉得这笔分期付款已经支付了有半个世纪那么长，他感到自己上当受骗将要破产了。他时不时地去探访这个老农妇，就好像人们在七月里去麦田查看麦子是否成熟得可以用镰刀收割了。玛格卢瓦大妈总是热情地接待他，看着他的目光闪烁出一丝丝狡黠，似乎因为向希科成功耍弄了花招而暗暗高兴。希科一边迅速地回到马车旁，一边嘀咕着："您身体可真够好的，老不死的。"

他不知道该怎么办。每次见到玛格卢瓦，都有种要上前将她扼死的冲动。恨她恨得咬牙切齿却不能发作，这就是农民被偷后的模样。

他寻思着对付她的方法。

终于有一天，他搓着手来看老大妈，就像他第一次前来提出这个交易一样。

拉了一会儿鸡毛蒜皮的家常，他说道：

"那啥，大妈，您说您路过埃普勒维尔镇的时候，怎么从来都不到店里坐坐一起吃顿晚饭呢？人们在那儿说长道短，说什么咱俩闹翻了不是朋友了，这流言真让我难受。您知道，来我家您什么都不用准备，我可不是会为一顿饭而斤斤计较的人。所以您想来的话千万别客气，能招待您我反而会很高兴。"

玛格卢瓦大妈倒一点也没推脱。第三天她乘着雇来的小马车去市场赶集，然后毫不客气地把马拴在希科老板的马厩里，接着就去店里，叫希科照他之前所承诺的那般把饭菜端上来。

酒馆老板兴高采烈的，像招待贵妇一样招待着玛格卢瓦大妈，为她端来鸡肉、各式香肠、羊腿、卷心菜、烟熏肉。但她几乎没怎么吃。她省吃俭用，从小饮食就很有节制，基本上每餐只喝一点汤，再吃一些黄油面包的面包皮便已足够。

希科大失所望，一再邀请她多吃些。而且她什么也不喝，甚至连咖啡也不喝。

希科问：

"您总得喝一小杯吧？"

"啊，一小杯吗？那倒也不是不行。"

他扯开嗓子吆喝，声音直穿整个店堂：

"罗萨莉，给我上最好的烧酒，上等的白兰地！"

服务员走了过来，手中一瓶酒，酒瓶很长，周身用纸做的葡萄叶加以装饰点缀。

希科斟满了两小杯。

"您尝尝，大妈，这酒很不错。"

老大妈开始喝了一小口，缓慢地品尝着这酒的醇香，延长这唇齿之间的愉悦。一杯下肚，她将杯中所剩的残珠沥干，评价道：

"不错，好酒。"

她话还没说完，希科立刻又为她满上第二杯。她本想拒绝但已经太迟了。于是像第一杯那样，她又慢慢地品尝完第二杯。

希科准备第三次斟酒，但玛格卢瓦大妈不肯再喝了。希科坚持劝道：

“这酒根本就是牛奶嘛，您看，我这一口气喝个十杯十二杯，啥事都没有。它就像糖一样把甜味化在喉咙里，既不烧心也不惹人头晕，简直可以说它在舌头上就已经挥发掉了。没有什么比它更对您的健康有益了！”

因为玛格卢瓦大妈内心是还想再喝的，所以她没再拒绝，但只喝了半杯。

这时，希科表现出了十足的慷慨，大声宣布：

“听着，既然这酒这么讨您老的喜欢，那我就送您一小桶。也向您证明，咱俩一直是好朋友！”

老大妈没有说不，她微醺着离开了。

第二天，酒馆老板来到玛格卢瓦大妈家的院子里，从他的马车里卸下一只箍着铁圈的小木桶。然后他让大妈尝了尝桶里的东西，以此证明这是和昨日的一模一样的好酒。接着，两人各喝了三杯。临走的时候，希科对她说：

“还有要告诉您老人家的，您这酒喝完了，我那儿还有，您老别有顾虑，我不是小家子气的人。您越早把这桶酒喝完，我越高兴。”

然后他上了他的马车。

四天后，希科又来了。老大妈正在门前切着做汤用的面包。

希科走近，对着自己的鼻子跟她打招呼，想趁机闻闻她嘴里的味道。果然他嗅到一股酒味，立刻眼睛眯成一条线，喜笑颜开。

“您得请我喝一杯吧？”他提议。

两人又在一起喝了两三杯。

不久后，地方上就传出流言，说玛格卢瓦大妈经常一个人酗酒，喝得醉醺醺的。一会儿倒在厨房里，一会儿倒在自家的院子里，一会儿又在附近的小路上被人发现。烂醉如泥的她像死尸一样呆滞迟钝。人们只得把她抬到她自己的家中。

希科不再登门拜访玛格卢瓦大妈，当人们与他谈起这老农妇时，他总是一脸悲伤地小声感叹：

“在她这个年纪染上这种嗜好，可不倒霉吗？您看，人一老就无可救药了，再这么下去，早晚会出事的！”

果然，不幸降临在她身上。那一年的冬天，圣诞来临之际，醉醺醺的玛格卢瓦大妈死在了大雪里。

毋庸置疑，希科老板接手了她的农场，还说道：

“这老乡巴佬，要是她没那么嗜酒，起码还能再多活十年。”

回 忆

沐浴着初春温暖的阳光，我想起了年轻时的自己。那时的一切都是那么美好，令人向往。

我们都是穷人，但生活中却充满了喜悦。碧绿的树林中、塞纳河旁的酒馆里，无不留下我们年轻的足迹。我们也曾有过平常而又甜蜜的艳遇，这诸多的往事，你们还记得吗?

我来讲一讲我的艳遇吧，虽然在十二年前，但好像发生很久了。那年我二十五岁，没碰到过这致命的坎儿，也没看见生命的尽头。

我来到巴黎后，成了一个小职员。每天的忙碌，让我期待星期日，那仿佛是充满温馨和浪漫的节日。可如今，我的每一天都是星期日。

星期日的早上，我早早起床。打开窗子，新鲜自由的空气让我无比畅快。穿好衣服后，我决定到树林里玩儿一天。因为我生在农村，对花草树木情有独钟。

我站在塞纳河边，静静地等待着开往圣克卢的“飞燕号”客船。来到船上，四周都是身着盛装的乘客，他们神采飞扬，满脸笑容。“飞燕号”缓缓前进，岸边的树木和房屋在不断地后移。客船驶过横跨塞纳河的黎明桥后，河面变得开阔起来。“飞燕号”在两个岛屿间穿行，过了一个拐弯，有人大喊着：“下默东到了。”过了一会儿又喊道：“塞夫勒到了。”没用多久就是：“圣克卢到了。”

我下了船，大步向树林走去。在阴凉处，我拿出准备好的地图，开始制订出行的具体路线。面对纵横交错的地形，我信心十足，估计在傍晚时分就可以到达凡尔赛。

我在浓密的树荫下行走，吮吸着绿叶散发出的馨香，工作中的烦恼早被抛到九霄云外。我倚在山坡，望着各色熟悉的野花，心中涌动着对家乡的思念。形状各异的小虫爬来爬去，树枝上、草丛边，留下了它们忙碌的身影。不久，一阵困意袭来，我躺在沟里睡着了。

经过充分的休息，我的精力非常旺盛。我走在林荫路上，阳光透过树叶投下的斑驳光影，照在白色的野菊花上。大路空旷安静，看不到尽头。偶尔一只大胡蜂在头顶上飞过，细小而透明的翅膀清晰可见。

突然，对面走来一男一女。我不喜欢有人打搅我的清静，就一头钻进矮树林。这时，我听到有人在喊我。我转身过来，果然是那女子在晃动着手中的遮阳伞，身旁的男人也在挥手致意。

我向他们走去，这对男女也迅速地迎过来。他们气喘吁吁，一脸疲惫和怒气。

“先生，您知道这是哪儿吗？我和我那猪一样的丈夫迷路了。”女人气呼呼地说。

“夫人，您正在朝圣克卢方向走，身后是凡尔赛。”我肯定地回答着。

她望着身边的男人，大声说：“凡尔赛真在我们后面吗？我们要到那里吃晚饭的。”

“我也要去那里，夫人。”

“天哪，天哪，天哪！”这个漂亮女人高声念叨着，那种语调正是女人表达愤懑的常用方式。

身旁的男士羞愧难当，不停地擦着汗。他结结巴巴地说：“亲爱的……是你……”

妻子马上打断了他：“好啊，现在你倒怪起我来了。是我说不会迷路的吗？是我在山顶上向右拐的吗？是我让你带卡舒来的吗？……”

突然，她的丈夫变了脸色，疯狂地呼喊着，嘴里不断传出蒂伊、蒂伊的声音。

年轻的女人不为所动，恨恨地说：“有些人总自以为是，明明是去勒阿弗尔，却坐上了去迪埃普的火车。你说说，这是我干的吗？是谁说勒图尔纳尔先生住在马尔蒂尔街的？……是我说赛莱斯特是个小偷吗？……”

她一口气说了很多，言语中带着愤怒与叱责。丈夫的种种过错与不足，在今天都被她和盘托出。

他不想让自己出丑，断断续续地说：“亲爱的……何必生气……我们的事……这位朋友不明白的……”

可怜兮兮的男人将目光投向矮树林，妻子的疾声厉色令他尴尬至极。他不断地呼叫着，用刺耳的声音喊着“蒂伊——蒂伊”。年轻的女人转过身来，微笑着对我说：“这位先生，如果您不介意的话，与我们同行好吗？”

我点了点头，她挽住我的胳膊，兴高采烈地说起来。从谈话中得知，他们是圣拉扎尔街贩卖手套的商人。男人并不在意妻子的言行，他不断地向树林深处张望，嘴里不时发出“蒂伊——蒂伊”的声音。

“您为什么这样叫？”我忍不住问他。

他一脸沮丧地说：“蒂伊是我的狗，我把它弄丢了。”

“噢，原来是这样。”

“可怜的蒂伊只有一岁，从没离开过家。我本想让它撒撒欢，可它一见到花草，就吓得钻进树林。我叫了半天，它也没有回来。”

年轻女人并没有看他，说道：“如果不摘掉皮带，你的狗就不会跑了，你这种蠢货真不该养狗。”

天色渐渐暗了下来，我身旁的男人突然停住脚步。他在身上胡乱地摸着，嘴里不停地念叨着：“这，我可能……”

妻子冷眼瞅着他：“怎么回事？”

“我把钱包弄丢了……钱都在里面。”

她脸色煞白，大声骂道：“我怎么嫁给你这个蠢猪！你去找！马上去！我不想在树林里过夜，我要和这位先生到凡尔赛去。”

“好吧，我到哪里找你们呢？”他柔声问道。

我把一家餐馆的名字告诉了他，男子转身离去，嘴里一遍又一遍地喊着：“蒂——伊，蒂——伊。”声音越来越远，慢慢消失在夜色中。

不知为什么，我的心情非常激动，身旁的漂亮女人也似乎很惬意，我们的步伐快活而有力。

一条大路挡在我们前面，右边的山谷里，矗立着一座城市。

这是哪里呢？我不禁纳闷起来。

我拦住一个路过的男人，他告诉我这是布吉瓦尔。

“怎么可能，您没搞错吧？”

“错不了，我就是这儿的人。”

女人哈哈大笑，我的脸红红的，忙着去雇车。

“不必了。”她认真地说，“不碍事的，我丈夫一定能找到我们。离开他一段时间，真是太好了！”

我们在河边的一家旅馆住下来，我还勇敢地要了个单间。

她很兴奋，喝完香槟，又开始唱歌，整个晚上她都不断地在折腾……

这是我第一次和别人的老婆睡在一起。

隆多利姐妹

一

“对我来说，意大利是个令人向往的地方。我以前曾去过两次，这个美丽的国家让我印象深刻。最近，我有几次想去那里，但都在边境上停住了。过段时间，我一定要踏入那片难以逾越的土地。”

“您听懂了吗？”彼埃尔·儒弗内说，“接下来，还是让我来讲一讲吧。”

“一八七四年，我突然想到威尼斯、佛罗伦萨、罗马和那不勒斯去看一看。其实我并不喜欢旅行，我总觉得那是件很辛苦的事。在颠簸的火车上过夜，令人头昏脑涨。醒来后一身疲惫，皮肤上沾满了污垢。车厢里弥漫着的灰尘，总与你寸步不离，还有那难以下咽的饭菜。这尽管是旅行的开始，但已经使我很讨厌了。

“旅馆也令人头疼，看起来很大，却总感觉空荡荡的。

陌生的房间里是一张张不干净的床。我最在意的就是床，每一天，我们都将身体交付于它，任那雪白的被单和舒适的羽绒消除满身的疲惫，我们在床上享受着美妙的睡眠。床是神圣的，是最应该得到尊重的。

“房间里的床单，更是令我作呕。头天晚上的旅客在床上做了什么？有哪些人在这床单上睡过？于是，我想起了驼背人长满恶疮的肉体，想起了贩夫走卒黢黑肮脏的四肢，想到了各色病人留下的唾液、汗渍……

“晚上，置身于陌生的城市，会让人倍感凄凉。你的周围都是从没见过的人，他们的谈话与你毫无关系，他们的语言更是难以听懂。心底的茫然会让你浑身发软，精神颓废。你走在街上，是为了躲避旅馆，可你最终还是要回到那个花钱租来的家。你或许在一家酒吧落座，当你饮尽侍者端来的啤酒后，你会感到更加孤独。你想马上离开这个地方，去哪里都行。当一个人远离家乡，或与世隔绝的时候，才能进行广泛、深刻的自省。只有在那一刻，才能从容面对欺骗和幻想，看清生活的真谛。

“人生真是奇怪，当你到了远方，你就会觉察一切原来很近、很短；当你追求新奇时，就能体会到什么是平凡与渺小；而当你走遍世界的时候，你就会发现地球是那么渺小，在哪里都是一样。

“正因为我知道出门在外的苦涩与艰难，我才不肯只身来到意大利。于是，我说服了好友保尔·帕维伊陪我同行。

“保尔，你并不陌生。和大多数男人一样，女人就是他的全部。女人照亮了他的生活，带给他幸福与希望，他的所有努力也都是为了女人。

“我记得有一位诗人曾对他那样的男人说过一段话：

我鄙视泪眼蒙眬的诗人
他将思念赋予满天的繁星
马背上如果丢失了女人
浩瀚的宇宙将暗淡无光

幼稚而可笑的诗人
妄想为这世界增添情爱
给挺拔的林木穿上花裙
给青山系上洁白的丝带

他们不明白你庄严的乐曲
你永恒运转的天籁
他们在深涧成双配对
在阵阵松涛声中幻想馨香

“最初，保尔严词拒绝了我的邀请。我向他讲起了旅行中的见闻，尤其是意大利迷人的女郎与旖旎的风光，我还承诺在那不勒斯会有非同寻常的际遇。在一系列的诱惑下，保尔欣然同意。”

二

“六月二十六日的晚上，我们乘上了开往南方的快车。车厢里只有我们两人，我们的兴致都不高，对巴黎恋恋不舍。

“火车开动了，角落里的保尔阴沉着脸。他大声说：‘去意大利真是个错误的决定。’

“后悔已经迟了，我笑嘻嘻地说：‘你真不该答应我。’

“他气呼呼地坐在那里，一句话也不说。我不禁想笑，因为保尔生气的样子就像一只松鼠。其实严格地说，每个人的相貌都和动物有几分相似，或者是山羊、兔子，或者是狐狸、牛、马等。

“火车的轰鸣让我们昏昏欲睡。当睁开眼的时候，火车正沿着罗纳河行驶。不久，火车又停下来了。一位车站的职员边跑边喊着：‘瓦朗斯站！瓦朗斯站！’

“我和保尔下车到餐厅吃饭，等我们回来时，车厢里多了一个女人。

“保尔兴奋地望着我，右手不断地捋着唇边的胡须。他抬起帽子，用五个手指迅速地梳着凌乱的头发，然后在女子面前稳稳地坐下来。

“和以往一样，我仔细打量着眼前的陌生人。她是个年轻漂亮的南方女子，一双美丽的眼睛满含笑意，乌黑浓密的长发打着卷，披散在肩头。她的手镯硕大，看起来不像金的。晶莹剔透的耳环上镶着宝石，从个头上看也应该不是真的。尽管她容貌俊秀，衣着考究，但丝毫没有贵族子弟的高雅别致。我猜她一定是个热情奔放之人，说起话来声音响亮。

“火车又开动了，她靠在座位上，两眼直愣愣地望着前方。保尔开始与我聊天，故意说些离奇古怪的事件，其目的不言而喻，可她却充耳不闻。

“火车在土伦停下来，我们来到月台。保尔迫不及待地说：‘老朋友，感觉怎么样？’

“我微笑着说：‘我没有兴致，说不清楚。’

“保尔很激动：‘这个女人真是太美了，尤其那双眼睛，简直能勾走男人的魂魄。不过她好像很不开心，对我们也不在意。’

“我轻声说：‘别自作多情了。’

“保尔很不高兴：‘我怎么是自作多情呢？我只是觉得她很漂亮，想和她说句话而已。可是说什么呢？你能猜到她的身份吗？’

“‘这可猜不准，她也许就是个二流演员，与情夫私奔后又跑了回来。’

“我的话让保尔很不满意，他肯定地说：‘我不同意你的猜测，我觉得她是个中规中矩的女人。’

“‘好好看看她的手镯和耳环，我看她就是个舞女，甚至是个耍马戏的。’

“我们为了这个女人各执一词，争论不休。这时，车站职员高喊着：‘开往尼斯和温蒂米尔的快车就要开车了，请旅客们抓紧上车！’

“我们停止谈话，急忙上了车。身旁的女子正在吃橘子，那个吃相真不敢恭维。她看上去非常烦躁，似乎在拿橘子撒气。

“保尔抓耳挠腮，正在思考吸引女子的办法。过了一会儿，他又和我聊起来，以非常巧妙的方式提到了各界名流。然而，他的付出依旧是徒劳的。

“火车驶过弗雷朱斯、圣－拉斐尔，眼前是一望无际的玫瑰花海，还有成片成片的橘树林和柠檬树林，白色的花与黄色的果实交相辉映，让人心生喜爱。火车沿着从马赛到热那亚的海滨行驶着，漫山遍野的野花竞相开放，沁人的馨香在空气中四处弥漫。地中海沿岸是漫长的深色页岩，夏季的阳光将热情洒向深蓝的海面，洒在长长的沙滩。火车穿过一条条隧道，在陡直的崖壁上前行，浓郁的花香伴随着海水的腥咸，一齐涌了过来。

“这一切，保尔没有看到，也根本不想看。此时，他的眼里只有那个女人。

“车到戛纳，他又把我拉下车：‘老朋友，这个女人真是太漂亮了。可是我找不到同她说话的理由，只要一张嘴，就害羞得要命。你一定要帮帮我啊！’

“我微笑着点头。回到车厢，我很有礼貌地对她说：‘小姐，您介意我们吸烟吗？’

“‘你说什么？’她用意大利文问着。原来她是意大利人，我几乎要笑出声来。保尔根本不懂这种语言，我只好充当他的翻译了。接着，我用意大利语说：‘我刚才问您，介意我们吸烟吗？’

“‘无所谓！’她气冲冲地说着。我有些茫然，这种态度是同意还是反对呢？难道是一种委婉的拒绝吗？于是，我又说了一遍。

“‘不！’她大声回答着。虽然是厌烦的语气，但她是同意的。保尔一脸疑惑地望着我：‘你跟她说什么了？’

“‘我问她我们可不可以吸烟。’

“‘她不会法语吗？’

“‘一个字都不会。’

“‘她怎么回答的？’

“‘她说我们随便。’

“我点燃了一支雪茄，保尔似乎不相信我说的话。‘她只说了这些？’

“我不屑一顾地望着他：‘她用意大利文只和我说了六个字，前两个字表示不懂法语，后四个字就任凭你想象吧。’

“保尔很失望，坐在原地一声不吭。

“过了一会儿，那个意大利女人突然对我说：‘火车几点能到热那亚？’

“‘晚上十一点。’我说。沉默了一分钟，我接着说：‘我们也去热那亚，如果您需要什么帮助，请尽管开口。’

“‘不。’她冷冷地回答着。

“‘她说什么了？’保尔连忙问我。

“‘她说您非常可爱。’

“保尔一脸怒气，他看出我在取笑他。于是，我就将刚才的对话一五一十地讲给他听。

“由于激动，保尔有些局促不安地说：‘你一定得和她好好谈谈，设法弄清她住在哪家旅馆，拜托了！’

“火车在边境上停下来，我们的行李要接受检查。趁这个机会，我买了好大一堆食物上来。尽管我最讨厌在车厢里吃饭，但为了朋友，也就不在乎了。

“火车开动了，我故意将喷香的烤鸡和火腿整齐地摆在纸上，然后又在她身旁小心翼翼地摆开饭后的甜点：草莓、李子、樱桃、蛋糕等。

“她朝我们瞟了一眼，随后从口袋里拿出一块巧克力和两个羊角面包，慢慢地吃起来。

“保尔一个劲儿地催促着：‘快请她过来吃啊！’

“‘我也正有此意，可是该怎么说呢？’

“望着她那简单的食物，我有了主意。等她吃完后，我很有礼貌地说：‘夫人，饭后吃些水果对身体很好的。’

“她再一次拒绝了，但语气平缓了许多。‘那么，请您喝点酒吧，这是贵国产的葡萄酒。在美丽的意大利，漂亮的女士能够赏脸，将是我们最大的荣幸。’

“她轻轻地摇着头，内心似乎很纠结。我毫不犹豫地拿起缠着稻草的酒瓶，为她倒满一杯酒。

“‘您喝下这杯酒，就是对我们的热烈欢迎。’我微笑着说。

“她很不情愿地接过酒杯，一饮而尽。

“我又用手指着樱桃，对她说：‘吃点吧，您让我们非常

高兴。'

"她的目光在水果堆上扫了两眼，轻轻地说了一句话，我几乎没有听见：'我不爱吃樱桃和李子，我只喜欢草莓。'

"'她在说什么？'保尔急忙问道。

"'她说她喜欢吃草莓。'

"我将报纸上的草莓送到她面前，她用指尖轻轻捡起草莓，从不远处扔向嘴里。她的动作迅速且娴熟，几分钟后，这堆鲜红的草莓消失了。

"我接着又问道：'您还想吃些什么呢？'

"'我想吃鸡肉。'

"她狼吞虎咽地吃着，转眼间，就消灭了半只鸡。随后她又吃了一些自己不喜爱的樱桃和李子。当她吃饱后，便又蜷缩在座位上。

"我继续向她献殷勤，请她再多吃一些。然而，她怒气冲冲地望着我，大声说：'不！'这声音令人胆寒，我不得不敬而远之。

"我转身对保尔说：'我们是白费力气了。'

"夜幕降临，窗外橘树的香气越来越浓。我深深地吮吸着，陶醉在沁人心脾的芳香中。一只萤火虫飞了进来，我遮住油灯，看着小家伙在车厢里翩翩起舞。最后，它停在了熟睡着的女人的头发上。保尔春心荡漾，目不转睛地看着这个亮点。

“十点四十分，角落里的女人醒了。我对她说：‘夫人，我们就要到热那亚了。’她没有回答我，似乎还在想着某件心事，嘴里不停地念叨着：‘我该怎么办？’

“‘我想跟着你们，可以吗？’她这突如其来的问话，让我不知所措。

“‘跟我们？这是真的吗？’

“她显得很急躁，大声说：‘如果你们愿意，我马上就跟你们走。’

“‘我们求之不得，不过您要我们送您去哪里呢？’

“‘无所谓，哪儿都行。’她冷漠地说。

“‘可我们要去旅馆啊！’

“她用鄙视的目光望着我：‘行，那就去旅馆吧。’

“当我把这件事告诉保尔时，他简直不相信自己的耳朵。‘我愿意！我当然愿意！’保尔激动地说。过了几秒钟，保尔又忙不迭地问道：‘她是跟你还是跟我呢？’

“我理解保尔的心情，于是转过身来对她说：‘很高兴能与您同行，不过我的朋友很想知道，您将挽起谁的手臂走出站台。’

“她有些莫名其妙，带着几分不屑说：‘我无所谓的。’

“我有些着急，连忙解释说：‘在意大利，一个对女人百

般讨好的男人，应该就是个求爱者。在我们两人中间，您会选择谁呢？’

“她毫不犹豫地回答：‘当然是您！’

“我转身对保尔说：‘抱歉，她选择了我。’

“保尔怒冲冲地说：‘这不正合你的意吗？’

“过了几分钟，他煞有介事地说：‘这个女人来历不明，她会给我们带来麻烦的，哪个像样的旅馆都不会欢迎我们。’

“此刻，我不在乎保尔说什么。能与她共度浪漫之夜，就是我最大的心愿。我下定决心，必须带她走。

“火车到站了，我率先下了车，右手轻轻扶着漂亮的女伴。认领完行李，我们就往城里走。保尔走在前面，一句话也不说。

“一路上，我把自己的担心告诉了保尔，而他对于住什么样的旅馆却满不在乎。我一再劝说他早些和旅馆联系，可都遭到了强硬拒绝。

“‘不要生气，老朋友。舒适的旅馆会让我们的旅行更加快乐。告诉老板，我们要三间卧室，一间餐厅。记住，是三间卧室。’我和颜悦色地对保尔说。

“也许是三间卧室的缘故，他答应了我的请求。过了不久，保尔回来了。他沉着脸对我说：‘旅馆联系好了，可只有两间卧室，你看着办吧。’

“正如保尔所说，旅馆确实只有两间卧室。我红着脸对意大利女人说：‘只有两间卧室了，您先挑一间吧。’

“她的回答依旧是冷冰冰的无所谓。我提起地上的黑色小木箱，把它放在了右侧的卧室里。这个房间，是我为她，更是为我们精心准备的。木箱上贴着一张正方形纸片，上面用法语写着：‘热那亚，弗朗切斯卡·隆多利小姐。’

“我问她：‘您是叫弗朗切斯卡吗？’

“她点点头，没有说话。

“我关切地说：‘在吃消夜前，您可以梳洗一番的。’对于她的冷漠拒绝，我早已习惯。但出于关心，我还是坚持自己的想法。后来我又想到她的境遇，她也许刚刚经历了一件极其痛苦的事，没有准备女人必需的用品。于是我将自己梳妆盒里的花露水、龙涎香薰衣草香精、新干草牌香水摆在她的面前。接着我又取出香粉盒里的粉扑，将毛巾搭在水管上，脸盆旁边放了一块没启封的香皂。

“她不说话，一直睁大眼睛看着我，冷若冰霜的脸上似乎泛着怒意。

“当我回到客厅，保尔已经钻进另一间卧室。门锁着，我只好一人待着了。

“夜宵已经准备妥当，我来到隆多利小姐的门前，轻轻地敲着。在得到她的允许后，我走了进去。一阵刺鼻的香水味扑面而来，就像理发店里药水的味道。

“美丽的女人正坐在箱子上，就像一位愁眉苦脸的女仆。她对梳洗的理解令我惊诧不已，水罐还是满的，毛巾和香皂完好如初。花露水只用了三分之一，但龙涎香薰衣草香精和新干草牌香水，消耗殆尽。她的脖子和脸上涂满了香粉，睫毛、眉毛和两鬓也都染上了霜雪。

“我们坐下来吃夜宵，餐桌旁的保尔早已怒气冲冲。弗朗切斯卡可不管这些，津津有味地吃了起来。当她酒足饭饱后，便在沙发上打起了瞌睡。夜已深，到了分房间的关键时刻。我惴惴不安，但为了和她在一起，我勇敢地在她身边坐下来，亲吻着她的手。

“她睁开惺忪的睡眼，无精打采地望着我。

“‘既然只有两间卧室，您不会介意我去您的卧室吧？’我小心翼翼地问着。

“‘随便，我无所谓的。’她依旧冷漠地回答着。

“‘我和您住在一起，不会令您不高兴吧？’

“‘随便，我无所谓的。’

“她站起来，打了一个哈欠。保尔很不情愿地与她握手后，我举着灯领她走进了我们的卧室。

“我为她准备好洗脸水，又将毛巾放到肥皂旁边。

“我来到保尔的房间，他一见我就大声嚷着：‘这个刁蛮

的女人，会让你后悔的。’

“一个人吃不到葡萄，总会说葡萄酸的，但是他的话也真的让我感到不安。与来历不明的女人相爱后，一种恐惧就会折磨着你，这种情绪会让心中的温柔与浪漫荡然无存。然而，我依然坚持着：‘不要危言耸听，她不是那样的人。’

“保尔似乎看穿了我的内心，他质问道：‘你真的了解她吗？你在火车上随便捡个单身女郎，就让你一见钟情了？这个不知羞耻的女人竟答应与你在旅馆过夜，她不是妓女又是什么？我倒要看一看，和一个有梅毒的女人睡上一觉，你能得到什么？’

“他的每一句话，都让我心惊肉跳，恐惧和欲望在我心里反复纠结着。

“最后，保尔又重重地丢下一句：‘我曾提醒过你，将来真要出了事，不要怪我。’

“他的眼中流露着嘲讽与报复，这反而让我变得坚定起来。我高声对他说：‘为了心中所爱，我甘愿去冒险。’说罢，我就义无反顾地走进弗朗切斯卡的卧室。

“然而，眼前的一幕让我愣在门口。原来弗朗切斯卡脱掉衣服在床上睡着了，她的彩色睡衣搭在椅子上，而一双长袜则胡乱地放在被单旁。也许是身心疲惫，刚刚脱掉袜子就进入了梦乡。睡梦中的弗朗切斯卡清新健美，真是让人怦然心动。

“一瞬间，我对保尔的劝告早已忘得干干净净。我坐在椅子上，面红耳赤，犹豫不决。大约过了一个小时，我还是拿不定主意。但今晚我是不会离开的，或者在长椅上睡觉，或者勇敢地躺在她的身边。

“我的心狂跳不止，这种强烈的期盼，让我感到十分紧张。我最终还是说服了自己，脱掉衣服后，我背对着弗朗切斯卡躺了下来。心中的煎熬，让我无法入睡。过了很久很久，我还在辗转反侧。

“弗朗切斯卡突然醒了，当意识到自己身边有人时，便开始起身穿衣。没有羞涩，而是不慌不忙。于是，我再也忍耐不住了。她似乎早有预料，对我的疯狂举动毫不在乎。后来，她枕着右臂，平静地睡着了。我的心终于安静下来，带着对人性弱点的深层思考，我也慢慢睡去。

“天刚刚亮，她就起来了，仿佛有清晨干活的习惯。我眯缝着眼睛，看着她在房间里走来走去。她来到梳妆台旁，将瓶子里的香水全部喷洒在胸前，然后又坐在箱子上，双手抱着膝盖想着心事。

“‘弗朗切斯卡，早上好。’我在床上笑吟吟地说。

“‘早上好。’她依旧是漫不经心地回答。

“我跳下床，深情地拥着她，嘴唇轻轻贴着她的双眼，她无可奈何地闭上了眼睛。接着，我又开始亲吻她的面颊和嘴唇，她又厌烦地扭过了头。

“‘您不喜欢被人亲吻吗？’

“‘不。’她幽幽地说。

“我挨着箱子坐下，轻声说：‘你总是对我说不！不！不！照这样下去，我只能叫您米卡小姐了。’

“她的嘴角露出一丝浅浅的微笑，随即就消失不见了。

“‘对了，我们今天到哪里玩儿？’

“她眼睛一亮，似乎犹豫了一下。随后她又冷漠地说：‘哪儿都行，听您的。’

“‘那我们就雇一辆车，四处去逛逛。’

“她低声说：‘随便。’

“保尔早已守候在餐厅，一副垂头丧气的模样。我高兴地与他握手，显得精神十足。

“‘今天你打算干什么？’他问道。

“‘咱们先到城里看看，再雇辆车去郊外转一转。’

“一顿默默无言的早饭结束后，我们开始参观当地的博物馆。斯比诺拉宫、多里阿宫、马尔切洛·杜拉佐宫、红宫和白宫都留下了我们的身影。可奇怪的是，她对什么都不感兴趣。保尔非常不满，在我们身后嘟嘟囔囔。下午，我们乘车去郊外转了一圈，但谁也没有说话。夕阳西下，我们回到旅馆吃晚饭。

“一连三天都是这样。

“第三天，保尔已经忍无可忍，他对我说：‘我不再干涉你了，可我不想在这里待上三个星期，看着你们卿卿我我。’

“我不知道该怎么回答保尔，现在的我已经爱上了弗朗切斯卡，一刻也不想离开她。她那倔强的面庞、疲惫的身姿、冷漠的爱抚都深深地刻在我的心里。尽管我并不了解她，但一种神秘的纽带早已将我牢牢地系在她的身旁。当我对保尔敞开心扉时，他却骂我是傻瓜。最后，他无奈地说：‘我们只好带她一起走了。’

“然而，弗朗切斯卡却不愿离开热那亚，无论我怎么央求，她就是不答应。我只好继续陪着她了，收拾完行李的保尔，最终也违心地留了下来。

“两个星期以来，弗朗切斯卡始终不爱说话，我能听到的只是冰冷的‘无所谓’和‘不’。

“保尔时常发脾气，我对他说：‘这儿不需要你了，你可以到别处转转。’他高声叫嚷着：‘我还能去哪里？原本三个星期的时间，已经过去了一多半。我还有参观威尼斯和罗马的机会吗？你把我从巴黎骗来，就是让我看你和那个意大利的女人鬼混吗？我要离开你，明天就回巴黎！’

“第二天，他依然没有走，还是一副怒气冲冲的架势。

“从早到晚，我们就在城市的街道与小巷里闲逛，她挽着我的手臂，什么也不想看，什么也不说。我一直在猜测她的身份，她的家在哪里，她为什么要和我们在一起。然而一切都是徒劳，她就像一个谜，让人捉摸不透。很显然，她不是放荡不羁的妓女，而更像是一个穷苦人家的姑娘，被人抛弃后心灰意冷。她不提出任何要求，也没有从我这里得到实际的好处，她究竟想干什么呢？

“我曾多次试探她，询问她的家庭和童年，但她依然默不作声。我继续和她在一起相处，每一天都是快乐的。

“又过了一星期，我们的旅行就要结束了。每一天，我都煞费苦心，安排种种娱乐和消遣，以博得她和朋友的欢愉。

“一天，我们来到桑塔马尔加里塔游玩。这座小城坐落在山脚下，我们沿着美丽的环山公路信步而行。弗朗切斯卡突然对我说：‘明天我不能陪你了，我要回去看看父母。’

“她又不说话了，我也没有继续追问。

“第二天，她起得很早。她坐在我的床尾，幽幽地说：‘要是我今晚回不来，您能去找我吗？’

“‘当然能，但是该到哪里去呢？’

“‘在维克多·埃玛努埃尔街，法尔科内巷，圣－拉斐尔小巷，那里有一个家具商店。您沿着院子走到头，在右

侧的房子里，找到隆多利夫人就可以了。’

“早餐时，我把弗朗切斯卡的事告诉了保尔。他高兴地说：‘这真是一件好事，我们可以心安理得地离开了。’

“我不赞成保尔的做法：‘尽管我们相处时间很短，但我依然得郑重其事地与她告别，送她一些礼物，绝不能借此机会溜之大吉。’

“那一天我没有出门，我一直等着弗朗切斯卡。

“晚饭时，她还没有回来。保尔得意地说：‘想不到您这样风流倜傥的男士，也让人给甩了，真是太奇怪了。’

“我心中有些不快，但没有作声。保尔不依不饶，继续使用各种巧妙的语言奚落着我。

“气愤让我打断了保尔的嘲笑：‘如果明早她仍没有回来，咱们就坐八点的火车回去。我等了一天一夜，也算仁至义尽了。’

“这是一个难熬的夜晚，我几乎一夜没睡，在等着弗朗切斯卡归来。已经六点了，我不再犹豫，叫醒了保尔。两个小时后，我们登上了开往巴黎的火车。”

三

“第二年的夏季，我又来到了热那亚。和去年同一时间到达，住的还是那家旅馆、那一个房间。只是在车上没发生任何偶遇，也没有保尔的陪伴。

“躺在床上，我的心中隐隐作痛。就是在这里，我曾爱过一个女人，和她一起度过了一段幸福的时光。如今物是人非，留给我的只有彻骨的想念。闭上眼，弗朗切斯卡就微笑着走过来，时而清晰，时而模糊。我一定要找到她。

“按照她留下的地址，我找到了那座房子。开门的是胖胖的中年女子，看起来风韵犹存。她穿着一件布满污渍的睡裙，乱蓬蓬的头发随便搭在肩头，脖子上戴着拇指粗的镀金项链，两只手上是沉甸甸的金手镯。

“她一脸严肃地问道：‘您找谁？’

“‘弗朗切斯卡·隆多利小姐是住这儿吗？’

“‘找她有事吗？’

“为了消除她的敌意，我说出了自己的姓名，讲述了与弗朗切斯卡相识的经过。胖女人突然变得很热情，她对我说：‘弗朗切斯卡和我提起过您，她足足等了您一个月，她想知道您是否真的爱她。但是，您没有来，令她非常伤心。她又去旅馆找您，她一直相信您会回来的。我可怜的孩子，我是她的母亲。’

“‘她现在在这里吗？’我急切地问道。

“‘没有，她在巴黎，和一位画家相爱了。那个小伙子非常爱她，对她百依百顺。您瞧，这就是她买给我的。’说罢，她让我看那粗大的手镯和沉甸甸的项链。

“我向她告辞，可她紧紧抓住我的胳膊，对我说：‘您既然来了，就请进屋吧。’我随她来到一个昏暗的小客厅，她接着对我说：‘您上次遇见她时，正是她最伤心的时候。因为她在马赛被男友抛弃了，她只好回来。后来，她就爱上您了，可惜你们没能在一起。现在，她和画家贝尔曼先生相爱了，他们是在街上相遇的，而且一见钟情。您要喝杯糖水吗？这次您是一个人吗？’

“我回答：‘是的。’

“听完她的介绍，我为弗朗切斯卡感到高兴，心中的失望顷刻烟消云散。

“我准备走了，她突然叫了起来：‘先生，一个人旅行很寂寞的，卡尔洛塔可以陪着您。她是我的二女儿，一个很好的向导。’说罢，她就推开室内的门，对着里面大声喊道：‘卡尔洛塔！快点儿下来！’

“不一会儿，一个漂亮的女孩走了下来。她身材窈窕，穿着母亲的旧裙子。隆多利夫人将我的情况告诉了她，女孩用迷人的棕色眼睛看着我，微笑着说：‘如果您愿意，我是没问题的。’

“我满心欢喜，大声说：‘我当然愿意了。’

“隆多利夫人笑了，她把女儿推出门，大喊道：‘衣柜里有蓝裙子，那顶花帽今天归你了，别磨磨蹭蹭的。’

“卡尔洛塔出去了，隆多利夫人对我说：‘我还有两个女儿，不过她们还小。我死去的丈夫是个铁路工人，没留下任何积蓄。养活她们四个太不容易了！’

“没过多久，卡尔洛塔又走了进来。隆多利夫人对女儿从头到脚审视了一番后，高兴地说：‘孩子们，好好玩儿吧！’随后她又郑重地告诫卡尔洛塔，‘晚上十点前必须回来，否则我就关门了。’

“女儿微笑着说：‘妈妈，您就放心吧！’

“我们开心地逛街，卡尔洛塔就像她的姐姐，温柔地挽着我的手臂。吃过午餐，我们又来到桑塔马尔加里塔，那是我与弗朗切斯卡最后一次游玩的地方。

“晚上，卡尔洛塔自然没有回去。在接下来的两个星期，我便和卡尔洛塔在热那亚周围游玩，快乐使我忘记了她的姐姐。

“分手那天，我满脸泪水。我为她准备了贵重的礼物，又给她母亲买了四只手镯。

“最近我决定再到意大利去度假，一想到隆多利夫人还有两个女儿，我便感到激动与不安。”

抽 搐

该吃晚饭了，人们陆续走进旅馆大厅。仆人们慢慢上着菜，以便等候迟到的客人。常客们早早就来了，他们盯着门口，期待出现新的面孔。

长期以来，餐厅就成为人们休憩娱乐的宝地。他们在吃晚饭的时候，细细端详着当天来的人，猜测他们的身份、心中在想些什么。我们都想遇见开朗的人，结识乐观的朋友，也非常期待能邂逅甜美的爱情。

在这里，人们总喜欢从不同的角度看待别人。在树下闲聊中，你会突然发现对方智力超群、品德高尚。然而，一个月后，这些当初十分迷人的新朋友就被彻底忘记。

当然，也不是所有的关系都这样，确实出现过真诚持久的友谊。人们朝夕相处，很快建立了感情。人们会记住每一个珍贵的镜头，记得那心有灵犀的乐趣。交往中的点点滴滴，都会成为记忆中的美妙瞬间。

今天晚上，我们仍然在期待陌生人的出现。

终于，两个奇怪的人走进来，一男一女，这是一对父女。他们身上有种难以言说的魅力，就像刚刚经过厄运的洗礼一样。男人高瘦，微微驼背，举止态度却很稳重。女儿大约二十四五岁，长得清纯甜美，但个子很矮，面容憔悴。我想，来温泉治病的应该是她。

他们坐在我对面，我发觉那位父亲的行为有些奇怪。每次他取东西时，手都会先画一个圈，再画一个曲线，然后才去拿东西。几分钟后，我扭过脸不再看他，因为感觉他实在令人讨厌。而他的女儿也很奇怪，吃饭时，她左手竟戴着手套。

晚饭后，我到花园里散步。这里属于奥弗涅管辖，位于高山脚下一个峡谷里。滚烫的泉水从死火山的深处源源不断地流下来。

走过去是陡峭的山峰，再走就是直上直下的锥形山脉。那天晚上天气很热，我在浓荫的小径上来回踱着步，听着从花园高处传来的乐曲声。

忽然看见那对父女正向我走来，我和他们打招呼。在这里，每一个人都彬彬有礼。那个男人对我说："先生，您能告诉我上山最近的路吗？如果风景美丽就更好了。"

我主动提出带他们去山谷，那里有条细细的小河，两边的岩坡上种着密密麻麻的树木。他们同意了。

很自然地，我们谈到了泉水的功效。

“我女儿得了一种奇怪的病，却找不到得病的原因。她总是无缘无故地神经痛。也不知是心脏病还是肝病，还有人说这是胃病。唉，真是件令人苦恼的事。”

我忽然想到他那抽搐的手，问道：“应该是遗传，您的神经不也有毛病吗？”

“我？不……我的神经很安定……”他平静地说。

沉默了一会儿后，他突然说：“您是说我取东西时的样子吧？那是因为我受过强烈的刺激。您想啊，这孩子曾经被活埋。”

“什么？”我惊讶得说不出话来。

他接着对我说：“我女儿的心脏总是犯病，我估计她撑不了多久。有一天，她在花园摔了一跤，于是昏迷不醒。大夫诊断她已死了，我守了她一天两夜，亲自将她埋在家族墓地。

“我将她的所有首饰，以及我送她的全部礼物，还有她第一次参加舞会的裙子都放在了棺材里。

“您应该能理解我回家时的心情。我妻子死得早，孩子就是我的全部。我精疲力竭地走进卧室，跌坐在椅子上，痛苦不堪，就像被剥掉了一层皮。

“我的男仆普罗斯佩帮助我将女儿入殓，又给她戴上了

生前喜爱的首饰。他问我：'先生想吃点什么？'

"我没有说话，只是摇摇头。

"他又说：'您不要这样糟蹋自己了，我还是服侍您上床吧！'

"我大吼着：'不要你管，我要自己待着。'普罗斯佩无奈地走开了。

"也不知过了多久，壁炉里的火已经熄灭了，凛冽的寒风不停地敲打着窗子，发出骇人的声音。

"我一直坐在那里，没有睡觉，身体软绵绵的，因绝望而精神恍惚。突然，门厅的大门铃响了。我惊恐万分，有谁会在凌晨两点来呢？

"门铃又响了两声，仆人们没有动静。于是，我拿起蜡烛走下楼梯，我很想问一声是谁，但却羞于启齿。我慢慢拔去门闩猛地打开门，黑暗里站着一个白影。

"我非常紧张，结结巴巴地问：'您……您……您是谁？'

"'是我，爸爸。'

"这是我女儿。

"这个鬼魂走了进来，我一个劲儿地往后退，驱赶着它，就是您刚才看见的那个手势。从那时起，我的右手就这样了。

"'别害怕，爸爸，我还没有死。有人割了我的手指，

血一流出来，我就醒了。’

“她身上真的有血。

“我跪在地上，大声哭了起来。

“我让自己冷静了一会儿，又将女儿领进卧室，让她坐在有扶手的椅子上，然后叫来男仆普罗斯佩，让他生火，去找医生。

“普罗斯佩走了进来，当他看到眼前的女儿时，惊恐万状，仰面倒地而亡。

“原来这一切都是他干的，他知道我非常信任他，不会怀疑他。

“您瞧，先生，我们是多么的不幸啊！”

说完，他就沉默了。

天渐渐黑了，夜色笼罩着荒凉的山谷，我突然感到莫名其妙的恐惧。我身旁是两个奇怪的人，死而复生的女儿和做着奇特手势的父亲。

我突然觉得无话可说，于是借故天冷，返回了旅馆。

图瓦纳

一

在这方圆十里内，图瓦纳老爹的大名大家都如雷贯耳。大胖子图瓦纳、纯酒图瓦纳，他全名是：安托万·玛什布莱，绰号“火烧甜酒”，在图尔那旺村开着一家小酒馆。

图尔那旺村建在一个通向大海的山谷的拐弯横道上，村子很小，只有十来户人家，诺曼底式的房屋被沟渠和树木围绕着。这个村子很不起眼，因为图瓦纳老爹才有了些名气。

房子都在山谷中，被遍地的野草和荆棘淹没着，躲在人们叫“回风”的山梁背后。就像是在暴风雨的日子里，飞鸟都要躲避到犁沟里一样，这些房子也要在呼啸的大海边寻一个避难所，躲避那从海面上吹来的又猛烈又湿咸的海风。海风忽冷忽热，热时像火一般炙热焦灼，冷时又像冰霜一样，能抽干一切湿润。

整个村子仿佛就是“火烧甜酒”的安托万·玛什布莱的产业。人们也经常叫他图瓦纳或者是纯酒图瓦纳，原因是他常挂在嘴边的一句话：

“我的纯酒全法国第一。”

他的纯酒当然就是他自己酿造的白兰地了。

二十年来，这方圆十里内人们的酒瘾，一直就是靠他的纯酒和火烧甜酒来解。只要有人问他：

“图瓦纳老爹，我们喝点什么啊？”

他总是千篇一律地回答：

“来杯火烧甜酒吧，我的姑爷，这东西暖胃醒脑，对身体来说，就没有比它再好的了。”

对谁都喊“我的姑爷”，这是他的习惯，尽管他从来都没有已出嫁或要出嫁的女儿。

哈！是的，这地方人人都认识“火烧甜酒”图瓦纳，都知道他是全乡甚至全区最胖的人。他那栋房子才搞笑，又矮又窄，好像根本就装不下他。人们看他整天站在门口，都不免要寻思：他到底是怎么进去的？每当有客人光临，他都要跟着进店，因为来他店里喝酒的人不管喝什么酒，图瓦纳老爹都要多抽一点，喝上那么一小杯。

他的小酒馆名叫“会友居”，图瓦纳老爹也确实成了周边村落客人的朋友。也有人专门从费康和蒙比利埃来这儿，就为了看看他，听他讲笑话。这个胖子有能把墓碑逗笑的本事，他拿人开心又不会激怒他们，眨眨眼睛就能编撰出不可言传的故事，高兴到极致还会拍着自己的大腿狂笑，每次都会逗得别人笑个不停。还有，就是他喝酒的样子，也让人觉得好玩。别人请他喝什么酒他就喝什么酒，请他喝多少他就喝多少。他那狡黠的眼睛里总是闪着一丝窃喜的光芒，这是一种双重快乐：一是他可以敞开肚量喝酒，二是喝得越多赚得越多。

本地那些喜欢开玩笑的人就时常问他：

“图瓦纳老爹，你怎么不把大海都喝下去啊？”

他一本正经地说：

“两个原因让我做不到：第一，海水是咸的；第二，我肚子大，弯不下腰，嘴够不着，得把海水装进杯子我才能喝。”

还有，他和他老婆吵架也非常值得一听。那是一幕标准的滑稽喜剧，就算花钱买票来观赏也心甘情愿。他们结婚三十年了，几乎每天都会拌嘴。不过，每次都是他老婆真的在生气，他总是嘻嘻哈哈的。图瓦纳的老婆是个地道的乡下女人，身材很高大，走路时迈的大步子就像长脚鹬一样，又干又瘦的身体上扛着一颗怒气冲冲的猫头鹰脑袋。她的时间都花在照顾小酒馆后面那个小院子里养的鸡鸭身上了，她有本事把它们喂养得又肥又大，因为这个，她在当地家喻户晓。

在费康，有钱人家要是请客，筵席上总少不得一只图瓦纳大娘养的大肥鸡，如果没有，则代表这顿饭水准很低。

图瓦纳大娘天生的脾气不好，总是愤世嫉俗，看什么都不顺眼，全世界都让她憎恨，尤其是她的丈夫图瓦纳。他的快乐、他的名气、他健康结实的身子、他肥胖的肚子都是她憎恨的理由。因为他什么事都不用做就能挣了钱，她就骂他是废物；因为他一个人的吃喝顶得上十个人的量，她就把他叫作“酒囊饭袋”。每天她都怒气冲冲地向图瓦纳嘟囔着：

“你这样倒不如放到猪圈里更合适！一身肥肉，看着就恶心！”

她还经常指着他的脸大喊：

“就等着吧，就等着吧，一定会出点儿什么事，咱们等着瞧！你那粮食口袋一样的大肚子，早晚有一天会被撑破的。”

图瓦纳老爹每次都满不在乎地拍着自己的肚子哈哈大笑，说道：

“啊！鸡婆婆，我亲爱的芦柴棍，有本事你把母鸡也养得这么肥吧，试试看呐！”

有时候，他还会把袖子撸得老高，露出粗大的胳膊：

“瞧瞧咱这翅膀，老太婆，这才是合格的翅膀！”

酒馆里喝酒的人早就笑得前仰后合，拍桌子的，跺脚的，有人甚至往地上直吐口水，都乐得发疯了。

老婆子的气更大了，咬牙切齿地喊：

“等着瞧……等着瞧……准会出点儿什么事……粮食口袋一样的大肚子，迟早会被撑破……”

在客人的哄堂大笑中，她气鼓鼓地走了。

说实话，图瓦纳的样子的确让人吃惊。他臃肿、肥胖、满面红光，并喘息不停。死神就爱在他这样的胖子身上找乐子一样，用狡诈的诡计施展着恶作剧，让他的毁灭染上了一种强烈的喜剧色彩。死神在普通人身上显示威力的手段是：头发变白，身体消瘦，满脸皱纹以及不断的衰弱，让人不由得悲伤：“好家伙，看他都变成什么样子了！”可死神对图瓦纳的捉弄，就要让他堆满肥肉，变成令人发笑的模样，像吹气球一样把他吹大，给他超乎常人的健康外表，让他红光满面，气色绝佳。死神给普通人施展的可怕的身体变异，在图瓦纳身上变得奇特、滑稽、令人发笑。

“等着瞧吧！”图瓦纳大娘不停地嘟囔，“准会出点儿什么事。”

二

真的出事了！图瓦纳突然中风，走不了路，瘫痪在床了。他那巨大的肥胖的身躯被安置在小酒馆隔墙后面的小屋子里，以便他能听见隔壁客人的谈话，还能时不时地和朋友们聊上几句，因为他的头脑还很正常。只是他那庞大的身子动弹不得了，无法自己翻身也无法站起来，完全失去了活动的能力。起初，大家对他那两条粗腿还抱有一丝希望，以为他能恢复一些，可希望很快就落空了。图瓦纳只能一直躺在床上，他的床每星期整理一次，每次都需要找四个邻居来帮忙，抓住他的四肢把他抬起来，这样才能翻动他身下的草垫子。

但是，他依然很快乐，只是这种快乐和以往有了些不同，现在多了点唯唯诺诺和低声下气，在他老婆一天到晚的吆喝下，他就像小孩子一样害怕。他老婆整天嚷着：

"瞧瞧！这个酒囊饭袋，没用的废物，懒虫，醉鬼！这回好了，我怎么说的？出事了吧？真是太好了！"

他默不作声，只是在老太婆身后眨巴眨巴眼睛。现在他唯一能做的动作就是在床上翻个身。他管这个叫作"往北走"或者"往南走"。

现在，他最大的消遣，就是竖起耳朵听酒馆的客人聊天，听到熟悉的朋友的声音时，还会隔着墙大喊：

“喂！我的姑爷，是塞勒斯坦吗？”

塞勒斯坦·马鲁瓦塞尔回答：

“是我，图瓦纳老爹。你又能跑起来了吗？老兔子！”

纯酒图瓦纳大声回答：

“离跑还差得远呢，但我一点没瘦，身体底子好着呢！”

不久之后，他把几个要好的朋友邀请进他的小屋子，虽然别人喝酒自己只能看着，心里很不好受，但起码有人做伴了。他不停地说：

“再也喝不到我的纯酒了吧，我的姑爷！真见鬼！别的都还没什么，就是一滴酒都喝不到，真叫人难受死了！”

这时候，图瓦纳大娘猫头鹰般的脑袋就会出现在窗口，高声叫嚷着：

“瞧瞧，瞧瞧啊！这个什么也做不了的胖懒鬼，现在我还要养着他，还要给他洗，给他收拾，真跟养一头猪一样。”

老太婆走了以后，有时候一只红羽毛的大公鸡会跳上窗台，瞪着眼睛好奇地往屋里瞄一瞄，然后响亮地鸣叫一声。也有时候，一两只母鸡飞到床脚下，在地上捡食面包屑。

没过多久，图瓦纳的朋友们就不再坐在酒馆大堂里了，而是每天下午都会直接到图瓦纳的床前陪他聊天。图瓦纳这个滑稽的家伙，就算躺在床上了，也还是能给他们带来足够的乐子。这个机灵鬼，简直能把魔鬼逗笑。有三个人几乎每天都来陪他。一个是塞勒斯坦·马鲁瓦塞尔，长得又瘦又高，稍微有点驼背，像棵苹果树；一个是普洛佩斯·奥尔拉维尔，干瘪瘦小，鼻子像耗子一样尖，狡猾机灵得像只狐狸；最后一个是赛泽尔·波梅尔，从来不说话，却也能和大家一起逗乐子。

他们从院子里找来一块木板，搭在图瓦纳的床边，围坐着和老爹一起玩骨牌。每次都玩得很尽兴，有时甚至从两点一直能玩到六点。

不过很快，图瓦纳大娘就忍不住怒气了，她丝毫不能接受她肥胖的懒丈夫玩骨牌来消遣解闷。所以每次他们一开始，她就怒气腾腾地冲进来，掀翻木板，把骨牌收走，拿回大堂里。她说，养这么一个什么也不做的胖废物已经够受的了，要是再看着他这样找乐子，简直就是对她这一天到晚干活的可怜人的嘲笑。

每当这时塞勒斯坦·马鲁瓦塞尔和赛泽尔·波梅尔低下了头不说话，可普洛佩斯·奥尔拉维尔却觉得她发怒很有意思，经常找些话题来捉弄她。

有一天，他看见老婆子比以往火气都大，就对她说：

“嘿，大妈，您知道我要是您，我会怎么做吗？”

她瞪着猫头鹰似的眼睛盯着他，等他把话说明白。

他说：

“您想啊，您男人天天都待在床上，热得跟个烤炉一样。要是我呀，大妈，就让他去孵小鸡了。”

她愣住了，心想他是在嘲讽她，她狠狠地瞪了一下这个乡巴佬干瘪狡猾的脸。

奥尔拉维尔接着说：

“您哪一天给母鸡孵蛋的时候，就在他左胳膊下放五个蛋，在右胳膊下放五个蛋，我想一定会孵出小鸡的。等小鸡出壳后，您就把您男人孵的小鸡抱给母鸡领养。这样您就又多了一窝小鸡了！对不对，我的大妈？”

老太婆被这个建议惊呆了！她迟疑地问：

“这能行吗？”

奥尔拉维尔说：

“能行吗？为什么不行呢？既然能在暖箱里孵出小鸡，当然就能在床上孵了。”

她被这个理论深深打动了，便顾不上继续生气，心里盘算着这事，走开了。

一星期后，她兜了满满一围裙的鸡蛋，进了图瓦纳的小屋子。说：

“刚刚，我让黄母鸡在窝里孵了十颗鸡蛋，这十颗给你。千万要当心，别压碎了。”

图瓦纳惊慌失措，问道：

“你想干什么？”

她回答：

“让你孵小鸡呀，老废物。”

开始，他还哈哈大笑，以为是个玩笑，但后来，老太婆一个劲儿地坚持，让他也有些生气了。他极力反对，坚决不让老婆在他两条粗大的胳膊下放鸡蛋，用他的体温来孵小鸡。

但是，老太婆勃然大怒，说：

“你要是不孵小鸡，就别再想吃肉，咱们走着瞧！”

图瓦纳有点害怕，不说话了。

当听见钟响十二下后，他叫道：

“嘿，老婆子，饭好了吗？”

老太婆在厨房里嚷着：

“饭？没你的份儿，你这个胖懒虫！”

他以为她是开玩笑的，就等着，图瓦纳大娘还真的没给他送餐。后来，他一再请求、哀求，甚至诅咒谩骂，在床上失落地“往北走”“往南走”，拿拳头捶墙，但都无济于事。最后，他只能妥协，同意老太婆把鸡蛋塞进他被窝，放在他两侧的胳膊下，他这才吃上了饭。

朋友们来探望他，看见他的表情、姿势很古怪，像很受拘束的样子，还以为他生病了。

每天，和往常一样，他们又开始玩骨牌。但是，这次图瓦纳好像一点都不开心，出牌时手伸得慢极了，动作非常小心。

“你的胳膊被捆上了吗？”奥尔拉维尔问道。

图瓦纳回答：

“不是，我觉得肩膀沉死了。”

这时候，大堂里有客人进来了，他们就不说话了。

来人是村长和他的助手，他们点了两杯纯酒，就聊起了地方上的事。他们的声音很低，为了能听清他们说的事情，“火烧甜酒”图瓦纳把耳朵贴在墙上，完全忘了腋下放着的鸡蛋，突然来了一下“往北走”，身子压在了鸡蛋上。

听到图瓦纳的叫骂声，图瓦纳大娘马上跑了进来，她立刻猜到发生了什么，猛地揭开被窝。眼睛直勾勾地盯着她男人胳膊下那一片黄乎乎的蛋液，愤怒得说不出话。

她先是一动不动，火气直往上蹿。接着，她气得浑身发抖，狠扑向瘫痪在床上的丈夫，拼命地捶打他的大肚子，就跟在池塘边捶衣服一样。双手迅速交替着捶打，发出沉闷的声音，就像打鼓兔子玩具的爪子。

图瓦纳的三个朋友笑得都喘不过气来，不断地咳嗽，打着喷嚏，还叫喊着；大胖子又惊又吓，一面小心地躲避着老婆的攻击，一面又要避免压碎另一边那五颗蛋。

三

图瓦纳被彻底征服了，他不得不专心地孵小鸡，放弃玩骨牌和其他一切活动，因为他只要压碎一颗鸡蛋，老太婆就会凶狠地断绝他的饮食。

每天，他躺在床上，一动不动，眼睛盯着天花板，两条胳膊像翅膀一样微微抬起，用体温孵着那藏在白蛋壳里的小鸡。

现在，他连说话的声音都压得很低了，好像害怕动作和声音干扰孵蛋一样。而且对鸡窝里那只同样在孵蛋的黄母鸡也很关心。

他经常问老太婆：

“黄母鸡夜里吃东西了吗？”

于是，老太婆就一会儿去鸡舍看看黄母鸡，一会儿去看看他的男人，不停地往返，满脑子想的都是床上和鸡窝里将要孵出的小鸡。

本地知道这件事的人，又是好奇又是关心，都来打听图瓦纳的消息。他们像探望病人一样，蹑手蹑脚地进屋，还关切地问：

“嘿，怎么样啊？还行吗？”

图瓦纳回答：

“还行吧，就是孵着它们不太舒服，太热了！全身都像是有蚂蚁在爬来爬去。”

终于在某一天早上，他老婆十分激动地走了进来，说：

“黄母鸡孵出了七只小鸡，只有三只蛋是坏的。”

图瓦纳不由得心跳加快起来。那他这儿呢？他能孵出几只呢？

他带着一种将为人母的妇人的焦虑问：

“我这儿也快孵出来了吧？”

老太婆也很担心不成功，生气地回答：

“快了！”

他们等待着。知道时间将到的朋友们也都来了，他们也很想知道结果。

大家都在谈论着这件事，甚至还有人专门到图瓦纳的邻居家探听消息。

下午三点钟左右，图瓦纳眯眼打了一会儿盹，现在他每天差不多有一半的时间在睡觉。忽然，右臂下一阵不寻常的痒痒，把他弄醒了。他马上用手去摸，抓到了一只毛茸茸的黄色小东西，小家伙在手里不停地动。

他激动极了，大声喊叫着。从手里放下小鸡，任它在胸口跑动。大堂里早已坐满了人，听到他的声音，大家都争先恐后地跑进图瓦纳的小屋子，像看变戏法似的围在他周围。老太婆也闻声赶来，小心翼翼地把躲在丈夫胡子底下的小东西捧出来。

大家都不说话了。那是在四月里，天气温暖，从敞开的窗子传来了黄母鸡呼唤新生小鸡的咯咯声。

图瓦纳很激动，又觉得焦躁不安，身上都出了汗，他小声地说：

“现在，左胳膊下又有了一只。”

他老婆把又干又瘦的大手伸进被窝，小心仔细地像个接生婆一样抓出了第二只小鸡。

乡亲们都想看看，大家就把小鸡传来传去，认真地观察它，好像它是个小怪物一样。

之后二十多分钟，一直都没有小鸡孵出来。可后来居然有四只小鸡同时钻出了蛋壳。

在场的人都兴奋地嚷嚷着。图瓦纳也开心地笑了，对自己的成绩感到满意，并且因这奇特的父亲身份而骄傲。不管怎么说，他这样的人毕竟是很少见的，他可真是个奇人！

他高声叫道：

“一共是六只，真见鬼啊！洗礼的时候可就热闹了！”

人群爆发出一阵大笑，大厅里也挤满了人，还有人在门口等着进来。大家互相打听：

“一共是几只啊？”

“六只。”

图瓦纳大娘把孵出的小鸡给黄母鸡送去，母鸡兴奋得咯咯直叫，竖起羽毛，把翅膀张得大大的，保护着不断增多的孩子。

“啊！又一只！”图瓦纳大喊。

这次他弄错了，不是一只，而是三只！真是一场完美的胜利啊！最后一只小鸡七点半也破壳而出。十个鸡蛋竟然孵出十只小鸡。图瓦纳光荣地解脱了，他欢喜得快要发了疯。他吻着最后出生的脆弱的小东西的背，嘴唇差点把它闷死。对这个由他给予生命的小东西，他生出了母亲般的感情，想要把它留在床上，可老太婆根本不理会他的恳求，像对待别的小鸡一样把它也带走了。

围观者都很尽兴，谈论着这件稀奇的事，先后离开了。奥尔拉维尔最后一个离开，问道：

“嘿！图瓦纳老爹，等做红焖鸡块的时候，您会第一个请我的，对吧？”

一想到红焖鸡块，图瓦纳立刻容光焕发，这个大胖子马上回答：

“当然了！我的姑爷！”

一家人

一列小火车正沿着林荫大道向塞纳河岸驶去，路面扬起粉笔灰似的白色灰尘，沾在人的皮肤上，让你睁不开眼，甚至在人的五脏六腑里搅个不停。

夏天的傍晚，天气闷热。每一户人家的门口，都有出来透气的居民。车上的玻璃窗敞开着，大多数乘客都待在顶层或车厢外的平台上。一部分乘客是打扮得花枝招展的胖太太，就靠装模作样来补充缺失的高雅；另一部分乘客是面容憔悴的公务员，他们挣着可怜的薪水，却要养活一大家人。

一个矮胖子坐在车门附近。他穿着黑色服装，胸前是威武的勋章绶带，他就是海军部主任科员卡拉望先生。此时，他正在和一个瘦子聊天。那个人是舍奈大夫，他原是船上的卫生员，现在依靠浅薄的医学知识，在当地救死扶伤。

卡拉望的生活循规蹈矩，三十年来如一日。每天清晨，他都在街口买一份报纸和两个小面包，然后就像一个投案的犯人小心翼翼地走进办公大楼。他每天都心惊肉跳，总担心工作不力被领导斥责。他的生活单调，几乎没有发生变化。无论是家里还是部里，他都只谈公务。他的思维已经被烦琐的日常事务所代替，他除了工作之外，唯一关注的就是升职和奖金。

他不在乎女人的嫁妆，于是就娶了同事的女儿。时间慢慢过去，曾经的海军军需官，被称作“白铁匠”的那些人，刚调到部里就都当上了科长或副科长。而他这些年来还只是个主任职员，这让他愤愤不平。

时光飞逝，转眼间他就老了。当年在学校，他见到校长就发抖。而如今，看到上司怕得要命。这种长期战战兢兢的状态，让他形成了卑微轻浮的行为习惯，甚至说起话来都是磕磕巴巴。

作为一个巴黎人，他对巴黎的了解远不如街上瞎眼的乞丐。他一贯奉公守法，报上的政治新闻他从来不看。而那些社会消息和桃色新闻，他都嗤之以鼻，认为是胡编乱造。每天傍晚，他都要经过香榭丽舍大街，随着熙熙攘攘的人群步行回家。

这一年，卡拉望先生已经在海军部工作了三十年。一月一日那天，他被授予一枚荣誉勋章。在这样的机关里，小公务员们只要能坚持三十年，都会获得这种奖赏。从那天起，卡拉望先生便对自己刮目相看，同时也让他彻底改变了生活习惯。

每天上班，他都要穿上黑色的礼服与裤子，同时还要刮脸、修指甲、隔天换衬衫。要知道他以前是不修边幅的，而如今所做的这一切，都是出于对勋章绶带的尊重。

在家里，他总是把“我的勋章”挂在嘴边。这种极度膨胀的荣誉感，让他不能容忍任何别的勋章。他特别讨厌在小火车上碰到舍奈大夫，因为他也佩戴了一枚勋章。

每一天，两人谈话的内容都大同小异。今天他们又谈论了本地区的弊端。接着，话题被卡拉望转到了疾病方面。近段时间以来，他年近九十的母亲经常昏厥，又不肯就医。他想在不着边际的询问中，得到一次免费的诊断。

一说到母亲，卡拉望总是心潮澎湃，乐呵呵地搓着双手。这种表现主要是因为母亲的长寿，这也预示着他也会长命百岁。

“我敢肯定，不出意外的话，我也会活得很老。”他总是很自信地说。

老大夫不以为然地瞥了他一眼，随后又把目光放到了他那垂到两腿的肚子上。他一本正经地说：“老兄，这可不一定，您母亲的身体瘦弱匀称，而您却像个大皮球！”一席话，让卡拉望面红耳赤，不再言语了。

火车到站了，刚一下车，舍奈先生便邀请卡拉望到咖啡馆去喝苦艾酒。进了咖啡馆，他们看到了玩多米诺骨牌的三位牌友。大家彼此热情地打招呼，又打听打听有什么新闻。然后，牌迷们继续玩牌，他们俩喝酒。等到告别时，他们只是伸出手握别，连头都没抬。

卡拉望住在古尔博瓦广场附近，那是一栋三层小楼，楼下是一家理发店。

他的住宅有两个卧室、一个餐厅和一个厨房。屋里的摆设很简单，但卡拉望太太打扫的时间却很长。他的儿子菲力浦·奥古斯特与女儿玛丽·路易丝都很顽皮，整天和孩子们在泥坑里追逐打闹。

卡拉望的母亲住在楼上，因吝啬而远近闻名。她的脾气暴躁，每一天都要和人吵架。孩子们非常厌恶她，经常跟在她的身后，大声喊着:“老——妖——婆，老——妖——婆！”

家里只有一个专干家务的女佣，她叫罗萨莉，来自诺曼底，她毛手毛脚的习惯让人难以接受。为了防止老人出意外，罗萨莉每天都睡在老太太的床边，

卡拉望回到家中，妻子正在擦拭屋中的红木椅子。患有洁癖的她，总是戴着手套。邻居不解她的勤奋，她却自

豪地说："我虽然是穷人，也没有像样的家具，但追求洁净却是我最大的快乐。"

卡拉望夫人比丈夫小二十岁，性格倔强，家中的大小事情，均由她发号施令。无论在餐厅，还是在床上，丈夫总是看妻子的眼色行事。对于工作中的愤懑，卡拉望愿意向妻子倾诉，对她的建议更是言听计从。

卡拉望太太相貌平平，身材矮小，偏偏还不会用穿戴弥补自己的缺陷。她总爱在身上乱抓一通，也不管场合。

看见丈夫进屋，她站了起来，主动亲吻他的胡须。妻子的热情让卡拉望突然想起一件事，他又忘了妻子让他到百货店买东西的嘱托。看到丈夫惊慌的样子，妻子安慰道："明天不要再忘了。部里有什么新闻吗？"

"部里又任命副科长了。"

"是哪一科？"

"国外采购科。"

妻子大声嚷起来了："这正是我想让你得到的位子。难道拉蒙退休了吗？"

卡拉望喃喃地说："他退了。"

妻子大发雷霆："完了，彻底完了，现在是一点儿指望都没有了。"

这时楼梯口传来了吵闹声，是女儿和儿子回来了。姐弟两个在楼道里推推搡搡。愤怒的母亲冲过去，把他们俩一把推进了屋里。

看见父亲坐在沙发上，两个孩子便扑了上去。父亲搂着宝贝们亲了亲，让他们坐在了自己的膝盖上。

儿子长得很丑，头发像堆乱草，浑身脏兮兮的。女儿长得像母亲，说话也像，甚至喜欢模仿妈妈的手势。小姑娘也这么发问："部里有什么新闻吗？"

卡拉望笑着说："宝贝，我们那里又要任命新科长了。"小女孩煞有介事地说："看来又有一个人踩着你的后背爬上去了。"卡拉望收敛了笑容，岔开了话题，对身旁的妻子说："妈在楼上吗？"

卡拉望太太没好气地说："咱们来说说你妈吧。楼下博丹太太找我来借淀粉，我恰巧出去了。你妈偏说人家是要饭的，硬把人家轰走了。我回来和她发了一顿脾气，可她装聋作哑，不停地打岔。其实她根本就不聋，她觉得我的话很难听，立刻气呼呼地上楼了。"

卡拉望没有作声。女仆已经把饭菜摆好。卡拉望拿起墙角的扫帚把，捅了三下天花板，告诉母亲下楼吃饭。大家到了餐厅，卡拉望把汤分好，等了很久也没见母亲下来。妻子又抱怨起来："你瞧，她就是成心找碴儿，你却总是护着她。"卡拉望左右为难，便打发女儿去请奶奶。

门突然打开了，女儿慌慌张张地说："奶奶倒在地上了！"

卡拉望猛地蹦起来，向楼上冲去，楼梯上响起了急促的脚步声。他太太认为婆婆在胡闹，慢腾腾地跟在后面。

老太太直挺挺地躺在地上，卡拉望翻过母亲的身子，只见那张脸孔没有任何表情，双目紧闭，干瘦的身体已经变得僵硬。

卡拉望跪在母亲身边，大声哭泣着。他的妻子并不在意，非常肯定地说："别哭了，老太太只是昏过去了，她就是不想让我们吃顿安稳饭。"

夫妇二人把老太太抬到床上，和女佣一起给她按摩，可是费了半天劲仍不见她苏醒。卡拉望让女佣去请舍奈大夫。大夫认真地检查、号脉，最后严肃地说："老太太去世了。"

卡拉望扑到母亲身上，失声痛哭，眼泪就像断了线的珠子，不断地落在母亲脸上。卡拉望太太站在丈夫身后，一边小声哭泣着，一边揉着眼睛。

卡拉望的脸肿了，再加上悲痛欲绝，看起来更丑陋了。"大夫，您说的是真的吗？"他猛然站起来问道。

听他这样说，大夫连忙走过来，熟练地翻开老太婆的眼皮，仔细地瞧着。然后手指着放大了的瞳孔，遗憾地摇了摇头。

接着，舍奈大夫用力掰开老太太的手指，气冲冲地对卡拉望说：“你瞧瞧这手，放心吧，我是不会误诊的。”

卡拉望又扑到床上失声痛哭。他太太一边小声抽泣着，一边料理老太太的后事。她挪过床头柜，铺上台布，放上蜡烛。布置完灵堂之后，她就站在那里不动了。过了一会儿，在舍奈大夫的建议下，他们俩把卡拉望先生搀了起来。

坐下之后，妻子和大夫都轮番开导他。然而他们所说的那些，都是卡拉望此时最难接受的。于是，这两个人把他扶到了楼下。他坐在平时吃饭的椅子上，眼睛直勾勾地盯着餐桌上的酒杯，一句话也没有。

卡拉望太太与舍奈大夫在角落里说着话，商量办丧事的有关事宜。舍奈好像还有些期待，最后他以没吃晚饭为由要走。卡拉望太太惊讶地说：“您还没吃晚饭吗？那就留下来吧。只是我家的饭菜非常简单。”

大夫婉言谢绝了，而卡拉望太太执意挽留。“在这个时候，我们需要朋友的帮助。您好好劝劝我丈夫，让他吃一点吧，没有体力怎么行啊！”

舍奈连忙把帽子放回椅子上，说道：“真是盛情难却，那我就恭敬不如从命了。”

卡拉望太太向女佣吩咐了一番，自己也坐在了餐桌前。

有客人来用餐，主人当然也得陪着吃些东西了。

或许是饿了，他们喝光了已经放凉的汤。女佣又端上来一盘牛肚，洋葱的香味让舍奈大夫赞叹不已。卡拉望太太笑了笑，转身对丈夫说："多少吃一点吧，最起码得垫垫肚子啊，很多事还需要你呢！"

卡拉望顺从地接过餐盘，开始吃东西。现在的他已不会思考，只要是妻子的命令，哪怕现在上床睡觉，他也会立即执行。

舍奈大夫的胃口很好，他又往盘子里添了三次食物。卡拉望太太也毫不逊色，但却极力装出心不在焉的样子。

女佣罗萨莉又端上来一大盆通心粉，这让大夫眉开眼笑。卡拉望太太给每个人都盛了满满一份，小孩子的盘里也有。两个孩子一边吃一边玩闹，还趁机偷喝葡萄酒。

卡拉望太太一边吃着，一边在想着心事。她的丈夫此刻就像个智障，他把一块块面包搓成面团，摆在桌子上，两眼呆呆地望着。他疯狂地喝着葡萄酒，母亲的突然去世，让他心乱如麻，脑子里乱糟糟的。

舍奈大夫吃得很开心，一杯杯葡萄酒的下肚已经让他醉眼蒙眬。卡拉望太太依旧心事重重，尽管只是喝了几口清水，但也感到头晕目眩了。

舍奈大夫谈起了巴黎郊区几户人家死人时的情形，那些外省人还保留着乡下人的恶习。他们对死者冷漠，即便是自己的亲爹娘也不在话下。其中一户人家，老人已经咽气了，儿女们却在喝着茴香酒，而且是那样的心安理得。

然而，卡拉望太太根本没有注意到他的话，她正在为婆婆的遗产盘算着。

浓浓的咖啡端上来了，每一杯里还特意加了白兰地。喝过之后，每个人的脸上都泛着红晕，仅有的那点意识也被搅得晕晕忽忽。

最后，舍奈大夫又抓起酒瓶，给每人斟了一点白兰地。他们不再言语，细细地品着，沉湎于短暂的美食享受中。两个孩子已经睡着了，女佣把他们送上了床。

悲伤的卡拉望接连喝了几口白兰地，他想用酒精麻醉自己。然而，这几口白兰地下肚后，他呆滞的眼光竟变得有神起来。

舍奈大夫站了起来，他拉着卡拉望的胳膊，大声道："出去走走吧，不要老闷在家里。"

卡拉望听从了好友的建议，他们俩挽着胳膊，在月色中朝塞纳河走去。

在这个季节，苗圃里开满了鲜花。晚风徐徐，送来阵阵清香。宽阔的大街，已没有了白日的喧嚣。不远处，偶尔有火车的鸣笛声，显然那是一列正在疾驶的火车。

夜晚的空气吹到脸上，却不觉得凉爽。舍奈大夫趔趔趄趄，卡拉望仿佛在梦中行走，浑身软绵绵的。这种麻木状态，让他忘记了母亲的去世。在浓郁的花香中，他得到了短暂的解脱。

两人沿着桥头向右走去，岸边是挺拔的白杨，清澈的河水缓缓地流着。卡拉望停下了脚步，河岸的静谧幽深感染着他，儿时的记忆不禁涌上心头。

他仿佛看见了自己的母亲弯着腰，跪在溪边洗着衣服。他恍惚听到母亲的呼喊声："阿弗雷特，递给我一块肥皂。"这些年来，他对故乡沼泽地上的雾霭一直记忆犹新。而在这个母亲去世的夜晚，这样的流水气息，这种湿地上的薄雾，让他又回到了童年。

他静静地站在岸边，心头充满了绝望。母亲的去世，让他痛苦得难以自拔。他觉得自己的心被撕得粉碎，他的人生从此黯然失色。再也没有人和他一起回味童年，和他一起谈谈过去的琐事。

往事历历在目，他又看到了年轻时的妈妈，长年累月都穿着旧衣服。接着他又在各种场景中看到了妈妈，她那瘦小的身躯在他眼前若隐若现。他终于忍不住了，趴在岸边大哭起来，嘴里大喊着母亲的名字。

此时，醉酒的舍奈大夫显得很不耐烦。他只想尽快找一处地方，快活一个晚上。于是，他借口去看病人，自己先走了。卡拉望一直在哭，到后来已没有了泪水。

月光沐浴着大地，挺拔的白杨闪着银光。晶莹的河水像是铺上了一层珍珠，泛起层层涟漪。微风拂面，大地进入了梦乡。这柔美的夜色，让悲伤的卡拉望享受着难得的宁静，在清新的空气中，他觉得心情无比畅快。

然而，对母亲的怀念，依旧让他痛苦地呜咽。他很想让自己继续哭出来，可是已没有任何悲痛使他动情。于是他站起来，慢慢地往家走。

这一刻，他觉得自己特别孤独，希望得到同情与关心的情愫油然而生。于是，他痛苦地走进了经常光顾的咖啡馆。然而，令他意外的是，没有人在意他。他趴在了柜台上，嘴里喃喃地说："上帝啊！上帝啊！"

老板站在柜台里，打量了他一眼，问道："您怎么了？卡拉望先生？"

他伤心地说："我的母亲刚刚去世。"

对方不以为然地回应了一声。这时，一位顾客在大声要酒。老板急忙端起啤酒，迅速地跑过去，柜台前只剩下卡拉望一人。

卡拉望凑到三个牌迷跟前，他们仍在专心致志地玩牌，似乎根本就没看见他。于是他大声说："刚才我遇到一场大祸。”

三个牌友同时抬起头来，眼睛却依旧盯着手里的牌。

“什么大祸？”

“我母亲去世了。”

“噢，真可怜。”其中一个牌友露出悲伤的样子，实际上毫不在意。

第二个牌友只是摇了摇头。而第三个人，却一声没吭，那神情分明是在说：“有什么大不了的。”

牌友们的无动于衷，让卡拉望非常伤心。本想听两句关心的话，却换来了一副副冷漠的面孔。他带着些许恨意，走出了咖啡馆。

他的妻子还没有睡，正坐在矮椅上盘算着。看到丈夫回来了，她说道：“歇歇吧，咱们到床上去谈。”

他望了望天花板，说道：“楼上怎么办啊？”

“没事的，有女佣呢，你先睡一会儿，后半夜再去换她。”

不过，他怕有特殊情况发生，没有脱下衬裤就钻进了被窝。

太太突然转头问丈夫：“你妈立过遗嘱没有？”

卡拉望迟疑地答道：“我……我不清楚……她应该没有立过。”

妻子满脸怒气地望着丈夫："真是太过分了！我们辛辛苦苦服侍她十年，竟换来这样的结果。换作是你妹妹，她早就不干了。你妈怎么能如此薄情寡义呢？她应当立遗嘱来回报我们，凡是体面的人都会这样。看来我算是白忙了。"

卡拉望唯唯诺诺，不敢插话。

发了一顿脾气后，太太冷静了许多。她对丈夫说："明天清早，去通知你妹妹。"

卡拉望跳了起来："我怎么就没想到呢！天亮我就去发电报。"

处事稳妥的妻子马上拦住他："不用那么早，十一点前将电报发出就行。这样在她来之前，我们可以做个准备。只要她在上午得到消息，就不能责怪咱们了！"

这时，卡拉望低声对妻子说："应该和部里说一声吧。"部里的上司非常霸道，他一想起来就浑身不自在。

妻子厉声道："告诉他干什么？这种事即使忘了报告，也是情有可原的，正好晒晒他。"

"我没去上班，他肯定会暴跳如雷。当他得知我母亲去世后，自然就乖乖地闭上了嘴巴。"

能取笑上司一把，让卡拉望非常开心。而此时，女佣正在老太太的遗体旁酣然入睡。

卡拉望太太不说话了，一副若有所思的样子。最终还是勇敢地说了出来："那架座钟，你妈曾答应给你了吧。"

卡拉望想了想说："对，她是答应过我，那是她刚来的时候，她说只要我对她好，这座钟就给我。"

卡拉望太太的心病总算没了，脸色也好看了许多。"既然这样，咱就抓紧把座钟搬下来，免得明天你妹妹节外生枝。"

卡拉望犹豫了一下："你确定要这么做？"

太太大吼着："我当然要这么做了！只有趁早，座钟才能归我们。另外，她屋里的大理石五屉柜也说过给我，咱们也一起搬下来吧。"

卡拉望半信半疑："这可不是小事啊！"

太太怒冲冲地说："你真是个懦夫，怎么不为了孩子们考虑呢？难道想让他们饿死吗？那些东西既然答应给我们了，那就是我们的。你妹妹有怨气尽管冲我来。好啦，我们赶紧去搬东西。"

卡拉望哑口无言，乖乖地下了床。夫妇二人穿着内衣，悄悄登上楼梯，蹑手蹑脚地走进屋里。老太太依旧直挺挺地躺在那里，灵前只有四根燃着的蜡烛。罗萨莉睡得很香，正轻轻打着鼾。

卡拉望赶紧抱起座钟，这是一件很奇特的艺术品。座钟上有个少女铜像，手里拿着一个接球玩具，那个球就是钟摆。

"座钟给我，你去搬大理石柜。"太太连忙说。

他咬紧牙关，好不容易才把大理石柜面扛到肩上。

夫妇二人搬着东西往外走，卡拉望太太一只手抱着座钟，一只手端着蜡烛给丈夫照路。回到房间，她对丈夫说："我们把剩下的也搬过来吧。"

五屉柜里都是老太太的衣物，这让他们很犯愁。突然，卡拉望太太灵机一动，对丈夫说："你把客厅边的箱子搬过来，它不值钱，也很宽敞。"

木箱搬来了，他们把老太太的所有衣物全都从五屉柜里掏出来，然后又逐件地放到木箱里。

装完了衣物，他们先搬抽屉，接着搬柜子。关于位置的摆放，两人商量了很久，最后决定放进卧室里。

看着精美的五屉柜，太太满心欢喜，马上将自己的衣物放了进去。座钟摆在餐厅的壁炉上，夫妇俩欣赏了很久，觉得都很满意。然后两人吹灭了蜡烛，上床休息了。

天光已经大亮，卡拉望睡醒了。当他想到母亲已经去世，胸口就像挨了一记重拳。他急忙上楼，罗萨莉还在呼呼大睡。他打发女佣去干活，自己拔下了燃尽的烛台，端详着母亲的遗容。

忽然，他听见太太在喊他。原来太太开了一个清单，都是上午要做的事。于是，他戴上帽子出门了。老太太去世的消息已经传开了，邻居纷纷登门，对死者表示哀悼。

几位老太太轻轻地走进灵堂，她们跪在灵前，默默地祈祷着。然后她们半张着嘴，久久地望着遗体。这时候，死者的儿媳妇忙用手帕捂住脸，看起来非常伤心。

她刚要转身下楼，忽然看见一双儿女正在门口观看。她急忙扑过去，大声吼道："看什么，还不快滚！"

过了不久，卡拉望太太又带了另一批女士上楼。同样的动作，同样的程序。当她发现两个孩子仍跟在身后，便狠狠地给了他们两巴掌。可到了第三次，她就再也没有精力去管了。两个调皮孩子就跟在母亲身后，认真地模仿着她的言行。

到了中午，吊唁的妇女逐渐减少了。又过了一会儿，就再也没有人上门了。卡拉望太太赶忙回到自己的房间，开始为出殡做准备，而死去的老太太只能孤零零地躺在楼上了。

玛丽·路易丝与菲力浦·奥古斯特又跑到街上去了，他们很快就被一群孩子围住。其中一个小女孩一本正经地问道："你祖母去世了吗？"

"是的，昨晚死的。"

"死人是什么样子？"

玛丽·路易丝详细地解说着，孩子们非常好奇，都想上楼亲自看一看。

玛丽·路易丝很快就组织了第一批参观者，他们都是年龄最大的，也是最有胆量的。他们都脱掉鞋子，蹑手蹑脚地爬上楼梯。

一溜进房间，玛丽·路易丝就模仿母亲的样子，认真组织吊唁仪式。当孩子们洒完圣水后，就挤成了一团，怀着害怕而又兴奋的心情观看死者的遗容。这时，玛丽·路易丝突然用小手捂着眼睛，假装哭了起来。过了一会儿，她突然想起门口还有等着参观的小朋友，脸上的悲痛立刻烟消云散了。

于是，第二批来了，第三批又来了，而每一次玛丽·路易丝都把妈妈的动作表演得惟妙惟肖。

孩子们累了，逐渐散去。楼上那位孤单单的老太太，又被人遗忘了。闪动的烛火，照耀在老人布满皱纹的脸上，房间里冷冷清清。

晚上八点，卡拉望来到楼上，关好窗户后，又换上了蜡烛。这一次，他的心态平静，没有痛哭流涕。令他惊奇的是，母亲的尸体没有丝毫腐烂的迹象。吃晚饭时，他把这个现象告诉了太太。太太没好气地道："她就是根木头，保存一年都没问题。"

在沉默中，他们把汤喝个精光。两个孩子早已经疲惫不堪，坐在椅子上睡着了。

突然，灯光变得暗了，油灯发出咝咝的声音，最后熄灭了。如果这时去买灯油，晚饭就耽误了。还是卡拉望太太果断机智，她唤醒了熟睡中的女儿，让她到楼上拿两支蜡烛下来。一家人就在黑暗中等待着。

小姑娘一步步来到楼上，几秒钟之后，她疯狂地跑下来，脸色苍白，哆哆嗦嗦地说“爸爸，奶奶在穿衣服！”

“什么？你说什么？”卡拉望猛地跳了起来，结结巴巴地问道。女儿吓得浑身颤抖，“奶……奶奶正在穿衣服……就要下来了。”

卡拉望大步冲上楼梯，后面跟着惊慌的太太，然而到了房门口，他却不敢进去了。胆大的太太一把推开他，率先进了屋。

昏暗的烛光下，一个瘦削的身影在晃动，老太太已经站在地面上了。

原来她从昏迷中苏醒后，就尝试着用胳膊撑起身体，然后吹灭了灵床边的三支蜡烛。当她有了足够的气力时，便下床寻找自己的衣服。五屉柜的消失，让她很惊讶。最终，她在木箱中找到了衣物。穿好衣服后，她倒掉了盘子里的水，将椅子搬回原位。正要下楼时，儿子与儿媳推门而入。

卡拉望冲过去，一把抓住母亲的手，含着眼泪亲吻她。

“真是太好了啊！”他太太无可奈何地说。

老太太面无表情，好像什么也不知道似的。

她那僵硬的身子就像石雕，冷冷地问道：“晚饭准备好了吗？”

儿子还没回过神来，含糊地答道：“早好了，就等您呢。”接着，他笑呵呵地挽住母亲的胳膊，他太太则在前面端着蜡烛引路。

刚到二楼，就撞上了要上楼的人。原来卡拉望的妹妹和丈夫布罗到了。

这个女人腆着大肚子，上身往后仰着。眼前的一幕，让她魂飞魄散，拔腿就跑。她的小个子丈夫倒是见过世面，不慌不忙地说：“她怎么又活过来了？”

卡拉望太太连忙摆手示意，大声说着：“你们怎么来了，真是没想到！”

受到惊吓的妹妹听不懂弦外之音，大声说：“不是你们发的电报吗？我们还以为老太太不行了呢。”

布罗在后面掐了她一把，连忙说：“你们盛情邀请，我们自然赶过来了。”当老太太下到最后两级楼梯时，他赶紧迎上去，拥抱着她，对着她的耳朵大喊道：“您的身子还是那么结实啊！”

看到死去的母亲站在面前，卡拉望的妹妹浑身发软，甚至不敢去亲吻自己的母亲。她直愣愣地站在楼梯口，因为肚子大，别人都无法从她身边经过了。

老太太非常纳闷，她扫视着身旁的每一个人。看得出，她在想着什么。

卡拉望赶紧解释："母亲确实有些不舒服，不过现在都好了，您说是不是啊？"

老太太一边走，一边轻轻地说："我确实是晕了，但是你们做了什么，我都听到了。"

一时间，气氛非常尴尬。大家坐在餐桌旁开始吃饭，因为是临时准备，饭菜都很简单。

这时，门铃响了起来，女佣来找卡拉望。布罗奇怪地说："这么晚了，您还有客人吗？"卡拉望吞吞吐吐地说："是我订的货送来了。"

女佣将一包东西送到卡拉望手中，他连忙拆开，原来是印着黑框的讣告，他急忙揣进了自己的马甲。老太太没有注意这一切，两眼死死地盯着座钟，屋里的气氛更加尴尬了。

老太太把脸转向自己的女儿，对她说："下周把你的女儿带来，我想见见她。"

女儿眉飞色舞，连忙说："好的，妈妈。"身旁的卡拉望太太顿时脸色惨白，差点昏倒在地。

两个男人聊得正欢，他们正在进行一场严肃的政治论战。突然，房门开了，舍奈大夫从外面走进来。屋内的一切，让他大吃一惊，随后马上平静下来。

他凑到老太太身旁，笑嘻嘻地说："您今天的气色不错啊，我就知道您一定会康复的。”他又拍了拍老太太的后背，“您这身子骨，就像巴黎的新桥一样结实。”

他坐下来，接过女佣手中的咖啡，也加入了两个男人的争论。老太太累了，卡拉望赶紧搀扶着她。临走之前，老太太对儿子说：“请把我的五屉柜和座钟搬回去吧。”

儿子结结巴巴地说：“放心吧，妈……”不等他说完，老太太挎着女儿的胳膊上楼了。

卡拉望夫妇的美梦全部落空，望着母亲的背影，他们呆若木鸡。而此时，他们的妹夫则得意扬扬地搓着双手。

卡拉望太太恼羞成怒，她扑向妹夫，大喊着：“你这个流氓，你是无赖，我要吐你一脸口水……”布罗不理不睬，笑眯眯地喝着咖啡。

这时，布罗太太回来了，卡拉望太太又冲着小姑子撒泼。这一对姑嫂势均力敌，在房门口互相破口大骂。

舍奈大夫和布罗上来劝解。妹夫布罗把老婆推出房门，朝她大骂道：“你这头蠢驴，你叫得太猖狂了。”

到了街上，这夫妻二人还在争吵。

舍奈大夫趁乱匆匆告辞。卡拉望夫妇垂头丧气，相视无语。

卡拉望瘫软在椅子上，他一边擦拭额头的冷汗，一边喃喃地说：“我该怎么向科长解释呢？”

一个农庄女工的故事

一

刚刚吃过午饭，农场的工人就忙着到地里干活。偌大的厨房只剩下一个年轻健壮的姑娘，她是女佣萝丝。此时，她正从锅里舀水，慢腾腾地洗着碗筷。天气很热，家禽饲养场的腥臊味、牲口棚里升腾的热气，都随着半开的房门飘进来。

洗完碗筷后，萝丝开始擦桌子，最后又将这一大堆餐具搬到了里屋的架子上。突然，她感到有些头晕，不得不坐下来。身旁的泥地散发着难闻的气味，她拖着绵软的身躯，来到了厨房门口。

萝丝闭着眼，享受着阳光的抚慰。一股暖流在全身慢慢游走，让她感到非常舒服。

门前的马粪堆上趴着一群母鸡，在它们中央，站着一只威风凛凛的公鸡，它可以随心所欲地向每一位异性求欢。

看着慵懒的鸡群，女佣什么也没有想。远处的苹果树上，洁白的花朵竞相怒放。一匹小马从她身旁疾驰而过，在那栽满树木的水沟旁撒着欢儿。萝丝也想活动活动，迟疑了片刻后，她停住了脚步，闭上眼，静静地伫立在阳光下。过了一会儿，她将鸡棚里捡出的鸡蛋，放到了厨房的柜里。厨房里的气味实在令人作呕，她索性来到外面的草地上。

院子四周长满了挺拔的树木，草丛郁郁葱葱，黄色的蒲公英宛如晶莹的小灯。苹果树的倒影在烈日下缩成一团，房脊上的狗尾草微微冒着热气。

女佣来到停放车辆的厂棚，在一个长满堇菜的坑边停住了脚步。紫色的小花正在开放，清香四溢。她将一捆干草扔到坑里后，便坐了下来。她真的有些累了，于是把干草铺开，枕着自己的胳膊甜甜睡去。恍惚中，她觉得有双手在抚摸自己。萝丝一跃而起，原来是农庄的工人雅克。这个年轻人一直在追求萝丝，他在羊圈里看到萝丝睡着了，便动起了歪脑筋。

萝丝力气大得惊人，一个耳光就让雅克跪地求饶。看到她认错，姑娘的心软了，因为她也喜欢雅克。就这样，坐在干草上聊了起来。也许是心有灵犀，他们的谈话亲切热烈。萝丝心潮澎湃，眼眶湿润。雅克蠢蠢欲动，身体不断靠近姑娘，难以遏制的欲望让他再次亲吻萝丝。结果，又遭到一记重拳，鼻子流出了鲜血。

他倚在树下，为自己止住了血。萝丝有些慌乱，连忙问道："打疼你了吧？"雅克笑着说："不疼，你可真厉害！"这一拳，让他清醒了许多，不得不重新审视眼前这位女佣。

经过这一次，雅克决定出去走走，因为他实在是害怕再挨揍。这时，萝丝主动挽住他的胳膊，柔声地说："你这样粗鲁，是瞧不起我啊！"

雅克面带愧色，极力为自己辩解。

"你愿意娶我吗？"萝丝突然问道。

雅克一时语塞，他偷眼望去，身边的这位姑娘让他意乱情迷。他凑到姑娘耳边，温柔地说："我愿意娶你！"

萝丝欣喜若狂，她紧紧搂住雅克的脖子，深情地和他吻了起来。从那以后，农庄多了一对恋人。他们在偏僻的角落里约会，在柔美的月光下缠绵，甚至在吃饭时也用脚在桌下面碰来碰去。

一段时间后，雅克开始躲着萝丝，什么话也不和她说。萝丝深感疑惑，也十分担心，因为她已经怀孕了。一天深夜，她赤着脚闯进了雅克居住的马棚。

发觉萝丝进来，雅克心惊肉跳，一个劲地假装打呼噜。愤怒的萝丝怎会轻易罢手，不停晃动他的身体。

雅克坐了起来，他故作镇定，大声问道："这么晚了，你要干什么？"

"干什么？我要你娶我！娶我！"萝丝大声吼着。

此时，雅克也不再掩饰。他笑着说："我玩过的女人多了，难道都要娶回家吗？"

萝丝简直就要疯了，她一把掐住雅克的脖子，大喊着："我的肚子这么大了，你让我怎么办？"

黑夜中，昔日的恋人已经反目成仇。最终，雅克气力不支，结结巴巴地说："我答应你，我娶你。"

"你明天就到教堂发公告。"

"好的，没问题。"

"你向天主发誓！"

"我向天主发誓，一定娶你为妻。"

萝丝的怒气稍稍平息了一些，她什么也没说，转身离开了。

在接下来的几天，她再没看到雅克，马棚的门也一直锁着。

一天清晨，厨房里多了个陌生的工人。萝丝感到不妙，简单地询问后，得知雅克果然离开了。

萝丝悲痛欲绝，躲到自己的房间里放声大哭。她开始小心翼翼地打探消息，却一无所获。

二

自从雅克走后，萝丝就像变了一个人，每天只知道不停地干活。她心中只有一个念头，就是不能让人们知道自己怀孕了。

每个清晨，她都要早起一会儿，对着镜子查看自己的腰身。白天，她也经常放下手里的活，观察隆起的肚子是否将围裙顶得太高。

几个月后，萝丝几乎变成了另外一副模样，目光呆滞，行动迟缓。她不再开口讲话，也听不清别人说的是什么。教堂里，她极力逃避神父睿智的目光。饭桌上，伙伴们一个无意的眼神也会令她惊恐万状。

一个早上，邮差给她送来一封信。她很紧张，因为从来没有人给她寄过信。她把信件揣在兜里，稍有空闲就拿出来看看。她希望这是雅克的消息，可是自己不识字，只能暗暗着急。最后，一名小学老师帮她弄懂了信上的内容。原来萝丝的母亲已经病危，希望她尽快赶回去。

萝丝将家中的不幸告诉了农场主。主人通情达理，同意她立即返家。可她刚刚到家，母亲就去世了。倍受打击的萝丝，在第二天突然早产，生下一个怀胎七个月的男孩。孩子瘦得皮包骨，小手不停地抽搐着。大家都对孩子失去了信心，可他却顽强地活了下来。

萝丝谎称已经结婚，但不能将孩子带在身边。好心的邻居同意收养，这让她非常感动。

在萝丝的心中，升起了对生活的渴望，一种前所未有的爱恋正在悄然滋长。这种爱，让她的内心得到慰藉，但也时刻折磨着她。作为一个母亲，她多想抱抱自己的儿子啊！晚上干完活，萝丝就默默地坐在炉火前，望着火苗发呆。人们都说她害了相思病，也有人问她什么时候结婚、生孩子。每每听到这些，萝丝就心如刀绞，躲起来偷偷地哭泣。

为了减少思念的痛苦，萝丝拼命地干活。由于她的勤奋，致使一个女工被辞退。与此同时，她把农庄的生意做得风生水起。凡经她手卖出的产品，无不是好价钱，向农庄出售物品的农民也不敢在她面前耍花招。农庄主乐不可支，将采买、调度、粮油等事宜全部交给她打理。没过多久，她就成了农庄不可缺少的大管家。她的聪慧节俭，让农庄的收入逐步攀升。

尽管得到百姓和东家的赞誉，但萝丝的工资却丝毫没有提高。

每个月，她都可以为农庄多赚五十到一百埃居，而她每年的工资仍是二百四十法郎，这让她非常伤心。

她曾三次面见主人，想提出涨工资的要求。可一到他面前，就不好意思再提了。一天，主人独自在厨房吃饭，她怯生生地告诉他想和他谈谈。农场主惊讶地抬起头，两眼直盯着她。萝丝心慌意乱，连忙说自己不舒服，想回家休息几天。主人爽快地答应了，随后又莫名其妙地加了一句，“回来后，我也想和你谈一谈。”

三

孩子快一岁了，小家伙长得胖嘟嘟的，非常可爱。萝丝扑了上去，紧紧地抱住自己的儿子，亲个不停。小孩子吓得哇哇大哭，因为他根本就不认识自己的亲娘。

没过多久，孩子便和她熟悉了，望着她咯咯地笑。萝丝抱着儿子在田野里奔跑，无尽的痛苦和思念在这疯狂中消失殆尽。树荫下，她搂着心爱的儿子。尽管孩子什么也听不懂，母亲还是将自己的喜怒哀乐一股脑儿地倾诉给他。

接下来的几天，萝丝给儿子洗澡、换衣服，甚至是接屎端尿，尽情享受着作为母亲的快乐。望着熟睡的儿子，她总觉得是在梦里。为了他，自己所承受的一切都是值得的。

萝丝含着眼泪回到了农场，刚一进屋就被主人叫了过去。

“请坐下吧。”农场主说道。

萝丝在主人的身旁坐下来，两人低着头，谁也不说话，就像一对没有见过世面的乡下人。

农场主今年四十五岁，前两任夫人都已病逝。素日里洒脱健谈的他，此刻竟是满脸通红。最终，他鼓起勇气，结结巴巴地说出了自己的想法。

“萝丝，你没想过要成个家吗？”

女佣的脸色苍白，就像死人一样。农场主继续说道：“你是个好姑娘，谁能娶到你，一定会幸福的。”

萝丝低头不语，心中一片茫然，她猜不出主人要说什么。农场主停了一下，接着说：“这么大的农庄需要一个女主人，哪怕有你这样的女佣，也是不行的。”

萝丝似乎感觉到什么，两眼充满惊恐地望着他。足足五分钟，他们都在沉默着。

“你同意吗？”农场主终于忍不住了。

“东家，您是什么意思啊？”萝丝可怜巴巴地问道。

“当然是嫁给我啦！”东家脱口而出。

萝丝猛地从椅子上站起，随后又瘫坐下来。她浑身颤抖，一句话也说不出来。

“你倒是说句话啊？”农场主急不可耐地问道。

萝丝战战兢兢地抬起头，眼里满含着泪水。她哽咽着说：“我办不到！真的办不到！”

“为什么？”东家有些生气了，“你再好好考虑一下，明天我等你回话。”

走出屋门，农场主如释重负。他深信女佣一定会答应他的求婚，对她而言，这是天大的好事。况且他们之间也不存在门当户对之说，在乡下，雇工成为主人的例子屡见不鲜。

萝丝拖着疲惫的身躯回到屋里，脑子里一片混乱。她呆呆地坐在床边，甚至忘记了哭泣。面对主人的求婚，她心惊肉跳，难以抉择。

房间里寂静无声，萝丝第一次觉得这样恐惧。座钟又在打点，每一次都让她不寒而栗。蜡烛早已熄灭，萝丝的神志渐渐变得混乱起来。这是乡下人常有的怪病，他们一旦觉得自己有了灭顶之灾，就要不计后果地逃避。

猫头鹰凄惨地叫着，萝丝从床上一骨碌爬起来，不停地摸着自己的脸，又疯狂地抚摸全身。此时的萝丝，好像失去了控制，茫然地走下楼去。屋外月色依旧皎洁，为了不被人撞见，她匍匐在地，向前爬行，直到空旷的田野。她开始漫无目的地奔跑，长长的身影在月色中寸步不离。农庄里的一只恶狗跳过沟壕扑了过来。疯狂的女人猛然回头，骇人的吼声令它望风而逃。

东方已隐约发白，繁星也在悄然逝去，枝头的鸟雀叽叽喳喳地叫着。萝丝大口喘着气，肿胀的双脚让她步履艰难。太阳穿透云霞，将耀眼的光芒洒向四方。在一个池塘前，萝丝终于停住了脚步。

她坐在池塘边的草地上，脱下了笨重的靴子，又扒掉袜子。她将红肿的小腿伸入水中，轻轻地闭上了眼。一股清爽的感觉传遍全身，她痴痴地望着这片水塘，一种强烈的念头在脑海中闪现：葬身水底，就是最好的解脱之法。此时，她顾不得孩子，她累了，需要永久的安宁。

萝丝慢慢地站起来，举着双臂，朝前走去。水已没到大腿了，一阵钻心的疼痛突然从踝骨处袭来。她惨叫一声，忙跑回到岸边。原来从她的膝盖到脚尖，密密麻麻的蚂蟥正在吸食她的血液。她不敢去碰，撕心裂肺的哀号引来一位赶车的老农，他帮萝丝把蚂蟥一条条捉下来，然后驾车把她送回了家。

萝丝足足躺了半个月，身体刚刚有些起色，农场主就来找她。

“我先前说的那件事，考虑得怎么样了？”

萝丝极力避开他的眼睛，吃力地说：“主人，我不能答应你。”

农场主大发雷霆："为什么？为什么不能答应我？"

萝丝泣不成声，嘴里不停地念叨着："我没法答应你，我真的没办法。"

农庄主盯着她的脸，大声嚷道："你是不是心里有了别人？"

萝丝面红耳赤，吞吞吐吐地说："也许是吧。"

农场主气急败坏，指着萝丝的鼻子大喊着："臭婊子，你终于承认了！快说，你看上了哪个混蛋？"

萝丝低着头，一声不吱。

"既然你不好意思，就让我替你说吧，是不是若望·博迪？"

萝丝大声否认："不是他，真的不是他！"

"那么就是皮埃尔·马丁啦？"

"也不是的，主人。"

他一口气说出很多小伙的名字，但都被萝丝逐一否认。突然，他大叫着："我想起来了，是雅克，去年逃跑的那个雇工。人们都说你们俩要结婚了。"

萝丝呼吸急促，满脸通红。她大喊着："不是他！不是他！"

她的异样，让农场主疑窦丛生："你说的是真的？"

"真的，我可以向您发誓……"

农场主打断她的话，继续质问道："你们经常躲到偏僻的角落里，吃饭时，他也与你眉来眼去。告诉我，你是不是真的喜欢他？"

萝丝抬起头望着东家，一脸无辜："我们之间是清白的，绝不是您想的那样。我可以发誓，即便他今天向我求婚，我也会拒绝的。"

萝丝信誓旦旦的表白，让农场主半信半疑，他实在想不出萝丝拒绝的理由。但不管怎样，一个女佣竟然不愿意嫁给东家，其中必有蹊跷。

"你真的不愿意吗？"农场主不甘心，又问了一遍。

萝丝含着眼泪，轻声说："是的，东家。"

农场主转身离开了，萝丝紧绷的神经总算能放松一下。身心疲惫的她，吃过晚饭，就上床休息了。

半夜，一个黑影悄悄潜入萝丝的房间，在床边不停地摸索着。萝丝被弄醒了，很快，她就看出黑影是东家。农场主轻声地说："不要怕，我只想和你说几句话。"说罢，他开始往萝丝的被窝里钻。

赤身裸体的萝丝浑身颤抖，她明白主人的用意，不断反抗着。然而，她的反抗并不坚决，因为她还要极力遏制内心汹涌的本能。她需要强大的意志力自保，而她偏偏又是个性格软弱的人。她的脸躲避着农场主的吻，身子在被窝里轻轻地扭动着。渐渐地，她没了力气，萝丝不再抵抗了，只是用双手蒙住了自己的脸。

从那一夜起，他们便同居在一起。

一天早上，农庄主对她说："我已经在教堂公布了结婚预告，我们下个月举行婚礼。"

萝丝沉默不语，事已至此，她还能做些什么呢？

四

婚后的每一天，都让萝丝忐忑不安。她总觉得丈夫是被骗来的，迟早有一天会真相大白。她惦记着远方的孩子，每一年都要回去两次，而每次回来，都让她更加难过。

时间在一点点过去，孩子已经六岁了。萝丝的伤痛已渐渐平复，而她的丈夫却开始闷闷不乐。这几年来，他好像一直在担心什么。他有时双手捧着头，望着远方发呆。他和妻子说话，总是带着火气，好像有什么偏见似的。

邻居家的孩子来取鸡蛋。萝丝忙得不可开交，对那孩子有些冷淡。她的丈夫突然蹿到近前，大声嚷道："如果他是你的孩子，你会这样做吗？"

听他提起孩子，萝丝大惊失色。她默默地走回屋里，种种忧虑涌现在心头。晚饭时，丈夫好像非常厌恶她，竟没有说一句话。吃过饭，她便借故溜了出来。

她一直朝教堂跑去。圣体前的长明灯已经点燃，那昏暗摇曳的烛光，给了她无限的希望。萝丝凝神注视着它，虔诚地跪在地上。她急于见到神父，因为心头的负荷已压得她喘不过气来。

神父正在吃晚饭，他好像知道萝丝的来意，慢条斯理地说："你想说的事，你的丈夫早就告诉我了。"

萝丝万分绝望，几乎坐立不稳。神父慈爱地望着她："孩子，你想怎么办呢？"

可怜的萝丝不再说话，更不敢提出任何请求，转身离开了神父的家。

"要勇敢些……"善良的神父一再叮咛着。

回到家中，丈夫正怒气冲冲地等着她。萝丝不由自主地跪下来，失声痛哭："您为什么要这样对我？"

"为什么？"男人骂骂咧咧地嚷道，"就是因为你不能生孩子。母牛不下崽，一文不值。女人没孩子，也是一文不值。娶了你，真他娘晦气！"

她哭得更厉害了，嘴里不停地重复着："这不是我的错！不是我的错！"

农场主的脸色缓和了许多，他愤愤地说："我知道不能全怪你，但这毕竟不是什么好事。"

五

萝丝想生个孩子，已经是家喻户晓的事了。夫妻二人为了实现愿望，真是煞费苦心。

起初，萝丝按照女邻居的方法，每天让丈夫喝一杯放了炉灰的开水。农场主欣然接受，然而喝了一段时间后，没有任何效果。

不久，他们又打听到十法里外的一个放羊人能治此症。农场主亲自驾着车，前来讨药。善良的老人给了他们一块画满符咒的面包，又特意在里面掺了草药。面包吃光了，可萝丝的肚子依旧没有任何动静。

一位教师自告奋勇，向他们提供了怀孕的秘方，但还是不能奏效。

万般无奈，教父为他们指明了出路——到费冈朝拜圣血。萝丝怀着无限的挚诚，跟着信众在修道院跪拜。尽管此行吃了不少苦，但依然是白费力气。

萝丝日渐憔悴，她的丈夫也没有了往日的神采。随着希望的不断破灭，农场主的脾气变得格外暴躁，整日和妻子吵个不停，甚至疯狂地打她。他把一切罪过都归于萝丝，是这个不争气的婆娘让他断子绝孙。

一天夜里，他又对萝丝大发雷霆。因为已没有更好的折磨方法，他就强迫妻子起床，站到外面去淋雨。萝丝不从，农场主的拳头便像雨点一样落在她的头上。倔强的萝丝一声不吭，一动不动。他恼羞成怒，用膝盖顶住萝丝的肚子，劈头盖脸地打了起来。

萝丝忍无可忍，拼尽全身力气，将丈夫推到了墙边。她猛地站起来，大声喊道："我生过一个孩子，是和雅克生的。他说要娶我，后来却弃我而去。"

农场主惊讶万分，一下子愣在那里。他结结巴巴地问道："你说什么？再说一遍！"

萝丝哭得好伤心，她哽咽着说："当初我不愿意嫁你，就是这个原因。我不敢说出真相，怕你把我赶走。你没有孩子，是不懂这些的。"

农场主越来越惊讶，他喃喃地说："你竟然有个孩子？你竟然有个孩子？"

萝丝继续哭诉着："我当时根本就不想嫁给你，是你硬要娶我的，这就是全部的真相。"

农场主点起蜡烛，在屋子里踱来踱去。突然，他来到妻子面前，一本正经地说："看来咱们没有孩子，问题真的出在我这儿。"萝丝没有回答。

他走来走去，似乎在思考什么问题。

"那小孩几岁了？"他问萝丝。

“六岁了。”

“为什么不早说呢？”

“我怎么敢对你说呢？”

农场主的脸色好了许多，他对妻子说：“别再跪着了，起来吧！”

萝丝扶着墙勉强站了起来，这时，她丈夫突然开怀大笑起来，笑得那么开心。他见妻子一头雾水，连忙解释说：“既然我们生不出孩子，那就把那个孩子接过来吧。”

萝丝简直不敢相信自己的耳朵，她在怀疑丈夫是不是疯了。农庄主走过来，神秘地说：“我曾找过本堂神父，要他帮我领养一个孤儿，这回好了，我有孩子了。”

他喜笑颜开，抱住萝丝亲个不停。他高喊着：“孩子他妈，给我弄些菜汤，一锅我也喝得下。”

萝丝穿上裙子，在厨房里忙碌着。身旁的丈夫手舞足蹈，嘴里一个劲儿地念叨：“我今天真是太高兴了，这不是在说着玩儿，我是发自内心的高兴！”

修软椅的女人

——献给莱昂·埃尼克

德·贝尔特朗侯爵举行了庆祝打猎开禁的家宴，现在宴会已经接近尾声。十一位将要进行狩猎的男士和八位少妇及一位医生围坐在一个灯火灿烂又摆满新鲜的鲜花和水果的桌前。

人们谈论的话题突然转到爱情上来，立刻引起了热烈的讨论，讨论关于爱情一个亘古不变的话题：一个人一生只能认真地爱一次，还是可以爱很多次？

每个人都举出例子进行辩论，有的人坚持真爱只有一次，也有人举出不同的例子证明人只要遇到轰轰烈烈的爱情就会立刻坠入情网。但总的来说，男人们认为爱情如同疾病一样，可以对一个人进行多次的袭击，即使遇上困难，也会排除万难地置人于死地。这一观点无可厚非，但女人们往往是感性而非理性的，在她们看来，真正的爱情一生只有一次，它就像霹雳一样，一旦一颗心被它击中，便会燃烧到只剩下灰烬，任何其他的爱情，无论多么强烈，都无法重新开始。

一生中有过无数爱情经历的侯爵非常反对这种想法，他反驳说：

“我和你们说，人可以用尽心力地爱上很多次，你们举的那些为唯一的爱疯狂的人的例子真是荒谬，我可以肯定地说，那些人只要没过做出自杀的傻事，还能从头再来的话，那他们就可以痊愈，重新再爱，这样一次又一次地再爱，直至他们死亡。多情人就像酒鬼，喝过还想喝，那么多情人就是爱过还想爱。这其实是一个人的本性使然。”

他们让医生做仲裁，这位医生曾在巴黎行医，现在年纪大了荣归故里。

但医生并没有直接表明态度，只是说：

“这问题正如侯爵说的那样，是本性使然。我曾知道一段维持了五十五年的爱情，直至死亡才将这段爱情结束。”

侯爵夫人连连鼓掌，她兴奋地说：

“这段爱情太美了，如果有这么一段爱情将是怎样的完美啊！五十五年间一直活在这样美好的爱情之中将是怎样的幸福啊！一个男人可以得到这样的爱岂不是上辈子修来的福分。”

医生微微一笑：

“没错，那被爱的的确是个男人，你们也都认识，就是镇上的药剂师舒凯先生，而那女人则是那个每年都来镇上修软椅的老妇人。我仔细和你们讲讲他们的故事。”

女人们顿时失去了兴趣，脸上摆满了厌烦，仿佛在说：“呸！”好像爱情只适用于有教养、有地位的人，因为只有这些人才值得别人感兴趣。

医生接着说下去：

三个月前我被叫到老妇人那儿时，她已经快不行了。她是前一天坐着自己的马车来到我们镇子的，那马车也充当她的房子。拉车的那匹老马大家都再熟悉不过了。跟着一起的是她养的那两只大黑狗，既是她的朋友，也是她的保镖。我到的时候神父也在那里，我们是去那里帮她落实遗嘱的。为了让我们明白事情的来龙去脉，老妇人向我们讲述了她的一生，这段经历是我见过最离奇、最感人也最让人心酸的故事了。

她父母就是修软椅的，她一生中从未有过一个固定的居所。

她从小到处流浪，为了温饱跟着父母的“房车”四处奔波。每到一个村镇，他们都会在村口停下，放马吃草，放狗闲逛，而小女孩便在草地上玩耍。他们一家人几乎不怎么交流说话，要说也只有那听惯了的吆喝“修椅子喽！”

然后便是默不作声地搓麦秸、修椅子。小女孩如果跑得太远，或是和男孩子玩耍时，父亲就会生气地大喊:“快回来!臭丫头。”这是她听到的来自父亲最慈爱的话了。

等她大一点时，父母便让她负责去收破椅子，这样她认识了这个村那个镇的几个男孩子，但这时就轮到那些男孩子的父母叫骂了:“死小子，快回来，你和小叫花子有什么可玩的!”

小男孩欺负她，经常朝她扔石头。

当然也有太太可怜她，偶尔会给她几个苏，她都小心地攒起来。

她十一岁那年路过我们小镇，在公墓边玩耍的时候看到了小舒凯在哭，当时小舒凯被几个男孩子欺负，还被偷走了两里亚。在她愚昧无知的贫困小女孩眼里，有钱人家小少爷们都应该是开心快乐的，所以看到小舒凯哭，她便心软了起来，一冲动就把她好不容易攒下的钱都给了小舒凯，小舒凯抹干了眼泪，开心地收下了。这时她太高兴了，大着胆子抱住小男孩亲了一口，小舒凯还沉浸在钱失而复得的喜悦之中，便没在意。小女孩看见人家没推开她也没打她，便把小男孩搂在怀里结结实实地又亲了一下，之后就害羞地跑开了。

这个傻乎乎的小脑袋里想的是什么？她把自己和那个

小男孩联系起来，不过到底是因为她把钱都给了那个小男孩，还是因为她的初吻送给了他，小女孩也不得而知，也是个无解之谜。

此后好几个月，小女孩天天想念着公墓边的小男孩，为了再见到小男孩一面，她开始偷父母的钱，从修椅子来的钱里，从买东西的钱里，这里抠一点，那里挤一点，积攒起来。

等到她再去那里时她已经攒下了两个法郎，可惜的是她只能透过老舒凯药房的窗户看到小舒凯，他全身穿戴得干干净净地坐在桌子旁，一边是红色的短颈大口药瓶，一边是泡着绦虫标本的大瓶。

色彩艳丽的药水，闪闪发亮的玻璃瓶，都让她觉得神奇极了，让她着了迷，对小舒凯的喜爱也越来越深。

她对小男孩的记忆更加深刻了，一直潜藏在她内心深处。第二年小女孩在镇学校后面又遇见小舒凯，他正和朋友玩打弹子的游戏，她兴奋地扑上去拥抱他，却把小舒凯吓得直叫，为了安抚小舒凯，她把自己攒下的三法郎二十生丁都塞给他。小男孩目瞪口呆，这对他们来说可是一大笔钱了。

小舒凯把钱收下，就任由小女孩亲吻他。

之后的四年间女孩把自己积攒的所有钱都给了舒凯，

他也心安理得地揣进了自己的口袋，而作为回报，女孩可以亲吻他。有一次是给他三十苏，有一次是两法郎，有一次是十二苏（她伤心地哭了，既难过又觉得丢脸，可没办法，那年境况很差），最后一次是五法郎，一枚圆圆的硬币，小男孩高兴得嘴都合不拢了。

她心里只想着男孩，男孩也期盼着她来，一看到她来，就兴奋地跑去迎接她，小姑娘的心就怦怦地跳个不停。

后来男孩不知道去哪儿了，原来是他家里人把他送去读中学了。女孩很机灵，打听到了这件事后，就要尽心机让父母更改了行进路线，恰好等到学校放假的时候才赶到这里。她为了说服父母，花了整整一年的时间，所以这时她已经两年没和男孩见面了。男孩变化很大，人长高了不少，相貌也愈发得俊朗，穿着学校的制服，连纽扣都是金灿灿的。她几乎都认不出他来了。男孩没和她打招呼，装作不认识她，心高气傲地从她身边走了过去。

她为此哭了整整两天，从此以后她整日牵肠挂肚，痛苦不已。

之后每年她都会来到镇上，经过舒凯的面前，却又不敢和他打招呼，而舒凯也不屑搭理她。但是她仍疯狂地爱着他，她和我说："医生先生，他是我在世间见到的唯一的男人，我也不知道这世上还有没有像他这样的男人。"

父母去世后，女孩继承了他们的手艺，还是修软椅，不过原来只养一条狗，现在却养了两条，这两条狗都非常厉害，没人敢招惹。

她心里一直惦记着这个小镇，她还是疯狂地爱着男孩。有一次，她又来到镇上，看见一位少妇挽着舒凯从药房走出来，原来她爱的男人已经结婚了，那女子是他的妻子。

当晚她就绝望地一头扎进了镇政府前的池塘里，不过一个深夜还在外面游荡的醉汉救了她，把她捞上来送到了药房。舒凯给她做了急救，他还是装作不认识她，帮她擦干了身子，接着骂道："你疯了吗？犯傻也不应该是这样子啊！"

但这对她来说就足够了，因为舒凯和她说话了，她为此开心了好长时间。

她本想给舒凯付酬金，可舒凯却没要。

她这一生就这样过去了，修椅子时总会想起舒凯。每年她都会来到镇上，透过窗户偷偷地看他。有时她也会去买些药，这样，她可以走到近前看到他，又可以和他说说话，更可以像以前那样给他钱。

就像我刚开始说的那样，她是在今年春天去世的。她把自己这一辈子的爱情史原原本本讲给我听之后，她请求我把她这一生的积蓄都转交给舒凯——这个她一生始终不渝热爱的人。她说，她这一生的拼死拼活都是为了那个她爱了一生的男人，宁可饿肚子也要挣钱攒钱，这样她才能放心，在她死后，舒凯能至少再想起她一次。

她交给了我两千三百二十七法郎，请求我转交给那个男人。她咽气之后，我留给神父二十七法郎来处理这个老妇人的后事，剩下的钱就都拿走了。

第二天，我就找到舒凯家，他们夫妻俩刚吃完饭，两个人都很胖，满面红光，身上都散发着淡淡的药味，神气极了，就像他们有多厉害一样。

他们请我坐下，为我斟了杯樱桃酒，我便向他们讲述起那段感人的爱情故事，我本以为他们会很感动。

谁知，舒凯一听那个修椅子的、坐个破车四处流浪的邋邋遢遢的女人竟然觊觎他，气得直跳脚，仿佛这样的事是在侮辱他的人格，玷污了他的名声一样。

他的妻子听到也怒不可遏，嘴里一直说着："这荡妇，这荡妇，这荡妇！"除此之外再没有别的言辞了。

舒凯气得在桌子边踱来踱去，对我说："怎么会有这种事，这对于男人来说是多么可悲的事，要不是她死了，我一定让宪兵把她抓进监狱，让她一辈子都出不来！"

我一时吓到了，有些目瞪口呆，没想到事情会发展成这样，一时间也不知说什么好。但受人之托总要办到，于是我说："她请求我将她毕生的积蓄交给你，一共是两千三百法郎，不过你既然如此愤慨，那我还是捐给穷人吧！"

舒凯夫妇惊呆了，直愣愣地看着我。

我把钱拿出来，这些可怜的钱什么国家的都有，什么标志的都有，有金币，有只值一苏的小硬币。然后我问道："你们想怎么处理？"

舒凯太太说："既然这女人有这样的遗愿，我们也不能违背不是。"

舒凯有些许难为情和心虚，他接着说："我们还是可以用这些钱为我们的孩子做点什么的嘛。"

我淡淡地说："你们想怎样就怎样吧！"

舒凯接着说："既然她要给我，那您就交给我吧，也许我可以做些善事。"

我放下钱，转身就走了。

第二天舒凯来找我，说："那……那女人不是还有一辆车吗，您打算怎么处置？"

"没打算怎么处理，如果你想要就带走吧！"

"太好了，我倒是不嫌弃，我正好可以在菜园里做个棚子。"

舒凯乐呵呵地转身要走，我叫住了他："她还留下了一匹马、两只狗，你也要吗？"他一愣，说："这我就不要了，我要来也没用，您看着办就是了。”他笑嘻嘻地向我伸出了手，我和他握了握。又能说什么呢，毕竟一个镇上住着，他是药剂师，我是医生。

我留下了那两条狗，神父家有个大院子，就领走了那匹马，老妇人的马车被舒凯做成了棚子，至于那笔钱他们夫妇买了五份铁路债券。

这是我见过的最感人的爱情了。

医生讲到这儿就停了下来。

侯爵夫人已经泪流满面，她叹息着说：“看来，只有女人懂得何为真爱。”

珠 宝

在副科长家的晚宴上，朗丹先生结识了一位美丽的姑娘。从那以后，她便令朗丹先生魂牵梦绕，一发不可收拾。女孩的父亲曾是税务官，可惜早已去世。为了能找到好婆家，母亲特意将她带到了巴黎。

日子虽然过得很苦，但母女俩为人正派，稳重而又亲切。年轻的姑娘温柔典雅，宛若一块璀璨的水晶，闪耀着迷人的光芒。她的微笑如蒙娜丽莎般唯美，无数的男人喜欢她，追求她。大家都在称赞她，都想看一看是哪个幸运的人，能娶到如此完美的女子。

朗丹先生当时是内政部的主任科员，年轻有为，每年的薪水也在三万五千法郎以上。他的一片痴心打动了姑娘，有情人终成眷属。

婚后，漂亮的太太显露出高超的治家本领，小日子过得红红火火。她对丈夫体贴入微，家中事无巨细，都是太太亲自操劳。六年来，他们的婚姻稳如泰山，丈夫对妻子的迷恋更是与日俱增。然而，太太痴迷戏剧表演，又爱收藏假珠宝，这让他不太满意。

只要当地有精彩的戏剧演出，太太总要拉着丈夫去看，也不管他工作有多累。渐渐地，这种行为让朗丹先生不堪重负。他向妻子提出建议，应该找一个既懂戏剧又能送她回家的女伴。起初，妻子很不高兴，但架不住丈夫的一再恳求，最后终于答应了。面对妻子的通情达理，朗丹先生万分感动。

戏剧给了妻子满足与快乐，但朗丹先生惊讶地发现，每次妻子看戏都要精心打扮自己。尽管质朴简约的服饰没有变，含蓄优雅的气质亦如往常，但耳朵上的坠子、手指上的戒指、脖子上的项链却在不断增多。她的丈夫对这种嗜好不以为然，经常委婉地规劝她："一个女人尽管没有真正的珠宝，但她的高雅与风韵却是价值连城的珍品。"

面对丈夫的良苦用心，她总是淡淡一笑："谁让我有这个缺点呢？你就多多体谅我吧，有哪个女人不喜欢真正的珠宝呢？"很多时候，她一边摆弄那些珍珠项链与宝石，一边啧啧赞叹道："多么精湛的技艺啊，简直和真的一模一样！"朗丹先生对此总是付之一笑。

晚上，当夫妻俩在火炉旁卿卿我我的时候，她就把那个摩洛哥产的小皮箱端出来，那里面全是丈夫眼中的假货。

当她在赏玩的时候，眼睛里竟闪现出一种难以言表的情愫。她坚持将一串项链挂在丈夫的脖子上，这么做的目的只是让自己开怀大笑，然后就抱着他狂热地亲吻起来。

一个冬夜，当她从歌剧院回来时就感到全身发冷。一连几天，剧烈的咳嗽让她饱受煎熬。一个星期后，她因肺炎去世了。

痛失爱妻，朗丹先生伤心欲绝，不到一个月的时间，他的头发全都白了。妻子的音容笑貌深深地刻在他的心头，一想到往昔的恩爱，他便以泪洗面。即便是在上班时，如果对妻子的思念之情泛滥，他也不顾及同事的嘲笑，趴在桌子上痛哭失声。

随着妻子的去世，朗丹先生的日常生活越来越拮据。以前那些高档的餐饮、服饰，突然间离得好远。他深感疑惑：同样是那么多薪水，为何在自己手里就如此艰难呢？他真是佩服妻子的治家本领，于是不由得更加怀念她了。

朗丹先生开始为钱奔波，最后竟靠借债维持生活。一天早上，他发现口袋里已分文皆无。迫于无奈，他决定变卖财产，尤其是妻子精心收藏的那些假货，因为它们已经成为怀念爱妻的最大障碍。

他在妻子留下的假珠宝中翻来翻去，琳琅满目的首饰让人难以取舍。就在妻子去世的前几天，她还在往家购买这些便宜货。最终，朗丹先生决定卖掉那串大项链。它的工艺看起来不错，妻子生前也是非常喜爱。

他鼓起勇气，走进了一家珠宝店。

“先生，您看这件东西值多少钱？”朗丹先生红着脸说。那人接过项链，举着放大镜细细地看着，眼睛不时地扫视这位潦倒的男人。不一会儿，他又叫来一个店员，小心翼翼地鉴定着。

朗丹先生显得局促不安，正当他要表白项链不值钱的时候，珠宝商开了口：“您这件项链价值一万二千法郎。”

他一时间愣在那里，过了好一会儿，他才吞吞吐吐地说：“您没有说错吧？”老板很不高兴，冷漠地回答着：“我最多可以出一万五千法郎，你若不同意，就到别的店看看吧！”

朗丹先生心乱如麻，拿不定主意。他将项链收好后，匆匆离开珠宝店。走在街上，他开始埋怨自己，真应该将项链卖给那个老板，这种不识货的家伙太难找了。

他来到了和平街街口，走进另一家珠宝店，然而老板的回答更是让他大吃一惊。

“这是我们店卖出的项链，原价两万法郎，我愿意出一万八回收。”

朗丹先生瘫软在椅子上，他结结巴巴地说：“先生，您再好好瞧瞧，这项链是真的吗？”

珠宝商有些愤怒，当他问清朗丹先生的姓名住址后，便开始查阅账簿。在其中一页纸上，赫然写着：殉道者街十六号，朗丹太太收，一八七六年七月二十日。

朗丹先生觉得自己快要疯了。这时，珠宝商客气地说：“如果您愿意将项链放在店里，我可以给您开收据。”

这一次，他没有拒绝。出了店门，他径直朝前走，却发现自己走错了路。他转过身来往回走，当过了塞纳河，发现自己还是走错了。他心乱如麻，搞不清究竟是怎么回事。以自己的财力，妻子绝买不起这么贵重的首饰，她也不敢去偷，应该是别人送的。送东西的人是谁呢？馈赠的理由又是什么呢？

他呆呆地站在马路中间，心如刀绞。妻子早已有了情人，这些珠宝就是那个情夫送给她的，她自己口中的便宜货，竟然全是货真价实的宝贝。一瞬间，他觉得头晕目眩，随即就昏倒在大街上。

朗丹先生被好心人救了下来，回到家里，他趴在床上号啕大哭。也不知过了多久，他在疲惫与伤心中沉沉入睡。早上醒来，他向上司请了假，那串充满耻辱的项链，令他如鲠在喉。他思虑再三，决定先将此事办好。

大街上，阳光明媚。当他与那些悠闲自在的路人擦肩而过时，一种异样的思绪在心中涌动。有钱人的生活真是舒服，可以为所欲为，可以寻欢作乐。他更加坚定心中的想法，要尽早卖掉项链，一万八千法郎可不是个小数目！

来到和平街旁的珠宝店，他又犹豫了，那种无以言表的耻辱令他举步维艰。一连二十次，他都差点走进店里。肚子又在咕咕地叫了，可口袋里分文皆无。他猛地把心一横，一口气冲进了珠宝店。

珠宝商笑脸相迎，伙计们也都围拢过来，嘴角边挂着某种神秘的笑意。事情进行得很顺利，当朗丹先生在收据上签完字后，一沓崭新的钞票摆在了他的面前。

他刚要扭身出门，却不由自主地停了下来。他红着脸，低着头，嗫嚅地对着店主说："我还有……还有一些首饰……都是从同一个人那儿得到的，您还能继续购买吗？"

店主爽快地答应了，一个伙计捂住了嘴，迅速地跑了出去。另一个则使劲擤着鼻子，免得自己笑出声来。不到一个小时，朗丹先生就返回到珠宝店，那个小箱子里装满了镯子、耳坠、戒指、项链等贵重的首饰。这时候，饥饿与脸面已经不足挂齿了，他所关心的就是这些珠宝的价格。他不停地跟老板讨价还价，甚至为了几个法郎吵得面红耳赤。

经过好一番磋商，这些珠宝卖了十九万六千法郎。

珠宝商意味深长地说："这些首饰的女主人，一定是把所有的积蓄都用到这里了。"

朗丹一本正经地回答道："这确实是一种攒钱的好方法。"

到了街上，高耸的旺多姆纪念柱令他倍感兴奋，一种攀缘而上的冲动油然而生，仿佛自己轻盈一跃，就可以跟纪念柱顶端伟大的拿破仑雕像一决高低了。

他到佳邻饭店吃了午饭，喝了一瓶二十法郎的葡萄酒。吃完饭，他乘坐马车到布洛涅树林去兜风。一路上，他恨不得对所有人高喊："我是个有钱人，拥有二十万法郎！"

接着，他又来到了内务部，趾高气扬地向科长辞了职。同事们羡慕不已，都知道他继承了三十万法郎的遗产。

晚饭，他选择了美国咖啡馆。面对身旁的绅士，他主动表白自己是个拥有四十万法郎的富翁。他又满心欢喜地看了先前自己讨厌的戏剧，随后，在妓院里快活了一宿。

半年后，朗丹先生又结婚了。这位新太太恪守妇道，但那怪异的性格却令他叫苦不迭。

一个儿子

春天，为万物带来了勃勃生机。花园里，彩蝶纷飞，鸟语花香。一条幽静的小路上，两位慈祥的老人信步走来。他们谈吐儒雅，步履轻盈。两个人声名显赫，且相交多年。一个是参议院议员，一个是法兰西学院的院士。

拂面的春风让人觉得无比惬意，他们边走边谈，坦诚地交换着意见，说的最多的还是同僚的是非功过。因为在这个圈子中，最讲究人的品格德行。

他们在一个圆形的花坛前驻足，挨挨挤挤的桂竹香散发着浓郁的芳香。一大片五颜六色的鲜花正在竞相怒放。最惹人注目的是那棵挺拔的金雀花树，一簇簇金黄的花朵在枝头上轻轻摇曳，细微的花粉在和风中翩翩起舞，将那沁人心脾的馨香散播到四面八方。

望着美丽的金雀花树，参议院议员顿生感慨。他深情地说：“这些细微的种子，随风飘到千里万里外，在陌生的土地上生根发芽，开花结果。”

微风轻拂，金雀花树的香气更加浓郁。参议员继续说道：“老朋友，您看这棵树，从来不去关心种子落到何处，没有任何负担地繁衍着后代。”

“我们人类何尝不是如此。”院士插了一句。

参议员接着说：“很多时候，我们也对亲生骨肉置之不理，但至少我们知道他们在哪儿。”

院士若有所思，他缓缓地说：“多情的男人们，总是在不经意间播下种子。那么多找不到父亲的孩子，几乎都是他们的杰作。金雀花树算不出自己有多少后代，同样，我们也难以清楚地知道和哪些女人发生过亲密关系。

“您敢说没有哪个女人曾怀上过您的孩子吗？谁能保证您的儿子不会流浪街头，为非作歹呢？谁又能保证在风尘中任人蹂躏的女子不是您的女儿呢？”

参议员轻轻点了点头。

“您是知道的，那些妓院中的女子总要生下一两个孩子的，但孩子的父亲是谁，连她们自己也说不清。父亲是谁呢？就是我们这些有身份有权势的人。每当我们酒醉狂欢之后，总要在女人身上发泄欲望，没人会指责这种行为。街上的小偷、流氓、无赖几乎都是我们的儿子。

“我曾有过一段不堪回首的经历，这件事让我无限愧疚与自责。疑惑猜忌与进退两难纠缠在一起，叫我不知如何是好。”

院士的坦诚，让参议员很感动。他拉着老朋友的手，坐在树旁的长椅上。

“那年我二十五岁，和一个朋友徒步旅行，如今他已是国务参事了。我们从布列塔尼出发，不到半个月，就走遍了北滨海省。在杜瓦尔奈内稍作休息后，沿着特雷帕塞湾走了一天。在拉兹海角，我的同伴变得非常虚弱。在那样的苦寒之地病倒，是非常危险的。第二天下午，我们勉强到了奥迪叶纳。他的身体稍有起色，我们便急着赶路。到了拉贝桥，我的朋友浑身瘫软，实在走不动了。我把他背到旅店，从坎佩尔请来的医生不能确诊，只告诉我他在发高烧。”

“老朋友，您去过拉贝桥吗？”

参议员微笑着摇摇头。

“从拉兹海角到莫尔比昂这一大片区域，依然保留着布列塔尼的传统习俗，而拉贝桥是最具布列塔尼风情的城市。直到今天，这个城市都没有任何改变。我为什么说直到今天呢？因为我每年都要到那里去一次。

“我们住的那家旅馆，有一位十八九岁的女仆。她是布列塔尼典型的美女，身材高挑，蓝色的大眼睛闪动着灼人的光芒。每一天，她都会准时端汤送药。认识久了，我便时常戏弄她。对此，她从不生气，只是莞尔一笑。我很想和她说句话，可惜她不懂法语。

“一天夜里，我在走廊里遇见了那个姑娘。我心血来潮，从后面一把搂住她的腰，将她迅速地抱进我的房间。小姑娘脸色煞白，惊恐地望着我。她不敢呼喊，因为没有人会相信她。如果惊动了老板，她只能被辞退了。

“其实我只是想戏耍她一下，可有那么一刻，我改变了主意，最终粗暴地占有了她。

“在接下来的日子，她总是躲着我。朋友康复了，我们又将开始新的旅程。就在动身的前一晚，她闯进我的房间，满眼泪水。那一夜，她无法对我倾诉衷肠，只能用尽女人特有的方式来表达心中的爱恋。

“没过多久，我就把这份露水情缘忘得一干二净。三十年过去了，我从没想起过这件事，也没再到过拉贝桥。”

参议员静静地听着，始终没有说一句话。

“一八七六年，我被派到了布列塔尼进行考察。于是，我第二次来到了拉贝桥。一切并没有太大的变化，只是我曾经住过的旅馆比以前气派了许多。店老板对我很热情，我便主动向他提起三十年前发生在这里的事。

“没等我说完，老板就接过话茬：‘原先的老板就是我的父亲。记得当时您的房间在走廊尽头，您那生病的朋友住在临街的那间。’这一刻，我才清清楚楚想起那个曾经苦苦爱着我的年轻女仆。

“我小心翼翼地询问：‘您还记得当年那个勤快的小女仆吗？她对我们照顾得很好，有一双美丽的蓝眼睛。’老板不假思索地说：‘是有一个，可在你们走后不久，她因为难产死了。对了，那个捡粪的瘸子就是她儿子。’说完，他的右手指向了马棚。

“我笑了起来：‘这个丑八怪可不像他的母亲，他的父亲一定很难看吧。’店老板耸耸肩，严肃地说：‘没人见过他的父亲，那女人到死也不肯说。这么文静的女子，竟然悄悄怀了孕，真是令人难以置信。’我心头一颤，连忙向那瘸子再次看去。他刚刚给马匹打完水，拎着水桶一瘸一拐地走着，那条短腿似乎非常吃力。他身上的衣服破烂不堪，早已看不出原来的颜色，一绺烂草般的黄发胡乱地搭在肩上。

“我依然住在原来的那间客房。这一夜，我一直在想着那个令人厌恶的瘸子。他真是我的儿子吗？难道是我害死了那个姑娘？我一定要查清楚，只要差上两个月，我就心安理得了。

“第二天，我让女仆把那个瘸子带过来。他直挺挺地站在我面前，两只脏兮兮的大手一直摆弄着帽子。他不说话，只是咧着嘴傻笑。我发现在他笑的时候，嘴角与眼角真像他的母亲。

“店老板给我拿来了出生证明，他是在我到拉贝桥之后八个月零二十六天出生的。证书上写着‘其父不详’，母亲是让娜·凯拉代克。我的呼吸变得急促起来，我清楚地记得自己是什么时候来的。望着眼前这个牲口一般的可怜虫，我一句话也说不出来。

“我久久地坐在河边，苦苦地追问自己：你究竟是不是那个孩子的父亲？我反复回忆、计算，最终，我还是得出了最不愿接受的结论：他就是我的儿子。我没有吃晚饭，早早地躺在房间里。已经午夜了，我还是没有睡去。朦胧中，我看到那个白痴冲我傻笑，大声叫着爸爸。后来他又变成了野狗，凶狠地撕咬我的双脚。不一会儿，他又跑到法兰西学院我的那些同事面前，他们在开会裁定我是否是他的生父，其中一人大嚷着：‘看看这个怪物多像他的父亲。’我大叫着，从梦中醒来，全身已是大汗淋漓。

“星期日，我在他出去做弥撒前给了他五法郎。他心惊胆战地接过钱，然后又咧嘴笑了起来。临走前，他嘴里不停地嘟囔着，想必是对我的感谢。傍晚，我和老板谈起了他。我非常巧妙地表达了我的同情，并说愿意为他做些什么。

“老板并不领情，劝我打消这个念头。在他看来，我的任何投入只能是一厢情愿，因为他一文不值。

“晚上，那个混蛋喝醉了酒，用铁锹打伤了马，还想用火烧掉马棚。折腾够了，就倒在泥泞的院子里睡着了。第二天，老板恳求我别再给他钱。因为他有钱就会喝酒，酒醉后就胡作非为。

“我把自己关在房间里，暗中观察他。我想找到我们之间相似的地方，因为他是我的儿子。终于，我在他的鼻根与前额依稀看到我的影子。这让我心里有了些许安慰。为了避免人们的猜疑，我给老板留了一笔钱，让他好好照顾这个可怜的孩子。

“已经六年了，这件事一直萦绕在我的心头。每一年，我都不由自主地来到拉贝桥，因为他毕竟是我的儿子。我总想帮助他，却又无从下手。每次回来，我都痛苦万分。

“有时候，我想送他去读书，可他是个无可救药的白痴。我曾偷偷地给过他一些钱，每次都被他买酒喝个精光。我托人给他做了件新衣，可没过几天，又被他换酒喝了。

“我给过旅店老板很多钱，拜托他好好照顾这个孩子。我的行为让老板非常不解，他对我说：‘我钦佩您的善良与执着，但您所做的一切，只能毁了他。他只要过得好点，就会寻衅滋事，无法无天。应该像对待牲口一样，不能让他舒服。现在，被遗弃的孩子有很多，您若不介意，我可以为您介绍几个。’这番话，令我哑口无言。

“在这件事情上，我是如履薄冰。如果这个白痴知道事情的真相，一定会死死地缠着我。当他开口叫爸爸的时候，我也就身败名裂了。我也时常责怪自己，是我害死了他的母亲，让他在马棚里屈辱地活着。如果我能及时出现在他身边，他一定是个正常的人。

“他有我的血统，是我的亲生骨肉。他的弱智，也许就是我们家族的遗传。每当我想到他所面对的那一切，真是心如刀绞。我很痛苦，总是想再看看他。无数次，我站在那扇窗户前，默默地望着他翻动马棚里的粪便。那是我的儿子啊，我真想跑过去亲吻他……”

望着泣不成声的老朋友，参议员轻声安慰着：“别难过，今后我们就为那些可怜的孩子做些什么吧！”

微风中，高大的金雀花树轻轻摆动，枝头上散发着沁人的芳香。参议员无限感慨地说：“二十五岁，人生最美好的季节，哪怕当初是多么的荒唐……”

恐 惧

那是一个漆黑的夜晚，火车正在疾速行驶。

车厢里只有两个人，对面的老先生一直盯着门外，似乎有什么心事。月亮早已无影无踪，也看不到星星。列车中热浪翻涌，让人窒息难受。

火车从巴黎出发已行驶了三个小时，此刻正在开往法国中部。

突然，车窗外出现了一个奇异的景象。树林里燃起了熊熊大火，旁边站着两个衣衫褴褛的穷人，他们的脸被火光映得发红。周围好像是舞台的布景，树木透着浅淡而发亮的绿色，强烈的火光在树叶中流动。转眼间，窗外又是一片黑暗。

我不禁怀疑起来，他们是谁？为什么在森林里点火呢？

邻座掏出怀表，对我说：“现在是半夜十二点，我们遇到了怪事。”

我表示赞同，于是我们开始谈论这两个人，是歹徒销毁罪证还是巫师在炼制秘药？我们实在猜不透他们在干什么。邻座这位老人，看起来学识渊博，但神经好像不太正常。

谁又能说得清呢？理性的人往往被误认为愚蠢，而疯子却被称作天才。

他说道："就在刚才的几分钟里，我有一种似曾相识的感觉。当地球的奥秘逐渐被我们了解的时候，人的想象力就会变得匮乏。您不认为，没有幽灵的黑夜还有新奇可言吗？

"而我，相信神奇。每一个守旧派的人，都不喜欢刨根问底地探求，他们能适应周围的环境，对肤浅鲁莽的论断不予理会。

"诚然，否认看不见的东西就会限制了人的想象力。今天的地球变成了空荡荡的世界，令人拥有美好的信仰已不复存在。

"我喜欢晚上出去，希望感受到心惊胆战的恐惧。这种感受会让人做出很多怪异的事情。我深信那些看不到的神秘东西，人们在黑暗中是能感觉得到的。

"从前的夜晚凶险无比，那些丑陋凶恶的生命在四周游荡。人们无法知晓它的形状，吓得浑身发抖，它们具有超乎我们想象的强大力量。

"人们对于看得见的危险会感到惊恐万分，但这些都无法与恐惧相提并论。

“举个例子吧，如果让我们单独去刚才看到的树林，你一定会为火光中出现的怪人而战战兢兢，却不会害怕林中潜伏的某种危险。”

他又喃喃地说：“人们只会对看不到的东西感到恐惧。”

我突然想到屠格涅夫给我们讲的故事，那一天我们都在福楼拜家。

这位俄国的大作家善于心理描写，他笔下的离奇故事为读者呈现出光怪陆离的世界。

那天，他也慨叹：“人们只有对不理解的东西才感到恐惧。”

他说得很慢，却更富有感染力，低沉的话语带着犹疑。

他讲了这件事：

他在年轻的时候，在一个森林里打猎。在黄昏时候来到了一条平静的小河旁。河水潺潺流过，碧绿的水草在水面上轻轻飘荡着。

高大健壮的猎人，是游泳的好手。他迅速地脱去衣裤，跳进了水中。他漂在水面上，清闲自在，水草轻轻抚摩着皮肤，让他非常惬意。

突然，一只手在拍打他的肩膀。

他大吃一惊，回头一看，一个恐怖的怪物正在贪婪地看着他。

看不出它像女人还是母猴，一张扁脸堆积着皱纹，两个乳房一样的东西在胸前耷拉着，乱蓬蓬的棕色头发围在面孔四周。

屠格涅夫疯狂地向岸边游去，但那怪物游得更快。它一边冷笑着，一边触碰他的身体。年轻人吓坏了，到了岸上，径直冲进树林。那怪物尾随着他，发出低沉的叫声。他吓得魂飞魄散，快要倒下了。

这时，一个放羊的男孩子跑过来，拿着鞭子抽打着那个怪物，它痛苦地逃走了。

她是一个得了疯病的女人，几十年来一直住在这里，靠牧人的施舍过活。

屠格涅夫接着说："我从来没有那样恐惧过。因为我根本不知道它是什么。"

邻座的老人听完后，意味深长地说："是啊，人们总是对不了解的东西恐惧。当恐惧和迷信夹杂在一起，人们才会真正体会到什么是惊恐。其实原因很简单，然而看起来真是太蠢了。

"那时我在布列塔尼地区独自徒步旅行。菲尼斯太省真是太荒凉了，那里除了有土地长着荆豆，就只有大石头了，怪异的，有鬼魂出没的石头。我去过很多阴森凶险的地方，脑子里装满了传说和故事。

“我当晚从潘马尔施去阿贝桥，一路上都能看到海。涌起的浪花犹如愤怒的野兽，不断冲击着岸边的礁石。我在一家小吃店用过晚饭，就沿着荒凉而笔直的大路继续前进。

“一块块高耸的巨石不断出现在路旁，它们像幽灵一样，让我产生莫名的恐惧。这种感觉就像晚上被鬼魂附体，让人心脏剧烈地跳动着。呵，那种感受真令人怀念。

“黑夜中，看不到前路的尽头。周围寂静无声，只有在我身后怒吼的大海。海浪涌着泡沫在平原上奔驰，这恐怖的场景让我很想逃跑。

“海风不断吹来，四周发出咝咝的声响。我走得很快，觉得浑身发冷，恐慌让我在颤抖。

“天太黑了，根本看不清前面的路，我真希望能有个人和我说说话。

“突然，远处传来车轮的滚动声。我以为来了一辆车，可接着就没有任何声音了。

“很快，我又听到了同样的声音，更近了。但是我看不到一丝光亮。他们没有点灯，也许因为是在荒野吧。我暗自思忖着。

“声音变得尖细，断断续续。在这寂静的夜里，我没听见马蹄声。这让我很疑惑。

“声音越来越近，让我萌生恐惧，一种愚蠢的、难以想象的恐惧。只有车轮声没有脚步声、马蹄声，这到底是什么呢？

“它已经近在咫尺了，恐惧促使我跳进路旁的沟里。这时，我看见一辆独轮车从我眼前疾驰过去，但没有人推它。

“我跌坐在草地上，心脏剧烈地跳动着。滚动声虽已渐渐消逝，但我仍一动不动，我真的害怕它会返回来。

“过了很久，我的心才平静下来。我只能继续赶路，但是一点点响动就会让我惊恐万分。

“我当时吓得要命！后来我明白了，大概是一个孩子光着脚推着车。”

他沉默了一会儿，又接着说：“现在正有一个极其可怕的状况，那就是霍乱的蔓延。当你感觉车里弥漫着石灰酸气味的时候，霍乱就已经来了。

“霍乱正在土伦横行，那里的人都已惊慌失措。因为霍乱不止是疾病，更是不可见的灾难，就像邪恶的精灵。

“土伦城里的人们在街上跳着舞，城郊的百姓在田野点起篝火，乐队还在演奏着欢快的乐曲。

“在这样凶险的日子怎么还要这样？这是因为它在那里。人们通过跳舞、欢笑、呼喊、奏乐，在向霍乱示威。人们看不到它，却无时无刻不在承受它的威胁……”

奥尔拉

五月八日

多么美好的一天！阳光明媚，巨大的梧桐树将整栋房子遮挡得严严实实。整整一个上午，我都躺在房前柔软的草坪上。我爱这片土地，喜欢这里的生活，因为我的根已深深地扎在这里。

我在这座房子里长大，站在窗边向外望去，便可看见塞纳河沿着我家花园缓缓流过。这是由鲁昂流向勒阿弗尔的一段，河面宽阔，来往的船只穿梭不停。

河岸的左面就是鲁昂城，一望无际的蓝色屋顶、众多高耸着的钟塔依稀可见。每个早上，钟声伴随着凉爽的晨风，由远及近，传到我的耳旁。

中午十一点，一艘驳船拖着长长的船队，从我家栅栏前驶过。驳船很小，在滚滚的黑烟中痛苦地轰鸣着。两艘英国双桅帆船紧随其后，红色的旗帜在风中轻轻摇摆。接着是一艘漂亮的巴西三桅帆船，它的全身雪白，在阳光的照射下闪闪发光。

五月十二日

这几天我一直在发烧，感觉不太好，情绪日渐低落。我一直在想，究竟是什么让我由喜悦变得失望呢？也许这种神秘的力量就隐藏在空气中，与你我寸步不离。

我醒来的时候满心欢喜，真想高歌一曲。为什么？我说不清。我在河边散步，在回家的路上却倍感伤心，好像有不幸的事在等着我。这又是为什么呢？

或许是因为一个冷战，它掠过我的皮肤，触碰了敏感的神经。或许是变幻的流云与日光打乱了我的思绪。在我们身边，有太多看不到、认不出、说不准的东西。难道就是它们对我们的感官、思想和心灵产生了无法解释的影响吗？

看不到的一切带给我们无尽的迷惘，因为我们无法用感官探测到它们的存在。可怜的眼睛既看不到另外星球上的居民，也看不到水滴中的生命。耳朵也是一个骗子，它们只是把空气的振动变成了声音……我们的嗅觉更是不值一提，引以为荣的味觉也只能辨别葡萄酒的年份！

真希望能拥有更多的器官，这样我们就能发现周围更多的奥秘了。

五月十六日

我一定是病了！本来好好的身体却不断发烧，情绪焦躁不安，大难临头的感觉越来越明显。这种预感足以表明我已染上了一种未知的疾病。

五月十八日

我去问过医生了，因为晚上总是睡不着。我的脉搏跳得很快，神经也很紧张，但没有任何危险的症状。他建议我多洗澡，服一些镇静剂。

五月二十五日

整整一周了，我的身体没有任何好转。每当黑夜降临，我便不由自主地感到惶恐。我迅速地吃完饭，企图通过看书来消除心底的恐慌。可奇怪的是，我连一个字母也不认识了。于是，我在客厅里走来走去，可那种无法抗拒的恐惧依然在折磨着我，令我不敢上床。已经十点了，我决定上楼休息。一进门，我就上了两道锁。

我很害怕，但我不知道究竟怕什么。想不到轻微的神经过敏，竟让我这个快乐的人变得郁郁寡欢，真是太不可思议了。我躺在床上，等待睡眠，可我的心在剧烈地跳动，蜷缩的身体在毯子下不停地哆嗦，直到我突然入睡。

我在睡觉……我能清晰地意识到，也知道……有人在慢慢靠近我。他注视着我，并上了我的床。他的两手突然抓住我的脖子，死死地勒着……勒着……

我拼命地挣扎，但无济于事。我想呼叫，但没有力气；我想动弹，又动弹不了；我想翻身，甩掉压在我身上的那个人，可我怎么也做不到。

我突然醒了，惊恐万分，全身都是汗水。我点燃蜡烛，可房里只有我一个人。

从那天起，我每一夜都要经受这样的折磨。恐慌过去后，我才能平静地入睡。

六月二日

我的病情在不断加剧，医生的建议没有任何作用。为了让我疲惫不堪的身体更加乏累，我决定到鲁马尔森林看一看。我相信轻柔的空气和草木的芬芳能让我充满活力。我走在一条蜿蜒的小路上，高大的树木遮天蔽日。突然，我觉得全身发冷，心中一阵恐慌。我加快了步子，但没走多远，我就感觉有人跟着我，离我很近，伸手就能碰到我。

我猛一转身，身后空无一人，只有空荡荡的道路伸向远方。我闭上双眼：我要干什么？我像陀螺一样在原地转圈，当睁开眼的时候，花草树木都在摇摆，我只好坐下来。此时，我不知道自己是从哪条路来的，多么奇怪的想法！我的脑子一片空白，不由自主地向右边的方向走去，恰巧看到了来时的路。

六月三日

昨晚恐怖至极，我要离家出走。或许一次小小的旅行，能让我摆脱厄运。

七月二日

我回来了，身体康复了。我游玩了从没去过的圣米歇尔山。

到达阿弗朗什已是黄昏时分，我们随着人流来到城市尽头的公园。眼前是一望无垠的海湾，在这片黄色的海湾滩涂，一座怪异的山峰矗立中央，山顶上还有一座精美的建筑。

第二天清晨，我便向它走去。走近之后，我才发现那座建筑是修道院。我沿着陡峭的石路向上攀登，终于来到无与伦比的哥特式教堂。它如同城市里的教堂一样庞大，无论是大厅还是回廊，全是大理石的杰作。顶上满是塔楼和轻巧的钟楼，上面雕刻着千奇百怪的饰物：吐火的狮头怪、恶魔、畸形花朵。一道别致的拱桥将它们连在一起。

来到塔顶，我对陪同的神父说："您在这里生活得很好吧？"他回答说："这里一年四季都是大风。"我们边走边谈，神父给我讲了个故事，令我非常吃惊。

住在山里的人，总是能听到夜里有人在沙地上说话，然后又有两只山羊在叫。不相信的人说是海鸟，因为海鸟的叫声有时像羊叫，有时也像人在哭泣。晚归的渔夫却说，他们遇见一位年老的牧羊人。他牵着两只山羊，公山羊像一个男人，母山羊则像一位女子，他们长着厚厚的白毛，用一种怪异的语言争吵着，然后又咩咩地叫着。

我问神父："您相信吗？"

他说："我也不知道。"

我接着问他："如果世界上存在与我们不一样的人种，为什么我们看不见呢？"

他微笑着说："世间存在的东西，你又能看到多少呢？就说风吧，它能摧毁房屋，将树连根拔起，掀起滔天的巨浪，可是你能抓住它吗？而它是真实存在的。"

神父的话让我心悦诚服，他简直就是一位哲人。其实我也经常这样想。

七月三日

不知为什么，我的车夫竟和我一样憔悴不堪。昨天回家时，我问他："若望，你这是怎么了？"

"我一直睡不好觉，心里总是害怕，就像中了邪一样。"

奇怪的是，其他仆人都安然无恙。看着车夫，我真担心自己旧病复发。

七月四日

担心的事终于发生了。昨晚，我感觉有人骑在我身上，他的嘴对着我的嘴，就像吸血鬼一样吮吸着我的生命，吸饱后就站了起来。后来我醒了，但感觉全身酥软，一动不能动。如果后面几天依然这样，我只有再次离开家了。

七月五日

难道我失去理智了吗？昨晚的事真是诡异，让人不寒而栗。

和每晚一样，我锁上房门后，又喝下了半杯水。之后我不经意地发现玻璃瓶里的水几乎满到了瓶塞。

我躺下后，马上就被一个噩梦纠缠着。大约过了两小时，我在激烈的挣扎中醒来。

试想一下，这是多么恐怖的情景。一个人在睡眠中突然醒来，竟发现胸前插着一把刀，浑身是血，奄奄一息，却又不知为何被杀。我当时就是这种状态。

我口干舌燥，点起蜡烛后，便朝水瓶走去。可是水瓶竟是空的，没有一滴水。我惊恐万分，双手不停地颤抖。是谁喝了这瓶水？真的是我吗？或许我患上了梦游症，自己却一无所知。双重的人格蛰伏在我的身体里，或者是一个我看不到的陌生人主宰了我的身体，我已成了他的俘虏。

恐惧一点点吞噬着我的灵魂，我不敢上床，呆呆地望着眼前的空水瓶，直到天明。

七月六日

我快要疯了，昨夜瓶里的水又被人喝光了，也许是我自己喝的。

真是我喝的吗？是我吗？究竟是谁？天哪，我快要疯了，谁能救救我啊？

众多的试验表明：我一定疯了！那又能怎么样呢？

七月六日，我在睡觉前，将牛奶、面包、草莓和水放到了桌子上。

有人，也许是我，喝光了水，又喝掉一杯牛奶，其他的并没有碰。

七月七日

我又做了一次试验，结果完全一样。

七月八日

我没有放水和牛奶，桌上的东西没人碰过。

七月九日

桌上又摆上了水和牛奶，我将这两个玻璃瓶用白线缠紧，又封好了瓶盖。接着，我用石墨涂黑了嘴巴、胡须和双手，然后就上床了。

我沉沉睡去，但又很快醒来。我看看周围，哪里也没有墨粉。我跑向桌子，水瓶上的白线原封未动，我连忙拧开瓶盖，水光了，牛奶也光了。啊，天哪！

我要离开这里，马上去巴黎。

七月十二日

我来到了巴黎。这段时间我应该是昏了头，神经质的想象力戏弄了我。或许我真的是个梦游者，或是受到某种力量的影响，人们称这种现象为催眠暗示。

白天的采购和参观，让我充满了活力。傍晚，在法兰西剧院，我观看了小仲马写的一出戏。戏剧强劲欢快的情境，将我彻底治愈。我们需要陪伴，一个长期孤独的人，幽灵就会对你纠缠不休。

在回来的路上，我非常高兴。上个星期的恐惧，已经使我确信一个无形的生命与我同在。人啊，真是非常渺小，微不足道的干扰就会让你乱了阵脚。

于是，我得出了结论：我之所以不明白，是因为没找到原因，然后，马上就联想到某种可怕的力量。

七月十四日

国庆日，我在街上散步。爆竹声和飘动的国旗使我心情大好。每一个人都在遵守政府的法令，让自己尽量开心。这些愚蠢的人，有时逆来顺受，有时也会发生骚乱，但更多的时候，是你告诉他什么，他就相信什么。

那些领袖也是傻瓜，他们是原则的奴隶。那些被称为颠扑不破的真理，往往是荒谬和虚假的。这个世界有什么是永远不变的呢？

七月十六日

昨天我遇到的事情，让我有些不安。

晚上，我去表姐沙布莱夫人家吃饭，遇见了帕朗医生。他是神经科方面的专家，在催眠术与催眠暗示方面颇有建树。

他详细介绍了英国学者在这个领域取得的进展，他举出的事例稀奇古怪，我和表姐都不相信。

“夫人，您能接受我的催眠暗示吗？”医生说。

“可以。”表姐微笑着点头。

表姐坐好后，医生开始注视着她。突然，我的心中开始忐忑，嗓子发干。我看见表姐沙布莱的眼皮下垂，嘴唇紧闭，胸部不断地起伏着。不到十分钟，她竟睡着了。

“请您走到她身后。”医生对我说。

我来到她身后，医生将一张名片放在她手上。问道：

“这是一面镜子，你在里面看见什么了？”

“我的表弟。”

“他在干什么？”

“在捋胡须。”

“现在呢？”

“他从口袋里掏出了照片。”

“什么样的照片？”

“他站着，手里拿着一顶帽子。”

我很惊讶，显而易见，这张名片真成了一面镜子。屋里的女生们大叫起来。

医生继续说：“明早八点钟起床后，向您表弟借五千法郎，您丈夫急需这笔钱。”

说完，医生让她醒了过来。

在回来的路上，我心中疑窦丛生。医生究竟要了什么花招，让诚实的表姐乖乖就范呢？莫非他的手里真藏了一面镜子吗？

今天早上，快到八点半的时候，仆人叫醒了我：“先生，你的表姐沙布莱夫人来了。”

我大吃一惊，急忙穿衣迎接。

表姐眼光低垂，吞吞吐吐地说：“表弟，我需要你帮个忙。”

“没关系，说吧。”

“这事真是难以启齿，但又不能不说，我急需五千法郎。”

我愣在那里，一句话也说不出。难道这是医生和表姐合演的一出戏吗？我端详着她，疑虑瞬间就消失了。因为着急，表姐的身体不停地颤抖，泪水马上就要流出来。

我试着问她：“你的家里这么富裕，您丈夫会缺这点钱吗？”

她迟疑了一会儿，然后结结巴巴地说：“是的……是的……”

“他给您写信了？”

她又犹豫了，努力地思索着。此刻，她的心中只知道向我借五千法郎，即便因此而撒谎。

“是的，他给我写信了。”她故作镇定地说。

“什么时候的事？”

“今天早上收到的。”

我不愿听到她的谎言，也不希望她被医生的命令驱使。于是，我大声说：“我手上没有这么多钱，帮不了你了。”

她哭了起来，近乎哀求着说：“求求您，想想办法吧……”

她双手合十，不停地给我鞠躬。我看着可怜的表姐，心中充满了同情。

“好吧，我马上给您取钱。”

表姐兴奋地叫起来：“太好了！谢谢您。”

“您还记得帕朗医生给您催眠了吗？”

“确有其事。”

“我告诉您，正是他让你向我借五千法郎，您正在执行这个命令。”

她的眼珠转了转，肯定地说：“不，是我丈夫问我要的。”

我苦口婆心地劝说着，但没有任何效果。

送走了表姐，我去找帕朗医生。他微笑着说：“您现在还怀疑吗？”

“我深信不疑。”

我们来到了表姐家，她正在长椅上昏昏欲睡。医生凝视着她，将一只手在她眼前晃来晃去。没过多久，她的眼睛慢慢合上了。

表姐睡着了，医生对她说：“您要忘记向表弟借钱这件事，即便他提起来，您也不能承认。”

当她醒来时，我把钱递了过去。她一脸蒙地看着我，我企图唤醒她上午的记忆，结果却令她非常生气。

回到宾馆，我没有胃口，这种催眠暗示让我心乱如麻。

七月十九日

我和很多朋友说起了这件事，他们不以为然，甚至讥笑我。我无可奈何。

七月二十一日

在布吉瓦尔吃过晚饭后，我又到当地的舞场去玩乐。不同的环境和地点，给人带来不同的影响。格雷努耶尔岛上的居民崇拜神明，可有人说他们是疯子。但如果在圣米歇尔山山顶呢？或者是在印度呢？下周我就要回家了。

七月三十日

昨天平安到家，一切正常。

八月二日

天气晴朗，我在塞纳河旁坐了整整一天，看着河水从门前流过。

八月四日

男仆与厨娘正在争吵，因为昨夜不知是谁打碎了一个花瓶。究竟是谁干的呢？谁又能猜得到呢？

八月六日

这一次我是真的看见了，毫无疑问。直到现在，我还觉得全身发冷，真的，我看见了……

那是下午两点钟，我在花园里观赏玫瑰。突然，靠我最近的一朵花低下了头，好像被一只无形的手折了一下。

随后，它就被折断了，仿佛被这只手摘了下来。那朵花不断往上升，最后悬浮在空中。

我扑过去想抓住它，可它却消失得无影无踪。我心中有些愤怒，一向严谨的我，怎么会产生这种幻觉呢？

我转身去找到了花茎，它仍在玫瑰枝上，但已经被折断了。

现在我可以确定，一个隐形人就在我的身旁。它依靠牛奶和水生存，能随意取走一切物品。尽管我触摸不到它，它却一直在我的身边……

八月七日

我睡得很香。它虽然喝了瓶中的水，但没有干扰我的睡眠。

我怀疑自己真的疯了，这种疑问是经过慎重思考的。我见过疯子，他们中的某些人拥有正常的智商，把日常事务处理得井井有条。然而，一旦受了某种刺激，他们的思维转瞬支离破碎，会做出令人无法理解的行为，这就是所谓的“精神错乱”。

对照那些人的表现，我还是比较清醒的。否则，我真的认为自己疯了。我应该是一个妄想症患者，这种思维混乱正是当今的生理学家最想解释清楚的。

我沿着河边走，潺潺的流水晶莹明亮，广袤的大地色彩缤纷。我的心中洋溢着对生活的热爱。

突然，一种惊恐在我心底滋生，进而弥漫全身。我只得停下脚步，我必须马上回家，就像家中的亲人已危在旦夕。

回到家里，我觉得一定会有噩耗传来，可什么也没有。我很担心，下一次不知会是什么样。

八月八日

昨晚它一直潜伏在我身边，注视着我，甚至钻进我的身体。这种存在让人更加可怕。

尽管这样，我还是睡着了。

八月九日

什么事也没发生，但我心中非常害怕。

八月十日

依旧什么事也没有，明天将会发生什么呢？

八月十一日

什么事也没有，这反而让我更加恐惧，我要出去走走。

八月十二日

晚十时——我只想出门，坐车去鲁昂，这么简单的事，可就是办不成。为什么？

八月十三日

当人在疾病中，肉体和骨骼就像折断的弹簧，不听使唤。我精神上也出现了这种症状。四肢无力，不能控制自己，另外一种生命正在操控我的意志。我妥协了。

八月十四日

我的灵魂有了新的主宰，我的一切思想、言行全听命于它。我想出门，它不同意，我就只能在摇椅上昏昏欲睡。我要站起来，证明我的存在，可身下的椅子却把我牢牢地固定住。

突然，它想吃草莓了。我迅速地来到花园，大口吃了起来。万能的主啊，救救我吧！这种折磨令我痛不欲生。

八月十五日

我想起向我借钱的表姐，另一个人的意志操控了她。可是，攫取我灵魂的那个隐形人是谁呢？它又在哪里呢？

隐形人真的存在，可它却从来没有真实地出现在我眼前，我读过的所有书中，没有这种记载。看来，我只有离家出走，才能拯救自己，可我却怎么也办不到。

八月十六日

今天，我成功地逃离两小时。当我走出门的那一刻，心中真是无比畅快。我让车夫赶紧套车，直奔鲁昂。

在图书馆，我找到了赫尔曼·赫尔斯陶斯博士写的一本书，那里面有很多关于古代和现代未知生物的论述。

我再次登上马车，我的本意是想说“去车站”，可是，出口的声音却是“回家”。响亮的声音让行人感到奇怪，我跌坐在马车里，脸色苍白。它又来了，抓住了我。

八月十七日

多么美好的夜晚，我应该尽情享受。没有一丝干扰，我看书直到凌晨一点。赫尔曼·赫尔斯陶斯的论述精彩极了，他大胆地预测了我们身边一切隐形生物的根源和表现。当人类有了思想之后，就预感到会有新的人类出现，直至取代地球人。人类无法看到它的模样，便只能在惶恐中胡乱地臆想着。

微风轻拂，让人非常舒服，我走到窗前，遥望天边的繁星。那是什么样的世界啊？那里的生物又将是怎样呢？和我们人类相比，他们的本领大吗？我相信，总有一天，那个星球上的生命会降临我们这里，征服整个人类和地球。在这浩瀚的宇宙中，人类真是太渺小了。带着无尽的遐想，我趴在窗台睡着了。

大约过了四十分钟，我被一种奇怪的感觉惊醒。蒙蒙眬眬中，我看到桌上的书在自动翻页。我很吃惊，因为窗外没有一丝风。四分钟后，我清晰地看见另一页书又翻开了，仿佛有一个人坐在椅子上，翻动着桌上的书。我向它扑了过去，我要抓住它，杀死它！可是，椅子却被撞翻在地，那人飞快地逃跑了……桌子猛烈地晃动着，灯摔在地上，熄灭了。

它消失在黑暗中，原来它是害怕我的！

总会有那么一天，我能抓住它，让它粉身碎骨！

八月十八日

我一整天都在想，我还会屈服于它，执行它的命令。我必须忍耐，只要时机一到……

八月十九日

我知道了，什么都知道了。《科学世界》上登载着这样一条消息：

> 从里约热内卢传出来一种传染性精神病，目前正在圣保罗省蔓延。那里的百姓纷纷逃离，他们好像受到了某种隐形人的操控与迫害。它们就像吸血鬼，在

人们熟睡时吸食血液。此外它们只喝水和牛奶，对其他食品不感兴趣。

我想起来了，五月八日那天，有三条巴西桅杆船在我窗下驶过。操控我的那人就在船上，从遥远的巴西而来！它看见了我，也看见了这栋雪白的房子，于是它就跳上岸来。啊，天哪！

真相已经大白，人类统治地球的时代结束了。

人们惊恐万分，因为谁也没有看见过它。人们想象着它的模样：它或是张牙舞爪的精灵，或是美丽动人的仙女，也可能是无恶不作的魔鬼。然而，一些医学专家却早已发现它的巨大威力。它们运用这最新的武器，控制了人的心灵。医生们称这为磁气催眠术、催眠暗示……

人类该倒霉了！它来了……它在怒吼……它在呼喊自己的名字，但是我听不见……它不停地在喊叫……奥尔拉……我听见了……奥尔拉……奥尔拉……它来了！

奥尔拉太强大了，它视人类为牛马，用自己的意念牢牢地控制着人。最终，我们都将成为它的奴仆、工具，甚至是食物。

某些时候，愤怒的牛马也会杀死自己的主人。我想杀死奥尔拉，我一定能杀死它。但必须得认识它、看到它。

可是，我的眼睛却捕捉不到任何蛛丝马迹。

我突然想起神父对我说的话，风是真实存在的，而人类却从没看到过它。整整一天，奥尔拉都在我的脑子里盘旋，让我胡思乱想。我不能让它继续操控我，我必须杀死它。

八月十九日

昨晚，我在书桌前假装写信，奥尔拉果然来了。它离我很近，一直在我身边转悠。我幻想着一把抓住它，然后，我会用手、膝盖、额头去攻击它，甚至用牙咬住它、撕碎它。

我点燃了八支蜡烛，希望能借助光明找到这个可怕的家伙。我打开了房门，故意将它放进来。我的身后有一个高大的穿衣镜，我每天都要在镜子前刮胡子，穿衣服。每次从镜前走过时，我都会细细地打量镜中的自己。

为了骗它，我假装在写东西。突然，我有一种清晰的感觉，它正趴在我耳边，看我写东西。

我攥紧拳头，迅速地转身，差一点摔倒。屋子里虽然和白天一样明亮，但我在镜子里却找不到自己！镜子是空的，只有一片亮光！我惊恐地瞧着镜子，不敢挪动脚步。它就在镜子里，是它的身体遮住了我的身影。

我怕极了！这时，我在镜子深处看到模糊的自己，似乎有一层水在阻隔着。这水正在慢慢流动，我的影子也逐渐清晰，就像日食结束时的样子。它的身体没有具体的轮廓，就像一种浓稠的液体，正在逐渐变稀。

我终于看清自己了，见过它了！我的身体又颤抖了起来。

八月二十日

我真的想杀死它，可我根本抓不住它。毒药？它不但会看见，而且毒药对它也难以起作用？怎么办？我将如何是好呢？

八月二十一日

我从鲁昂请来了铁匠，我的卧室安上了铁制的百叶窗，就像巴黎某些豪华宾馆一样。我又让他做了一扇铁门。即便有人说我胆小如鼠，我也不在乎了！

九月十日

鲁昂，大陆饭店。我成功了，终于成功了。可它真的死了吗？我所看到的一切依然让我惊魂未定。

昨天，我把安好的铁门、铁窗一直敞到半夜。突然，我感觉它在那里，这让我激动不已。为了不让它起疑，我慢慢站起来，在屋子里来回走动。我漫不经心地换上拖鞋，将铁窗关好。锁好房门后，我又回到窗边，用锁头把窗户锁死，将钥匙装进了口袋。

突然，我感到身边的它变得不安起来。它害怕了，命令我打开房门，可我并没有妥协。我背靠着门，悄悄拉开一道缝。我挤到了外面，将它锁在了里面。我飞快地跑下楼，从客厅里取出两盏灯，将里面的煤油倒在地毯上、家具上。火着起来了，我连忙跑出来，关上大门，上了两道锁。

我躲在花园深处月桂树的后面，静静地瞅着我的房子。时间在一点点过去，我开始怀疑，是不是有人将火焰故意熄灭。突然，楼下的一扇窗户被炸开，长长的火苗蹿了出来，瞬间爬上墙头。四周顿时光亮起来，鸟儿四散奔逃，一条狗在狂吠。接着，另两扇窗户也炸开了，房子的底层变成了火海。突然，一声女人的尖叫从高处传来。我抬头望去，女仆们正站在顶楼的窗户前，大声地呼救。

我惊呆了，扭头向村子跑去。救援的人陆续赶来，可房子早已在火焰中坍塌。此刻，我深信奥尔拉已葬身火海。

它也许没有死，如果它害怕疾病和伤痛，或是过早的毁灭，就不会具有这种透明的、无法辨别的身体了。

过早的毁灭，正是人类一切恐惧的根源。人类灭亡以后，奥尔拉就会统治世界。各种天灾人祸，会随时夺去人类的生命。而奥尔拉，它只能死在属于它的时代！

奥尔拉并没有死，它也不会死。……那么……我，只好杀死自己了！